啓眞館

翻译家 余光中

单德兴 著

浙江大学出版社
ZHEJIANG UNIVERSITY PRESS

谨将此书
敬献给文学与翻译的启蒙师
余光中教授
（1928—2017）

译者未必有学者的权威，或是作家的声誉，但其影响未必较小，甚或更大。译者日与伟大的心灵为伍，见贤思齐，当其意会笔到，每能超凡入圣，成为神之巫师，天才之代言人。此乃寂寞之译者独享之特权。

——余光中

典范在今朝
——三者合一、六译并进的翻译家余光中

今年（2018）我相继应邀在 2 月 24 日台北纪州庵文学森林的余光中纪念特展开幕式暨茶会，以及 4 月 26 日高雄中山大学的余光中教授追思会，针对"翻译家余光中"这个主题进行报告。前者是业师余光中先生过世后台湾第一个正式纪念展览，后者是余老师自香港返台后任教三十多年的学校师生举办的感恩与追思会，亲朋好友、门生故旧共聚一堂，缅怀余老师的生平事迹与文学成就。其实，2016 年 3 月 4 日我便以"三者合一，六艺并进——余光中先生的翻译志业"为题，在高雄第一科技大学《余光中翻译作品学术论文专刊》发表会上，于老师和师母范我存女士面前当众报告，得到二老的肯定。那是我数十年来首次以此为题在余老师面前进行专题讲座，原本计划再接再厉，在老师九十大寿时出版专著作为贺礼。不料精神与体力向来健旺的他，当年夏季却因摔跤伤及头部，体力急速衰退，虽逐渐康复，但 2017 年冬又因病住院，于 12 月 14 日溘然辞世，抚今思昔，令人感慨万千。

遥想我于 1972 年进入政治大学西洋语文学系，余老师正是系主任。当时适逢台湾大学文学院院长朱立民教授与外文系系主任颜

元叔教授锐意革新，全省各外文系（严格说来是英文系），包括余老师负责的政大西语系与齐邦媛教授负责的中兴大学外文系等群起响应，课程规划与教材采用新批评（New Criticism）的理念，增加文学课程的分量，重视文本的细读与解析，风气所及甚至影响到作风相对保守的中文系。比较文学也在外文系与中文系学者的通力合作下，于中文世界如火如荼推展。如今虽然新批评已成历史名词，比较文学也命运多舛，但二者提倡的细读功夫与比较视野，已然内化为文学系的基本要求。

当年英国文学史是西语系课程的重中之重，为两学年的必修课，大二的"英国文学史（一）"由余老师亲自讲授。我在课堂上不仅增长了英国文学史的知识，更感染到余老师对文学的热爱以及对文字的敏感。我也参与课外活动，在西语系以一系之经费主办的全校翻译比赛中获得首奖，培养出兴趣与自信。因此，余老师是我在文学与翻译上的双料启蒙师。如今我踏上专业文学研究之路已三十五载，翻译了近二十本书，其中与学术相关者皆仿照老师的范例，增加作者生平、历史背景、作品介绍以及译注等附文本（paratexts），以期善尽译介之责。至于我个人在翻译研究中所倡议的"双重脉络化"（Dual Contextualization），如今回顾，很可能来自阅读余老师的译注与评介时的潜移默化。

余老师纵横文坛七十载，于诗歌、散文、评论、翻译均有杰出丰硕的成果，并称四者为自己的"四窟""四张王牌""写作生命的四度空间"。然而他在诗歌与散文上的卓越成就，往往盖过他在翻译上的精彩表现，使人忽略了他的"译绩"与贡献。其实，他多年来翻译的十五本书，遍及诗歌、戏剧、小说、传记等重要文类（详见本书附录），其中尤以"诗人译诗"最为人称道，影响深远。然而有关"翻译家余光中"的研究甚少，实为"余学"的重大缺憾。因此，忝为余老师的门生，身兼学者与译者双重身份，钻研并彰显业师的翻译成就，对"余学"略效绵薄之力，实在责无旁贷。

有关余光中的文学身份与翻译贡献，向有"三者合一""六译并进"之说。他在《作者，学者，译者——"外国文学中译国际研讨会"主题演说》中明确指出自己这三种身份，金圣华在《余光中：三"者"合一的翻译家》中对此有详细的阐释。张锦忠在《"强势作者"之为译者：以余光中为例》中则指出余光中在翻译领域的多元面向，并誉为"五译"并进："翻译、论翻译、教翻译、编译诗选集、汉英兼译"。我在《左右手之外的缪思——析论余光中的译论与译评》中，有鉴于他多年来在中文世界大力推广翻译，参与台湾与香港的重要翻译比赛的命题与评审，所以再加上"提倡翻译"一项，成为"六译并进"。这些都印证了余老师于多重角色之间的互动互补，以及他对翻译的严肃态度与多年坚持。因此，他在中文翻译界的崇高地位，大家的交相赞誉，乃实至名归。

为了呈现翻译家余光中生动立体的多元面向，本书不拘一格，以不同性质的文字，从三方面切入。第一部分"论述"收录四篇学术论文及一篇附篇，主要依照余老师译作的时序排列，以再现他的发展轨迹。第一篇《一位年轻译诗家的画像——析论余光中的〈英诗译注〉》探讨他最早的译诗集《英诗译注》，即出版于1960 年的 *Translations from English Poetry (with notes)*。当年译者年方三十二岁，将原诗与译诗对照出版，并附有文字、句法与文法的批注，格律与节奏的说明，作者的生平与背景介绍，以及创作特色与文学史上的评价。此文指出，《英诗译注》中收录余光中自 1950 年以来的三十七首译诗，连同译注与作者小传，既是译注者初试啼声的英诗中译结集，也反映出他当时的翻译理念与策略，借由文字的移译、文本的解析、文学的诠解，甚至文化与脉络的再现，具现了他早年"研究"与"提倡"英诗的努力与功力，并预示了"三者合一"的翻译、译评与译论。

余光中的译诗受到当时台北"美国新闻处"（即"美新处"）地位最高华籍人士、于台湾大学外文系兼课的吴鸿藻（即散文家吴鲁芹）的肯定。吴鸿藻将他介绍给香港"美新处"的老友林以亮（本名宋淇），这开启了余光中的新事业。第二篇《在冷战的年代——英华焕发的译者余光中》讨论敏于世变的余光中，指出时代的变迁固然反映于他的文学创作，但也与翻译相关，后者尤见于冷战时代，特别是他与"美新处"相关的英汉互译的四个文本——英译诗选 New Chinese Poetry（《中国新诗集锦》，1960），合译诗选《美国诗选》（Anthology of American Poetry, 1961［林以亮编选］），自译诗选 Acres of Barbed Wire（《满田的铁丝网》，1971），以及中译小说《录事巴托比》（Bartleby the Scrivener, 1972）。此文探讨这四部译作的主要内容及各自特色，以彰显余光中出入于英／华之间的译绩，所反映的个人与时代意义，并强调文学翻译超越一时一地的意识形态与政治框架，具有更恒久的价值。

与一般作家不同的是，外文系出身的余光中自由出入于中、英文之间，作品英译不必假手他人。他前往就读美国爱奥华*州立大学（State University of Iowa 为该校法定名称，创立于 1847 年，余光中于 1959 年毕业，该校董事会于 1964 年认可日常可用 University of Iowa［爱奥华大学］之名），其由艺术硕士论文改写出版的 New Chinese Poetry 中已有三首自译诗，后来更扩大为全部自译的诗集 Acres of Barbed Wire，以英文读者为对象，有意步向国际文坛。1992 年他增订这些英文自译诗，与中文原诗以对照方式出版《守夜人》（The Night Watchman），供中文、英文以及中英双语读者各取所好。本书第三篇《含华吐英：自译者余光中——析论余光中的中诗英文自译》即根据 2004 年修订再版的《守夜人》，探

---

* 编注：爱奥华州大陆译为艾奥瓦州。为保持原文，保留了台湾译法。

讨余光中译作里自译的特殊现象，检视他身为中文现代诗创作者、文学翻译者、文学评论者、翻译评论者、英诗教授，如何翻译自己的诗作，以及这些英文自译的意义与特色（如选择"因文制宜"的归化策略）。结论引用本雅明《译者的职责》（Walter Benjamin，"The Task of the Translator"）中"来生"（afterlife）的譬喻，指出余光中的英文自译转化原先的中文诗作，在另一种语文中得到来生／新生，与原诗平起平坐，相互辉映。该文撰写后约十年，2017 年《守夜人》修订三版问世，各增删十三首。因为主要论点俱见于前文，所以未做太多修订，特请张力行助理整理出附篇《余光中英文自译诗作之演变》，胪列余氏所有自译诗，读者一表在手，对其自译全貌与演化即可一览无遗。

余光中除了英译中与中译英的跨语文实践，也写过不少讨论翻译的文章，其中有针对翻译的一般讨论，也有针对特定译文的实际批评。他声称以右手写诗，散文是他"左手的缪思"之产物。如此说来，翻译与评论更在他的左右手之外，其中自有深意，值得省思。第四篇《左右手之外的缪思——析论余光中的译论与译评》旨在探讨余光中多年来的翻译理论与评述，指出其特色与值得借鉴之处，内容涉及译者的地位、译者的条件、翻译的地位、英诗中译的实际批评等。结论指出，余光中以作者、学者、译者三合一的身份，结合理论与实践，说之以事理，益之以学养，润之以文采，写出独具特色的译论与译评，并与他在诗歌、散文、评论其他三方面的表现互为表里，彼此增益。

第二部分"访谈"收录三篇深度访谈。余光中与翻译结缘甚早，不仅重视翻译，也亲身从事翻译与译评，对翻译与译者未能享有应有的地位与尊重一直深表不平，也对希腊神话九位缪思中竟无一位专司翻译颇不以为然，故而独创翻译为"第十位缪思"之说，数十年来大力宣传，不遗余力。以往对余光中的访谈几乎全关注于文学创作，甚少触及翻译，专就翻译进行访谈更是少之又少。第一篇《第十位缪思——余光中访谈录》逾两万五千字，是有关他在翻译领域篇幅最长、内容最广泛、讨论最深入的访谈。我依多年访谈经验，事先拟就几页题目供老师参考，访谈时除了依序问答，并视现场情况随机应变，适时追问。对话的范围甚广，如翻译的因缘、翻译的成果（"译绩"）与经验、译论与译评、翻译的教学与提倡、未来的翻译计划……翻译家现身说法，娓娓道来，听者既如沐春风，又如享受知识盛宴。余老师坦诚回答我的每一个问题，热心分享多年心得与智慧，力图将金针度予有缘人，令人感佩。

第二篇《勤耕与丰收——余光中访谈录》是余老师辞世后，我整理与他生前的几个访谈录音档，发现此次访谈中有不少珍贵的第一手资料，包括他早岁因内战，由金陵大学、厦门大学而到台湾大学的历程；就读台大时受益于老师之处，身为年轻热情译介者的形象；应梁实秋之邀在台湾师范大学教书，赴美留学、讲学的经验；在政大西语系主任任内的教学与改革，并细数自己教过的一些学生，分享为师之乐。此篇访谈提供了余老师自大陆来台就读大学时的学习环境，回顾了个人的学思历程，自述培育英才的经验，推动大学课程革新以及提倡比较文学的努力等，是外文学科建制史的重要数据。

第三篇《守护与自持——范我存访谈录》的对象是余老师背后那位关键性的推手，也就是他的表妹、结缡六十一载的夫人范我存女士。两人在大陆时便已结识，在台湾重逢，余老师早年翻译的代表作——海明威的《老人和大海》（Ernest Hemingway, *The Old Man and the Sea*）与史东的《梵谷传》（Irving Stone, *Lust for Life*）*原著便来自于她，范女士并协助抄誊《梵谷传》译稿，成就两人姻

---

* 编注：本书涉及的部分作家、作品名为台版译名，为保持上下文流畅及逻辑，未作修改。于书末附译名对照表，供读者参考。

缘与一段文坛佳话。婚后范女士悉心照顾一家老小，大力护持夫婿的文学与翻译志业，是余老师最大的安定力量与守护者，但因她行事低调，外人所知不多。在余光中纪念特展开幕式中，二女公子幼珊博士特地为母亲对父亲文学大业的全力支持当众致谢，举座动容。访谈稿整理出来后，高龄八十八岁的师母两次仔细校订，第一次甚至以工整的字体重誊近六分之五的稿件，做事之仔细与余老师如出一辙。此篇访谈不仅让人见识到她如何成为"护井的人"（张晓风之语），也得以了解她如何发展个人的兴趣、贡献所长，与余老师的两篇访谈相互对照，必能对两人紧密的生命经验以及余老师的翻译与文学志业有更深切的体认。

第三部分"散文"收录四篇回忆文章。论文与访谈录因体例之故，无法容纳较为个人的叙述与抒情的成分。然而余老师之于我不仅是研究的对象（这只是近十年的事），更是授业启蒙的老师，四十五年的深厚情谊，唯有透过散文才能抒发。我个人有关余老师最早的文章是《既开风气又为师——指南山下忆往》，收录于钟玲教授主编的《与永恒对垒——余光中先生七十寿庆诗文集》，比为余老师八十寿庆应陈芳明教授、苏其康教授之邀所写的两篇翻译研究的论文早了整整十年。该文从个人的角度追忆大学时代在指南山下亲炙余老师的经验，并见证余老师在担任系主任的短短两年间对全校艺文风气的提升，以及对我个人的重大影响，打破了一般人心目中诗人遗世独立、脱离现实的刻板印象。

第二篇《翠玉白菜的联想——余光中别解》是细读增订二版的《守夜人》后有感而发之作。全文略述译诗与自译，分析个人感触较深的几首诗作，并追忆大学时代在余老师课堂上的感受，以及印象较深的教诲，包括王尔德（Oscar Wilde）眼中的人生与艺术之关系。文末把余老师对工艺与诗艺的看法扩及人生之艺，并思索"每个人都是人生的艺术家和诗人"。此文虽非学院式的文学批评，却更贴近我多年阅读余老师的诗作与个人生命中的感思，可视为学术论文《含华吐英：自译者余光中》的前身。

《第十位缪思——余光中访谈录》前言提到，年逾八旬的余老师依然接受多方邀约，四处奔波，广结文缘，"精神之健旺与体力之充沛令人佩服"。近年来，余老师即便年岁已逐渐迈向九十，依然创作与翻译不懈，期许有更多的作品问世，内心洋溢着青春与动力，心理年龄比许多人还年轻。加上尊翁超英先生享有高寿，因此众人——包括余老师本人在内——都认为他还会有几年的翻译与创作时光。他的过世出乎许多人意料，却也示现了无常的真相。第三篇《"在时光以外奇异的光中"——敬悼余光中老师》原刊于《文讯》"记忆像铁轨一样长：余光中纪念特辑"（2018 年 1 月），为配合出刊时间，于四天内赶出，呈现的是个人接到老师辞世消息后第一时间的反应。全文追述数十年的师生因缘，奉老师之命参与的一些活动与筹划工作，撰写的有关余老师的文章（自称为"缴交功课"），以及若干未竟之业，以示感恩与怀念之意。

然而数十年师生情谊实非一篇仓促写就的短文所能充分表达，心中的激荡也难以完全宣泄，于是我以较充裕的时间撰写了《"译"往情深，精进不已——追念翻译家余光中老师》。这篇文章从个人熟悉的翻译角度切入，诉说访谈翻译之始末（即《第十位缪思》），追溯余老师七十年的翻译因缘与译绩，并介绍他在生命最后一年修订三版的《守夜人》与增订再版的《英美现代诗选》，显现逼近九十高龄的他对翻译志业念兹在兹，精益求精，"对翻译的义气相挺与真情热爱"足为典范。

附录《余光中译作一览表》让读者可对余老师的译绩一目了然。十五种译作（有些修订二版、三版）虽跟职业译者相较数量不是很多，但译作影响的大小不在数量，而在质量以及在文学与文化脉络中的意义。如严复的译作总共八种，却对清末民初内忧外患的中国发挥了重大的启蒙作用。余老师的译作各有特色，除了对他个人的意义，文学的价值与影响，也具有文化与历史的意义，值得钻研。本书只是这方面的初步尝试，将来将继续探究。

此书未能如愿于余老师生前出版，并请题字，实为憾事。所幸书中四篇论文与第一篇访谈都经老师过目，并提供意见。第一篇论文2015年在"余光中翻译作品学术论坛"发表时，余老师全程参与，在问答时段现身说法，当众表示《英诗译注》是他"翻译诗最早的基础"，后来出版的《英美现代诗选》分量更重、质量更好、评论更深入，但已是四十多年前的事，这些年间他又译了许多诗，有意"把它扩充得比较理想"，并说这是他"没有完成的大工作"。在师母的支持与幼珊的协助下，增订新版的《英美现代诗选》终于在2017年7月大功告成，距离余老师谢世仅五个月，为生前出版的最后一本书。由此可见翻译对他的重大意义。第二篇论文初刊时，我将"No Dove-Feeder"译为"没有喂鸽架"，余老师看过全文后，书面指正此词应译为"不是喂鸽人"，"意即'不是只会阴柔而不重阳刚之辈'"，此书据以修正。第三篇有关余老师自译的论文中，我指出中诗与英译若干明显出入之处。2017年版的《守夜人》对此有所回应，如把《野炮》（"The Field Gun"）原诗里的"百年"和"一百年"改为"五十年"或"半世纪"，以符合英译，展现了身兼作者／译者才有的特权，而身为"第三者"的评论者其实也仍有置喙的空间。至于《第十位缪思》那篇访谈更经老师仔细校订，几乎无页无之，甚至连一个英文字母都不放过。换言之，本书至少三分之二都经余老师过目并认可。

总之，本书集结了个人多年来有关余老师的论文、访谈与散文，并搭配图片与图说，希望借由这些不同性质的文字——严谨的论文，互动的访谈，个人的散文——相互参照，彼此烘托，以三维的立体方式凸显翻译家余光中的形象。各篇文字在撰写及发表前已多次修订，这次利用准备书稿的机会，与张力行助理各自把全书逐字逐句仔细校读至少两回，统一格式，补充资料，力求周全。在校读的过程中，昔日情景不时浮上心头，令我深自庆幸此生有深厚的缘分成为余老师的学生，从言传身教中深深受益，确立自己的研究方向与努力目标。在纪念特展中也看到几张不同时期与老师的合照，令我悲欣交集。我在纪州庵与中山大学致辞时，特地播放了2017年于香港中文大学全球华文青年文学奖讲座的照片，那是因为老师体弱无法出席而指定我代劳的活动，上方的屏幕里是1975年大学时与余老师合照的我，下方是站在讲桌前、四十二年后的我。而现场的我看着照片中的两个我诉说多年的师生情谊，并以老师的努力与成就示范来自海内外的青年译者，三者之间形成某种张力。这也象征着准备这本书稿时我所面对的三个时序：昔日在大学受到老师在文学与翻译上的启蒙，近十年来着力于老师译作的研究，以及编辑此书时对这一切的回顾与反思。凡此种种，益发让人感受到时光之流逝与因缘之难能可贵，除了以文字记下今生的师生之缘，并彰显翻译家余光中的贡献，其他遗憾只能还诸天地。

余老师在1972年《大诗人的条件》一文中引用英国诗人奥登（W. H. Auden）的标准："多产、广度、深度、技巧、蜕变"。当时他年方四十四岁，但在文坛与译坛已稳占一席之地，这些标准可视为他的自我勉励与期许，此后他继续辛勤笔耕了四十五年。我们若以上述五个条件来看余老师在诗、文、评、译的四合一之角色，都会承认他交出了丰硕的成果。在余老师的十五本"译绩"中，本书讨论的只是其中六本，而且偏向早年译作。我曾就《老人和大海》与戏剧翻译于国内外会议发表主题演讲或专题报告，但有待形诸论文。再就"余学"而言，"余光中翻译研究"有许多工作尚待完成，希望本书能发挥抛砖引玉之效。

此书之出版首先要感谢余光中老师多年的教导与爱护，以及师母范我存女士与余幼珊博士的鼎力协助。其次要感谢促成这些文字问世的人，书中各文曾在不同时间、地点发表，谨向当初邀稿与负责编辑的多位朋友致谢，特别是钟玲教授、苏其康教授、陈芳明教授、李有成教授、张锦忠博士、陈瑞山博士、黄淑娴博士、宋子江博士、封德屏总编辑、苏正隆先生、果贤法师等。资料搜集、录音缮打以及撰写、校对过程中，承蒙陈雪美小姐、黄碧仪小姐、赵克文小姐、陈樱文小姐等人协助，张力行小姐更负责全部书稿的统整与校对，至为感谢。浙江大学出版社对本书的青睐，尤其周红聪女士多方协助，使本书有机会与广大读者见面，特此致谢。

2018 年 5 月 8 日

台北南港

（何杏枫 摄）

目 录

附录

论述

一位年轻译诗家的画像
——析论余光中的《英诗译注》

一、超过一甲子的译诗人

在中国近当代文学中，像余光中这样有多元成就、坚持一甲子以上、名闻海内外的作家与翻译家可谓凤毛麟角。然而论者大抵着重他的文学创作，不太正视"为他人作嫁衣裳"的翻译。如 2013 年陈芳明编选的《台湾现当代作家研究资料汇编 34 余光中》，为目前有关余光中研究资料最丰富的参考书，而该书的"作品目录及提要"（41–70）并未纳入他的译作（自译的 *Acres of Barbed Wires* [《满田的铁丝网》] 与英汉对照的《守夜人》[*The Night Watchman*] 视为诗作 [48, 52]）。翻阅该书目录与研究书目便发现，有关翻译的资料与其他文类很不成比例。[1]

---

[1] 如辑四"重要评论文章选刊"中的二十一篇文章，只有金圣华的《余光中：三"者"合一的翻译家》（201–219）涉及译者余光中，而苏其康的《翻译定位重探》（399–411）则无关乎余光中的译作、译论或译评。黄维樑的《余光中"英译中"之所得——试论其翻译成果与翻译理论》为早期讨论余译的代表作。

正如本书序言所指出的：

余老师纵横文坛七十载，于诗歌、散文、评论、翻译均有杰出丰硕的成果，并称四者为自己的"四窟""四张王牌""写作生命的四度空间"。然而他在诗歌与散文上的卓越成就，往往盖过他在翻译上的精彩表现，使人忽略了他的"译绩"与贡献。其实，他多年来翻译的十五本书，遍及诗歌、戏剧、小说、传记等重要文类（详见本书附录），其中尤以"诗人译诗"最为人称道，影响深远。然而有关"翻译家余光中"的研究甚少，实为"余学"的重大缺憾。

余光中对翻译的兴趣，我们可用"一往情深""根深柢固"来形容。他在《翻译乃大道》中宣示，"这一生对翻译的态度，是认真以求，而非逢场作戏"（《凭》9）。他自高中起就对翻译具有浓厚的兴趣，曾在语文课本中读到马君武、苏曼殊、胡适以不同诗体翻译拜伦的《哀希腊》（George Gordon Byron, "The Isles of Greece"），深受启发，而以旧诗体翻译拜伦的《海罗德公子游记》（*Childe Harold's Pilgrimage*）中咏滑铁卢的八段，发表于和友人合办的一份小报上（余，《第》183–185，亦见本书194）。他在不同场合中多次提到，从事创作或有"江郎才尽"之虞，但翻译非但无此顾虑，反倒会因文字造诣愈趋成熟精深而更为可观。证诸他晚年的出版，不仅诗歌、散文创作不断，在翻译上也迭有佳绩，创作力与生命力之健旺令人钦羡。杰出的作者与译者之养成绝非偶然，而是才气、努力、毅力与机缘等多方面主客观因素的结合，余光中就是一个典型的例子，其中有不少可循之迹，只是由于年代久远，为人淡忘了。因此，本文探讨余光中最早的译诗集《英诗译注》，即出版于1960年的 *Translations from English Poetry (with notes)*，试图为以译诗著名的诗人／译者寻根探源。

《英诗译注》是余光中初试啼声的英诗中译结集，更是他最早集三"者"（作者／学者／译者）于一身之作，可惜绝版多年，以致绝大多数的读者无缘得见。[2]《英诗译注》的附文本（paratexts）主要为书首的《译者小引》、各篇的"注解"以及介绍各诗人的"作者"。余光中在 1960 年春于台北撰写的《译者小引》开宗明义便交代此译诗集的前世今生：

> 收在这里的三十七首作品是译者自 1950 年迄今所译约百首英美诗的一部分，它们曾经陆续刊登在"中央副刊"《学生英语文摘》及其他杂志。在《学生英语文摘》连载过的共十三篇，当时均附有注解及作者小传；其余的部分亦于 1956 年夏天补写注解与小传，当年 9 月全部脱稿。（1）

这段文字透露了若干信息：首先，余光中自 1950 年至撰写《译者小引》的十年间已译了大约一百首英美诗作[3]；其次，选入《英诗译注》的三十七首（占百首译诗的三分之一强）曾陆续刊登于不同的报章杂志，包括当时的文坛重镇"中央副刊"；第三，《英诗译注》里的三分之一强曾"连载"于台大外文系教授赵丽莲（Lilian Chao）主编的《学生英语文摘》，并"均附有注解及作者小

---

[2] 有关"三者合一"之说，参阅余光中的《作者，学者，译者——"外国文学中译国际研讨会"主题演说》与金圣华的《余光中：三"者"合一的翻译家》。

[3] 余光中于 1950 年 9 月考进台湾大学外文系三年级。他在接受笔者访谈时指出，《英诗译注》里面许多诗是我在台大最后一年，也就是 1952 年就翻译的"，至于署名则是"光中译"（余，《第》185，亦见本书 194），与《老人和大海》《梵谷传》在《大华晚报》连载时的署名相同。

传"等附文本 [4]；最后，因为报章杂志的性质或篇幅之限，在刊登时未能附上"注解与小传"的译诗，于1956年夏、秋季补齐了这些附文本，并加上陈次云与傅建中协助搜集到的"诗人们的画像与照片"（4），但未说明"全部脱稿"与正式出版之间为何有将近三年半的落差。[5]

---

[4] 《学生英语文摘》（*The Students' English Digest*）是当时最具代表性的英语学习刊物，标题下注明"Your Best Pocket Companion"（你的最佳袖珍伴侣），并为广播电台的"英语教学采用教本"，每日定时播出，目标在于提升台湾学生的英语能力。发行人为台大外文系名师赵丽莲，顾问为英千里（Ignatius C. L. Ying）与梁实秋（Liang Shih-ch'iu）。余光中在访谈中提到此刊由赵丽莲所编，教他翻译课的吴炳钟撰写专栏（余，《第》185，亦见本书194）。白先勇2015年4月27日在"中研院"中国文哲研究所举办的夏志清先生纪念研讨会暨《夏志清夏济安书信集》新书发表会上表示，高中时每次接到该刊第一个阅读的就是夏济安的专栏（即"Grammar Road, Rhetoric Street"[《文法路，修辞街》]），获益良多。此专栏前后四十六篇选文，结集为《现代英文选评注》（*Grammar Road, Rhetoric Street*），于1959年6月初版第一次印刷，夏志清的校订版于1995年1月第一次印刷，于2013年11月三版第一次印刷，并于1985年由上海译文出版社发行简体字版，2014年1月由北京的外语教学与研究出版社修订再版，逾半世纪不衰，为曾刊登于该刊的最著名且持久的结集。夏志清在1994年9月20日完稿的《校订版序》中细述夏济安的学思历程、此书特色，并誉"本书评注者可说是位专为中国读者着想的新批评家"，而此书与美国新批评大师布鲁克斯（Cleanth Brooks）和沃伦（Robert Penn Warren）"二氏所编的教科书相比，对我国学生要有用得多了"（xiii）。由此可见该刊与该书的特色，并指出了由颜元叔引入台湾的新批评之外的另一条稍早的进路。《学生英语文摘》曾于1971年5月出版《英诗译选》（*The Poet's Voice*）两集，第一集收录二十首译诗，余光中译了六首，占三成；第二集收录二十七首，余光中译了九首，占三分之一，均为选录最多的译者，其译诗之勤快与质量之受肯定由此可见。此外，余光中在访谈中提到，"《学生英语文摘》举办翻译奖，第一届是我得奖，奖金五十元台币，大约等于现在的五千元，还不少"（余，《第》186，亦见本书194）。有关《学生英语文摘》的信息，参阅次页之该刊目录。

[5] 根据《台湾现当代作家研究资料汇编34余光中》《文学年表》，他于1956年9月2日结婚，并"于东吴大学兼课"，"主编《蓝星周刊》《文学杂志》"（72）。余光中于2015年5月5日接受笔者访问时提到，由于报纸的性质与读者对象，刊登于《中央副刊》的译诗没有注解，而且他不记得自己的译诗还刊登于其他什么杂志。根据王钰婷提供给笔者的资料，余光中翻译美国诗人佛洛斯特（Robert Frost）的四首诗《佛洛斯特诗抄》刊登于1963年的《作品》（4.3: 16–18），后来收录于《英美现代诗选》初版（1968: 140–148）。

THE DARKLING THRUSH
Thomas Hardy

冬晚的畫眉
余光中譯註

I leaned upon a coppice gate When frost was specter-gray, And winter's dregs made desolate The weakening eye of day. The tangled bine-stems scored the sky Like strings from broken lyres, And all mankind that haunted nigh Had sought their household fires.	我倚在一扇籬落的門邊， 當霜色灰得像幽靈， 而冬殘的渣滓已遮暗 白晝漸弱的眼睛。 交纏的枝藤指劃著天空， 有如破琴的斷絃， 在那附近出沒的幽靈行人 都已經回去爐邊。
The land's sharp features seemed to be The Century's corpse outleant; His crypt the cloudy canopy, The wind his death-lament. The ancient pulse of germ and birth Was shrunken hard and dry, And every spirit upon earth Seemed fervourless as I.	大地那峭嶙的面容像是 世紀的屍體橫陳； 沉沉的雲幕蔭住他的墓穴， 晚風是輕憐的哀挽。 萌動生機的古老的脈搏 幼小已僵硬而枯乾， 地面躁動的每一個生命 都像我一樣地漠然。
At once a voice burst forth among The bleak twigs overhead In a full-hearted evensong Of joy unlimited; And aged thrush, frail, gaunt and small, In blast-beruffled plume, Had chosen thus to fling his soul Upon the growing gloom.	忽然我頭頂蕭瑟的枝頭 迸出了歌聲一串， 沉酣精洞而飽滿的晚唱 充滿了無限的狂歡； 一隻蒼老的畫眉，瘦弱， 披著吹皺的羽裳， 此刻卻不惜將他的心魂 向著濃濃的蒼穹。
So little cause for carolings Of such ecstatic sound Was written on terrestrial things Afar or nigh around, That I could think there trembled through His happy good-night air Some blessed hope, whereof he knew And I was unaware.	環顧四周無遠近的景色， 無論是遠地或近旁 都不見什麼小鳥的心情， 能如此歡愉的歌唱 我想這也能在暗夜的訊裡 一種遠老曾經過的歡忭 只有他自己知曉的那種， 而我卻無從猜想。

余光中于连载时译注哈代的《冬晚的画眉》，修订后收入《英诗译注》（1960）与增订新版《英美现代诗选》（2017）。

观察余光中译作出版史的脉络就可发现，虽然《英诗译注》在出版时间上晚于 1956 年至 1957 年出版的两册史东原作之《梵谷传》（Irving Stone, *Lust for Life: The Story of Vincent van Gogh*），以及 1957 年出版的海明威原作之《老人和大海》（Ernest Hemingway, *The Old Man and the Sea*），名气上也远不如后来有机会修订再版的上述二书，但就余光中个人的翻译生涯而言，翻译此书中的诗作始于 1950 年，明显早于《老人和大海》与《梵谷传》。[6] 然而因为是前后大约三个半世纪的英诗中译集——收录的第一人江生（Ben Jonson）生于 1573 年，最后一人史班德（Stephen Spender）生于

---

[6]《老人和大海》原作 1952 年 9 月 8 日刊登于《生活杂志》（*Life Magazine*），余译在该年 12 月 1 日至 1953 年 1 月 23 日连载于《大华晚报》，而余译《梵谷传》在 1955 年 1 月 1 日至 11 月 24 日连载于《大华晚报》。

1909 年——再加上内容繁复多样，原刊于不同报章杂志，以致真正结集出书反而较晚。换言之，比起余译的传记与小说，此译诗集不仅文类不同，"先发后至"，而且知名度也望尘莫及，甚至为人淡忘。

不知是否为巧合，《英诗译注》之后的十一年间，余光中出版的所有译著都是诗歌类：

同年出版的 New Chinese Poetry（《中国新诗集锦》）脱胎自他在美国爱奥华州立大学（State University of Iowa）的艺术硕士论文，选译了二十一位新诗人的五十四首诗作，由台湾和香港的"美国新闻处"（United States Information Service，以下简称"美新处"）支持的国粹出版社（Heritage Press）出版；[7]

1961 年出版的《美国诗选》（Anthology of American Poetry）由香港"美新处"的林以亮（Stephen Soong，本名宋淇）编选，今日世界出版社出版，版权页注明四位译者，依序为张爱玲、林以亮、余光中、邢光祖，实则译者还有梁实秋与夏菁。然而不论译诗的数量（共一百一十首）或所撰写的诗人生平和著作（共十七篇），余光中都贡献最多，各占了五十一首（百分之四十六）和十一篇（百分之六十五），但在排名上却屈居

---

[7] 有关国粹出版社的背景、宗旨与出版品，参阅王梅香的博士论文《隐蔽权力：美援文艺体制下的台湾文学（1950—1962）》，页 144–162, 315–116。《中国新诗集锦》为该社出版的第一本书。

张爱玲与林以亮之后；[8]

1968 年两册《英美现代诗选》(*Modern English and American Poetry*)出版，此书在形式上类似先前颇获好评的《美国诗选》，英国部分五位（始于叶慈 [W. B. Yeats, 1865—1939]，终于汤默斯 [Dylan Thomas, 1914—1953]），美国部分十六位（始于狄瑾荪 [Emily Dickinson, 1830—1886]，终于赛克丝敦夫人 [Anne Sexton, 1928—1974]），包括诗人评介、译诗与译注，由余光中独挑大梁；[9]

1971 年出版的 *Acres of Barbed Wire*（《满田的铁丝网》）为余光中将中文诗作自译成英文，并授权台北的美亚出版公司（Mei Ya Publications, Inc.）发行国际版，目标设定为英文世界的读者。

---

[8] 《美国诗选》的筹划早在余光中 1958 年赴美攻读学位之前，而余光中应邀加入此一译诗计划，是由当时任职于台北"美新处"并在台大外文系兼课的吴鲁芹（本名吴鸿藻）穿针引线。余光中在追悼吴鲁芹的文章中提到，吴把"我在《学生英语文摘》上发表的几首英诗中译寄给林以亮。林以亮正在香港筹编《美国诗选》，苦于难觅合译的伙伴，吴鲁芹适时的推荐，解决了他的难题。这也是我和林以亮交往的开始，我也就在他们亦师亦友的鼓励和诱导下，硬着头皮认真译起诗来"（余，《爱》114）。

[9] 初版的《英美现代诗选》与《美国诗选》所收录的译诗完全不同，如余译狄瑾荪的《殉美》（"I Died for Beauty"）先刊于《学生英语文摘》5.12（1955.9）：45–46，后收入林以亮编选的《美国诗选》（88），再收入《英诗译选》第一集（台北：学生英语文摘社，1971 年 5 月，46–47），但并未收入《英美现代诗选》。至于 2017 年 7 月修订新版的《英美现代诗选》中的英国诗人则增加至八人，并上推至哈代（Thomas Hardy, 1840—1928），美国诗人则减至十五人（删去瑞克斯洛斯 [Kenneth Rexroth, 1905—1982]、安格尔 [Paul Engle, 1908—1991]，新增纳许 [Ogden Nash, 1902—1971]），并有四首诗与《美国诗选》相同。本文讨论为求齐全，以 1968 年版为基础，并参酌 2017 年版。

由上观之，余光中的译诗起先虽然是"先发后至"，但往后的十一年间却"一发而不可收"，而且方式与内容颇为多元：既有自译，也有他译；既有独译，也有合译；既有英译中，也有中译英。[10] 此后直到 1984 年才有转译自英文的《土耳其现代诗选》（*Anthology of Modern Turkish Poetry*，贝雅特利 [Yahya Kemal Beyatli] 等原作）。1992 年出版的《守夜人：中英对照诗集，1958—1992》为《满田的铁丝网》的增订（2004 年增订二版，2017 年增订三版）。[11] 至于 2012 年出版的《济慈名著译述》（*John Keats*）则是余光中针对单一诗人的唯一一本译作。在这段漫长的翻译生涯中，余光中自 1983 年起兴趣转向戏剧，并情有独钟于以才智隽语（witticism）闻名的王尔德（Oscar Wilde, 1854—1900）的喜剧，二十六年间将他的四部喜剧悉数译出——《不可儿戏》（*The Importance of Being Earnest*, 1983）、《温夫人的扇子》（*Lady Windermere's Fan*, 1992）、《理想丈夫》（*An Ideal Husband*, 1995）、《不要紧的女人》（*A Woman of No Importance,* 2008）——有些并以普通话和粤语在台湾和香港等地演出，回响热烈。[12]

---

[10] 有关《中国新诗集锦》《美国诗选》《满田的铁丝网》的讨论，参阅本书《在冷战的年代——英华焕发的译者余光中》。

[11] 有关《守夜人》的讨论，参阅本书《含华吐英：自译者余光中——析论余光中的中诗英文自译》。

[12] 余光中对于王尔德的兴趣久远，而且与翻译密切相关。周英雄在接受笔者访谈时提到，他就读于台湾师范大学英语系硕士班时，余光中在翻译课上便要他们"逐句试译"王尔德的《不可儿戏》，至今依然印象深刻（周，《却》422）（根据周英雄 2013 年 1 月 15 日电子邮件，这是 1966 年至 1967 年师大英语研究所的翻译课）。笔者就此询问余光中，他表示用《不可儿戏》作为教材颇有效果，因为"一方面王尔德的剧本情节很有趣味，另一方面也是让学生练习，彼此观摩，尤其里面是浪漫的 courtship（求爱），大学生或研究生正处于这个阶段，所以他们都很喜欢这种教法"（余，《第》201，亦见本书 210）。

总之，在余光中的十五种译作中，译诗便占了六种，而且与其他文类相较，在内容与呈现方式上更繁复多样，也因为丰富的附文本，更能反映他早期的翻译理念与策略。此外，身为诗人的余光中一方面由细读、翻译诗作以及查阅评论与数据中汲取养分，一方面自己的诗才也赋予译诗独特的风格，二者之间相互滋养，彼此影响。因此，本文旨在追本溯源，以余光中的第一本译诗集《英诗译注》为例，探讨此书如何借由文字的移译、文本的解析、文学的诠解，甚至文化与脉络的再现，具现了他早年"研究"与"提倡"英诗的努力，并预示了"三者合一"的翻译、译评与译论，以彰显此书的特色与意义。

二、为初学英诗者指点迷津

《英诗译注》全书一百六十七页，收录了自江生至史班德等三十一位诗人共三十七首译诗。余光中在《译者小引》里指出，入选的诗人中，"除 [George] Santayana 为西班牙人，McCrae [John McCrae] 为加拿大人，[Louis] Untermeyer，[Robert] Francis，[Ogden] Nash 为美国人外，其余皆是英国诗人。至于我译过的数十首美国诗，将另编成一集，不附在此"（1）。[13] 质言之，此书收录的对象以英国诗人最多，总计二十五位（占了八成）。在收录的三十一位诗人中，有二十一人只收录一首，史蒂文森（R. L. Stevenson）、桑塔耶那（George Santayana）与梅士菲尔（John Masefield）各收录两首，最获青睐的丁尼生（Alfred Tennyson）

---

[13] 依出版年代与诗人国籍判断，此集为《美国诗选》的可能性高于《英美现代诗选》。

《英诗译注》（台北：文星，1960 年 5 月）的封面（左上）与目录。

则高达四首（超过一成），除了他的盛名之外，诗作篇幅较短（如《鹰》["The Eagle"] 只有六行），并以音韵著称，是主要的原因。[14]

    《英诗译注》为余光中英诗中译初试啼声的结集，从《译者小

[14]   余光中于 2015 年 5 月 5 日接受笔者访问时表示，是因为丁尼生诗作篇幅短小之故。然而就注解中对于丁尼生诗作的音韵分析（36, 42, 48），可看出余光中高度肯定他在这方面的成就，这当然与余光中本人对于音韵与节奏的讲究密切相关，详见下文。

引》之名以及其中将此书描述为"小册子""小书"（1），可看出其谦虚。除了前文引用《小引》的第一段交代出处及工作方式之外，第二段对于出版的动机、设定的对象、呈现的方式、出版的目标、选材的说明、译诗的困难、译者的定位、全书的性质等都有言简意赅的说明，此处不嫌辞费，引述如下：

> 译者希望这本小册子能符合初学英文诗者的需要。每首诗都中英对照，并附原文难解字句的诠释，创作的背景，形式的分析，作者的生平等等，务求初习者有此一篇，不假他求，且能根据书中所示的途径，进一步去了解，欣赏更多的英美作品。集中所选，并非尽属一流作品，当初只因译者已经译过，遂乘便加以注解。事实上，译诗一如钓鱼，钓上一条算一条，要指定译者非钓上海中那一条鱼不可，是很难的。我怀疑谁能把米尔顿 [John Milton] 的"无韵体"或是史云朋 [Algernon Charles Swinburne] 的"头韵"铢两悉称地译成可读的中文。译者是新诗的信徒，也是现代诗的拥护者。正如前面说过的，我之所以编成这本小书，纯为便于初学英文诗者的参考，并无编辑标准英诗选集之意；因此，研究的性质重于提倡。（1）

换言之，《英诗译注》所设定的对象为"初学英文诗者"（重复两次）、"初习者"，呈现的方式为中英对照并加上附文本，用意在于"初习者"能学到阅读英诗的方法，在掌握要领之后能自行去"了解，欣赏"。然而，诗歌翻译毕竟有其困难，有些作品难以"铢两悉称地译成可读的中文"，而格律与音韵的"对等"（equivalence）尤其困难，译者在努力的同时，也承认语言的差异会造成不可译的现象（untranslatability），因此在选材上有如"钓鱼"，难免随机的性质。[15] 至于译者与新诗、现代诗的关系之声明，置于上下文中似乎有些突兀，可能因为书中的原诗大多遵循传统英诗音韵，译诗也努力重现，但余光中当时又致力于创作现代诗，已出版了诗集《舟子的悲歌》（1952）与《蓝色的羽毛》（1954），不愿读者误解他的创作与翻译之间存在着矛盾（即创作时前进，翻译时保守），也迂回表达了多方寻求其他文学传统的资源以丰富中文现代诗的努力。[16] 由于选材之限，《译者小引》明言此书仅供初学者"参考"，并非"标准英诗选集"。至于"研究的性质重于提倡"之定位固然带有自谦之意（不以提倡者自居），却也表示了其中具有相当的研究性质，预示了"三'者'合一"之说。

底下有关音步与诗行的定义与举例，可以见出余光中致力于普及英诗，并传授有兴趣者自行阅读的技巧。他在这方面的用心与努力，可证诸三页出头的《译者小引》中，以超过两页的篇幅来对"英诗中常见的音步 [foot] 和诗行 [line] 作一简要的总述"（1）。他将"音步"定义为"所以使诗行有起伏之节奏的一个单位，其变化恒以音节之数量和重音之位置决定之"（1），接着逐一定义"iambus（抑扬格）""trochee（扬抑格）""anapaest（抑抑扬格）"与"dactyl（扬抑抑格）"，并举例说明（1–2）。至于"诗

---

[15]　有"翻译先生"之称的林以亮后来在《美国诗选》的《序》中就借用了这个比喻，"翻译诗就好像是在大海中钓鱼"，并进一步发挥，表示"先要有高度的耐性"，而且"一大半要靠运气（说是灵感也可以）"（1）。当然读者不可因译者如此自谦而忽略了他们所下的功夫，往往愈认真的译者，自我要求愈高，愈是谦虚。

[16]　如《舟子的悲歌》的《后记》坦言英诗对他的重大影响："八年前我开始念旧诗，偶然也写些绝句。三年前我的兴趣转移到英诗。也在那时，我开始认真地写新诗。我觉得：影响我的新诗最大的还是英诗的启发，其次是旧诗的根底，最后才是新诗的观摩。"（69）梁实秋在为该诗集所写的书评中也指出："他有旧诗的根柢，然后得到英诗的启发。……无论在取材上，在词藻上，在格调上，或其他有关方面，外国诗都极有参考的价值。"（30）而余光中在《蓝色的羽毛》的《后记》中也说："我无日不读英诗，而创作和翻译则始终未曾间断。"（86）

行"，其"分类恒决定于每行所含音步之数量"（2），接着逐一定义
"monometer（一音步之诗行）""dimeter（二音步之诗行）""trimeter
（三音步之诗行）""tetrameter（四音步之诗行）""pentameter（五
音步之诗行）""hexameter（六音步之诗行，iambic hexameter 亦称
为 Alexandrine）"与"heptameter（七音步之诗行）"，并举例说明
（2–3）。这些看似机械的音步与诗行，正是英诗的格律特色，不仅
是余光中读诗与译诗的根据，也成为附文本中形式与音韵分析的
基础。[17]

　　最后一段的谢词则透露了师承以及此书出版的文化与生产条
件。第一个感谢的是梁实秋以及"他经常的指点和鼓励"（4）。任
教于台湾师范大学英语系的梁实秋是新月派的健将、外文学界的知
名前辈，以小品文与翻译莎士比亚全集著称。梁实秋虽未直接教过
余光中，却对他多有启迪，并为《舟子的悲歌》撰写书评，对于他
在写诗与译诗等方面颇多鼓励。其次是感谢时任台大外文系系主任
的英千里"于授我'英诗'一课时，使我获益良多"，而全书收录
的以 19 世纪诗人居多，与英千里上课所着重的时代吻合[18]，而且从
许多诗作翻译于 1952 年，可推断余光中在英诗课得到不少启发，
进而结合了学习、研究、翻译、注解、引介、发表与出版。接着感
谢《学生英语文摘》发行人赵丽莲，为他的译诗提供了在这份当时

---

[17] 《译者小引》虽未说明诗体，如双行体（couplet）、三行体（triplet）、四行体
（quatrain）、六行体（sestet）、八行体（octave）或十四行诗（sonnet）等，但不时
出现于附文本中。笔者于 20 世纪 70 年代初修习余光中的英国文学史，他在上英诗
之前先讲解音步、诗行与诗体。有关英诗格律的仔细说明，参阅聂珍钊的《英语诗
歌形式导论》。
[18] 余光中在 2015 年 5 月 5 日接受笔者访谈时表示，英千里的英诗课以 19 世纪诗
人为主。

台湾最具权威的英语学习刊物上"连载了一年多"的机会。[19] 而文星书店发行人萧孟能则"热心地将这小册子印成单行本",成为文化界叱咤风云的文星出版品。这四位都是当时外文学界与文化界赫赫有名的人士,而《英诗译注》就是在这些有利的条件下得以逐步落实,并且问世。

由上述可知,作为篇首的附文本,《译者小引》提供了举凡出版动机、筹划过程、出版情况、设定对象、呈现方式、出版用意、选材说明、译诗困难、译者定位、全书性质、英诗形式、术语定义、出版助缘等有关此书的重要信息与轮廓。至于较细节的信息与具体的赏析,则散见于各诗之后的"评论"与"作者",不仅与译诗相辅相成,并与《译者小引》前后呼应。

三、精益求精,修订出书

比对《学生英语文摘》与《英诗译注》里的一些译诗与注释,便会发现译注者在结集时做了一些修订,主要有下列几类。首先就是诗人译名的更动,如将"史蒂文森"(R. L. Stevenson)改为"史蒂文生"(61)、"桑泰耶那"(George Santayana)改为"桑塔耶那"(77, 81),或为从俗,或在发音上更接近原名。[20] 也有诗名的错别

---

[19]　余光中除了在该刊连载译诗之外,也曾参加其举办的翻译比赛,并获得首奖与不菲的奖金,鼓励甚大。他日后提倡翻译奖,如在政治大学西洋语文学系担任系主任时(1972年至1974年)举办全校中英翻译比赛,多年主持台湾的梁实秋文学奖翻译类以及参与香港的全球华文青年文学奖翻译类的命题与评审,都与昔日的得奖经验有关。

[20]　然而《安魂曲》("Requiem")的作者名又回到"史蒂文森",未能完全统一。至于将"史班德"(Stephen Spender)改为"史斑德"(165),恐较值得商榷。照说"班"比"斑"更适合翻译人名,而且此名在批注中数度出现时仍为"史'班'德",因此可能是手误。

字修正，如《吊叶慈》改正为《弔叶慈》*（"In Memory of W. B. Yeats," 157）。

最大的差异就是增加注解，并以注号的方式呈现，置于"作者"之前，更方便读者阅读与理解，如《挥别农庄》增加了五个注解（"Farewell to the Farm," 60），《悲悼》增加了十六个注解（"With You a Part of Me," 80–81），《湖心的茵岛》增加了七个注解（"The Lake Isle of Innisfree," 84），《短暂的人生》增加了六个注解（"Enjoy," 88），《寂寞》增加了十二个注解（"Solitude," 116），《弔叶慈》增加了十六个注解（158–160），《统计》增加了九个注解（"Statistics," 164），而《冬晚的画眉》竟然增加了二十五个注解之多（"The Darkling Thrush," 56–57）。这些注解给予译注者积极介入的空间，除了解释原诗之外，还提供了自我说明甚至辩解的机会。

少数修订是标点符号的增删，以更贴切原文，如《悲悼》的第五行"教堂、炉边、郊路和湾港"（"Chapel and fireside, country road and bay,"）之末加上逗点（81），《悠悠往古》（"All That's Past"）的第十三、十四行"古往今来的兴亡的历史；由它缓缓地吟唱"（"Sing such a history of come and gone"）的分号删去（99）。由此可见其出书前的精益求精。

译诗本身的修订虽然相当细微，但可看出其审慎仔细。有些只是换字，如"断绔"改为"断弦"（55），"家具"改为"傢具"（115），"安祥"改为"安详"（115）。至于其他一些修订更能看出在文字上的推敲斟酌：

---

* 编注：为保持原意，保留了余光中的译名"弔叶慈"。大陆版译为"吊叶慈"。本书有若干提及的作家、作品名使用的是余译版本，见书末对照表。

《悠悠往古》：第六行

原文：Oh, no man knows（98）

原译：哦，<u>有谁能</u>想象

改译：哦，<u>无人能</u>想象（99）

第二十一行

原文：We wake and whisper awhile,（98）

原译：我们醒过来只<u>絮语</u>片刻，

改译：我们醒过来只<u>耳语</u>片刻，（99）

《寂寞》：第十五行

原文：Creaks, or the wandering night-wind bangs a door.（114）

原译：或是那过路的夜风把<u>门儿</u>砰地关上。

改译：或是那过路的夜风把<u>房门</u>砰地关上。（115）

第二十一行

原文：Solitude walks one heavy step more near.（114）

原译：寂寞又<u>向你接近了</u>一步。

改译：寂寞又<u>沉重地走近你</u>一步。（115）

《统计》第一行

原文：Lady, you think too much of speeds,（164）

原译：<u>小姐</u>，你太重视了速度，

改译：<u>夫人</u>，你太重视了速度，（165）

至于作者简介，改写者有之（《挥别农庄》[61]），增加者有
之（《冬晚的画眉》[58–59]、《湖心的茵岛》[86–87]、《悠悠往古》

[101]）、删减者有之（《弔叶慈》[160–162]），移动者有之（桑塔耶那的简介由《悲悼》[81–82]改到《信仰的灵光》之末["O World," 78]），略修者有之（《短暂的人生》[90]）。在解析方面，增加者有之（《悲悼》[81–82]、《湖心的茵岛》[86–87]、《统计》[165–166]），修改者有之（《短暂的人生》[88–89]、《悠悠往古》[101–102]）。然而史蒂文生的简介依然散见于两首译诗之后（《挥别农庄》[61]、《安魂曲》[64]），各自只有一段，并未加以整合，可见该书体例未能完全统一。

由诗人译名的更动、注解的增加与重整、译诗的修订（含标点符号）、作者简介的改动、解析的增加或修改……种种不同类别与程度的修订，都可看出译注者在出书之前花了许多心力校订全稿，以期更忠实、充分（即兼顾 accuracy 与 adequacy）地呈现多位英文诗人的文本（texts）与脉络（contexts）。

四、译诗的多样性与代表性

细读余光中的译诗与注解，至少可以归纳出以下几点观察与特色。首先就是选材的困难度与代表性。翻译本身就存在着不可译性，而文学翻译的难度高于一般翻译，诗歌翻译的难度更高于其他文类，因此余光中会有"钓鱼"之喻。再者，《英诗译注》中的若干诗作刊登于《学生英语文摘》时，由于该刊具有英文教学的性质，对象主要设定为莘莘学子及有意学习英文者，因此余光中依照该刊的宗旨与体例，除了以中英对照的方式呈现原诗与译诗之外，并以附文本来说明文意、技巧、形式、作者的时代与背景、文学史上的定位等，引领读者对于原诗、作者及其技巧与背景有更深入的认识，有别于一般有译无注的呈现模式。为了凸显这个特色，全书出版前余光中特地为出现于他处、未有附文本的译诗补充资料，使全书体例一致，因而有"研究的性质重于提倡"（1）之说。这一方面表示译者具有研究的能力，另一方面也可看出为读者设想，有心分享自己钻研英诗的心得，自有提倡的功能。

由于《英诗译注》的缘起与取向有别于有译无注的译诗集，更有别于英文诗选，必须配合译者已有的译诗，在内容上较受限制。再者，全书以"译注"为名，注解详细为其特色，篇幅超过了译诗，也压缩了选诗的空间。因此，《译者小引》中所说的"并无编辑标准英诗选集之意"（1），确为实情。尽管如此，此书仍力求在有限的空间内呈现多样性。首先，从入选的三十一位诗人与编排方式可看出，译者有意兼顾历史性、艺术性与代表性，自16世纪的江生开始，依出生年代顺序排列，出生于16世纪的诗人两位，17世纪的诗人从缺，[21] 18世纪的诗人五位，19世纪的诗人二十位，20世纪的诗人四位，计有十七位诗人（约五成五）横跨19、20世纪，此书出版时仍有九位诗人（三成）在世，可见相当具有现代性。入选者都有相当的代表性，如江生是当时的诗坛祭酒与桂冠诗人（Poet Laureate），其他的桂冠诗人尚有华兹华斯（William Wordsworth）、丁尼生、梅士菲尔。浪漫派诗人除了华兹华斯之外，尚有拜伦与济慈。入选的诗人以英国籍为主，其他尚有美国、西班牙、加拿大等国籍。加上注解内对于诗人、诗风及时代背景的介绍，宛如另类的"英诗小史"。余光中一向对翻译深感兴趣，而翻译是深入了解原作的最佳方式，对于讲求格律与节奏的诗歌尤其如此，至于注解则是培养理解、欣赏、批评与表达的能力，因为"一首好诗犹如宝石，可以作面面观，而各呈异彩，原不必十分拘泥"（52）。对于有意于诗歌创作的余光中而言，既译且注恰好发挥了外

---

[21]　由此可见崇尚知性的新古典主义未获年轻译者的青睐。

文系的专长，也是吸取外来养分的最佳方式，并练习以译入语充分信实地传达原诗。

《英诗译注》收录的诗虽然只有三十七首，却相当多元繁复，足证译注者胸襟开阔，兴趣广泛，转益多师，积极开拓视野，并热心与中文读者分享。以下依内容大致分类，并依数量多寡排列（页码兼含原诗与中译）：

情诗

江生，《歌赠西丽亚》（"Song to Celia," 2–3）；

海立克，《给伊蕾克特拉》（Robert Herrick, "To Electra," 8–9）；

拜伦，《夜别》（"So, We'll Go No More A-Roving," 26–27）；

丁尼生，《磨坊主人的女儿》（"The Miller's Daughter," 46–47）；

布尔地荣，《夜有千眼》（F. W. Bourdillon, "The Night Has a Thousand Eyes," 66–67）。

悼亡诗

华兹华斯，《露西》（"She Dwelt among the Untrodden Ways," 18–19 ［露西组诗（"Lucy Poems"）之一］）；

丁尼生，《悲悼》（"Break, Break, Break," 34–35）；

浩司曼，《怀念》（A. E. Housman, "The Half-Moon Westers Low," 72–73）；

桑塔耶那，《悲悼》（80–81）；

奥登，《弔叶慈》（W. H. Auden, 156–159）。

感怀诗

叶慈，《湖心的茵岛》（84–85）；

戴拉马尔，《悠悠往古》（Walter de la Mare, 98–99）；

梅士菲尔,《海之恋》("Sea Fever," 104–105)与《西风歌》
　　("The West Wind," 108–109);

孟罗,《寂寞》(Harold Monro, 114–115)。

咏物诗

济慈,《蚱蜢和蟋蟀》("On the Grasshopper and Cricket," 30–31);

丁尼生,《鹰》(42–43);

哈代,《冬晚的画眉》(54–55)。

战争/反战诗

麦克瑞,《在佛兰德的田里》(John McCrae, "In Flanders Fields,"
　　94–95);

欧文,《兵器和男孩》(Wilfred Owen, "Arms and the Boy," 142–143)。

哲理诗

桑塔耶那,《信仰的灵光》(76–77);

道孙,《短暂的人生》(Ernest Dowson, 88–89)。

象征诗

布雷克,《无邪的牧笛》(William Blake, "Introduction," 12–13
　　[诗集《无邪之歌》(Songs of Innocence)的序诗])。

叙事诗

诺易斯,《强盗》(Alfred Noyes, "The Highwayman," 118–127)。

写景诗

汤姆森,《飞星》(James Thomson, "As We Rush, as We Rush in

the Train," 50–51)。

自悼诗

史蒂文生,《安魂曲》(62–63)。

怀旧诗

穆尔,《塔拉的竖琴》(Thomas Moore, "The Harp That Once through Tara's Halls," 22–23)。

社会诗

安德迈尔,《煤矿夫》(Louis Untermeyer, "Caliban in the Coal Mines," 134–135)。 [22]

讽刺诗

史班德,《统计》(164–65)。

记事诗

佛兰西斯,《跳水者》(Robert Francis, "High Diver," 146–47)。

幽默诗

纳许,《三十岁生日》(Ogden Nash, "A Lady Thinks She is Thirty," 150–151)。

---

[22]　批注中除了说明诗名中的 Caliban 为莎士比亚的《暴风雨》(*The Tempest*) 中 "一个丑恶的魔鬼" 之外,并指明此诗 "是所谓'社会诗'之一例",透过如 Caliban 般被奴役、剥削的矿工之口,"倾诉其自身的感慨。对于造物主上帝的诉苦,写到'哀而不怨'的好处,是一首二流的好诗"(136)。这在讳言劳资对立的冷战时期的台湾,是借由翻译来引介另类的诗作。

警句诗

华特生，《四行集》（William Watson, "Four Epigrams," 68–69）。

儿童诗

史蒂文生，《挥别农庄》（60–61）。[23]

其他还有一些不易归类的诗。如丁尼生的《丈夫和孩子》（"Home They Brought Her Warrior," 38–39）本为长诗《公主》（*The Princess*）中穿插的几首短诗之一，"看似抒情短诗（lyric），其实是一首小小的叙事诗（narrative），寥寥四段，居然有人物、有情节、有悬宕、有高潮"（40）。[24] 费礼普斯的《梦中》（Stephen Phillips, "A Dream," 92–93）描写上帝让已逝的情人回到人间一小时，两人却"争吵如旧时"，等到诗人要"求和"，一小时已消逝。全诗只有两节八行，却兼具爱情、悼亡、叙事与讽刺。至于佛雷克尔的八行短诗《复活》（James Elroy Flecker, "Tenebris Interlucentem," 132–133），描写地狱中的幽魂，更是难以归类。由上列诗作之名可看出余光中有时直译诗名，有时加以转化或引申，以期符合中文读者的阅读习惯并便于理解，达到最佳的传达效果。

其中最长的是诺易斯的叙事诗《强盗》，分为两部十七节，总共一百零二行（118–127），描写古老旅店店主的美丽女儿被官兵所缚，为了向前来的爱人强盗示警，扣动扳机自杀，故事悬宕，凄美感人，可见余光中早年便对长篇叙事诗感兴趣，并着手翻译。其

---

[23] 批注中表示此诗"原非一流，甚至二流作品，本不拟选用，但仍予以保留，作为童诗之一例"（61）。

[24] 《英诗译注》中经常用"段"字来描述英诗的 stanza，不同于目前通用的"节"字，为了避免混淆，下文讨论时使用"节"字，但引文中维持"段"字。

实他多年来未能忘情于叙事诗，并希望借由译介这种类别的诗作来丰富华文诗歌创作。他在 2012 年 12 月接受笔者访谈时，曾提到该年出版《济慈名著译述》之后的译诗计划："我想要选些比较叙事的诗，因为中国的新诗、现代诗大多是抒情的，所以多翻一些叙事诗，让我们的诗人可以借镜，应该会有一点帮助。"他特别提到"苏格兰诗人彭斯的《汤姆遇鬼记》（Robert Burns, 'Tam o' Shanter'），这是一个幽默的苏格兰民俗故事。类似这种一两百行，甚至三百行的诗，至少再翻译三五篇吧"（《第》223，亦见本书 231）。

全书就诗体而言不拘一格，短者只有六行、八行，长者多达一百零二行，其中以四行体最多，占了大半，其次为十四行诗（济慈的《蚱蜢和蟋蟀》、桑塔耶那的《信仰的灵光》和《悲悼》），间杂着三行体（如丁尼生的《鹰》）和"英国古代民歌"（江生的《歌赠西丽亚》）。佛兰西斯的《跳水者》则是罕见的双行体（每两行为一诗节），这首"十分精彩的新诗，看似'自由诗'（vers libre），实在是'抑扬六步格'或不拘的'亚历山大体'"，并且用上了邻韵（para-rhyme）、阴韵（feminine rhyme）、阳韵、头韵（alliteration）（148）。而麦克瑞的《在佛兰德的田里》甚至是"一首标准的法国式的'迭句诗'（rondeau），可是一气呵成，绝不受形式的束缚"（95）。凡此种种足证译注者的视野与用心，以及尝试驯服并译介这些诗作的雄心与努力。

五、注释与诠评的技巧与功能

相较于一般译诗，余光中选择的是挑战性最高的呈现方式：中英对照可供双语读者随时比对、品评；"注解"协助读者了解原诗的文意、韵律与技巧，也因而对于译者的要求更高，更能看出译者的努力、巧思与限制；"作者"则简介诗人生平，诗风与特色，以及文学史的评价。附文本虽是译作之外的"附件"，却提供了译注者介入的空间，若能善加利用，是译者现身的良机，但能力不足者可能反而弄巧成拙，自曝其短。余光中善用附文本，尤其是注解，说明翻译时在用字、节奏与音韵上的考虑，有时也自承力有未逮之处，坦诚面对读者，显示了对译诗的郑重其事，具有相当的自信与反省，体认到即使尽力而为，翻译中总是存在着精益求精的空间。而他打开始便知悉"解诗原是一件危险的事"（15），抱着这种自知之明而行事，当可降低错误的风险。

此外，余光中在评论中也会带入中国古典文学以及在地的色彩，以增加中文读者的亲切感，如：在诠释布雷克诗中的羊与虎之喻时表示"梁实秋先生倾向于 The Lamb 代表善，而 The Tiger 代表恶的解释"（14）；在介绍奥登时提到他曾造访中国（161）；在介绍道孙时透露"美国小说家宓彻尔的作品《飘》[Margaret Mitchell, *Gone with the Wind*]"之名来自其诗（89），并指出，"我国诗人余怀曾经译过他的短诗 Spleen，译文极佳"（90）。可见余光中注意通俗文学，并相当留意他人的译诗，不吝肯定佳译。甚至在介绍诺易斯的长篇叙事诗《强盗》时还说，"*The Highwayman* 1952 年冬在台北上演时，中译亦为《生死恋》，与 Holden，Jones 合演者同名"（130），[25] 显示他对通俗文化与电影并不陌生。

（一）用字与句法

就《英诗译注》的附文本而言，主要是字意的解释、句法的

---

[25] 此处指涉的是威廉·霍顿（William Holden）与詹妮弗·琼斯（Jennifer Jones）主演的《生死恋》（*Love Is a Many-Splendored Thing*, 1955）。

说明、格律的解析、作品的品评、传记的资料。其中最基础的就是
字意的解释，主要是对古字、较艰深或罕见的用字之说明，也会对
特殊的诗之用字（poetic diction）加以解说，如"thine"是"your
或 yours 之古写"（2），"sent'st"是"sent"（4），又如为了配合音
步而特有的拼法与读法，说明"o'er"是"over"的缩写，"诗人用
o'er 时，通常有两个作用：一个是当他只需要一个音节，另一个是
当他要用来和 more, core 等字押韵时"（70）。有时诗人为了达到特
定的效果而自创复合字，如佛兰西斯的《跳水者》中的"seaweed-
bearded"一词，意思是"满面海草，有如胡须"（146），而在译诗
中出现新奇的"藻须"一词（147）。余光中由此出发，指出"这
种在文法上颇为奇异的'形容词（或名词）+人身某部分+过去
分词语尾'的复合字在英诗中甚为常见"，并举莎士比亚、蔡特顿
（[Thomas] Chatterton）、济慈、浩司曼的用字为例（147），足证其
用功及体贴读者之处。

　　由上例可见译者致力于遵循原诗，然而若直译未能达到艺术
效果，余光中也会采用意译，如佛雷克尔的拉丁文诗名"Tenebris
Interlucentem"字面之意为"黑暗中放光明"，但考虑到"直译似
不够浑成，且落俗套，乃意译为'复活'"（132）。丁尼生的《丈
夫和孩子》中"Truest friend and noblest foe"（38）一行，"如直译
为'最忠实的朋友和最光明的敌人'就不恰当"，于是译为"交友
最忠实，待敌最光明"（39）。佛兰西斯的《跳水者》中描写海水为
"rippling and responsive"，"直译应为'有微波而又有反应的'，但
既不生动，又不浑成，故译为'扬起了微波欢迎'"（149），显然
为了译诗的自然顺畅，不惜牺牲原诗的头韵。

　　英诗中有时为了音步与押韵而出现倒装句法，可能会造成阅读
的障碍，注解则改写成一般的英文句法，有助于读者理解，并欣赏

诗人的用字以及对节奏的处理与掌握。[26] 再者，熟悉中国旧诗的读者对于英诗中的跨句不免觉得陌生，因此书中重复提醒读者，如济慈的《蚱蜢与蟋蟀》的"末五行的文法构造，颇为曲折，实则仅为一句"（31），"英诗往往一句横夸（跨）数行，不像我国旧诗多为一行一句一意，初读者最应注意"（116），"英诗往往一意跨数行，和中国旧诗一意一行不同，最应注意"（159）……凡此种种，足见译注者的谆谆善导。

（二）格律

诗歌之异于散文者主要在于格式与韵律，相关注解至为重要，对于译者而言，涉及个人阅读诗歌的基本功，若未能充分掌握，又如何能恰切传达给另一个语文的读者？因此，这些注解一方面增加读者对于特定诗作的了解以及一般英诗的认识，另一方面读者可据此判断译者对于原诗与作者的领会与掌握，以及译诗是否传达出原诗的特色与韵味，因而对译注者形成更大的挑战。如果字意的理解与句法的掌握是对于全诗文意的基本了解，那么格律的说明则是诗艺分析的特色，这也是《英诗译注》有别于一般译诗之处。其实由《译者小引》花了大半篇幅来说明英诗的音步与诗行，并加以定义与举例，就可看出英诗特色之所在，而这也正是余光中所重视的。他的分析以英诗的音步与诗行为基础，针对特定诗作加以说明，其中有正体，也有变体，引导读者在文意理解的基础上欣赏英诗音韵之美。

余光中一向以重视音韵、节奏著称，耳感极佳。陈芳明指出，"在现代诗人行列里，余光中可能最注意诗的速度、节奏、音乐性"

---

[26] 最明显的例证就是他把史蒂文生的《安魂曲》中"Home is the sailor, home from sea, / And the hunter home from the hill." 改写为"The sailor is back, back from sea, and the hunter is back from the hill.",并说"这两句译错者最多"（62）。

（《窥》111），此评断应是不争的事实。这固然与他自幼吟咏诵读中国古典诗词密切相关，而英文这个非母语的韵律与节奏对于耳感的训练也有相当的效用。以头韵为例，《英诗译注》中指出头韵有如中文里的双声（129, 148），余光中列举戴拉马尔在《悠悠往古》中所用的二十四个头韵，并说"中段 s, z, zh 之声特多，可以暗示潺潺的流水——逝者如斯夫，不舍昼夜！"（101）；梅士菲尔的《西风歌》中的叠字（七个）与头韵（十九个）"用得很多，也很好"，而且"二十七个 W 之声充溢全诗，暗示着西风的吹拂，尤其成功"（111）；诺易斯的《强盗》中的头韵"极多"（四五十个），"用得也很好"（129）；佛兰西斯的《跳水者》中运用 sp 头韵，"以象征浪花四溅的骚响"（148）；欧文的《兵器和男孩》中的十二个头韵"颇成功"，而且"其中 bl 之声尤多，而 fl 和 sh 之声尤能暗示白刃之锋利无阻"（144），建议"读者试多加朗诵，便会发现其语气是何等的深婉而悲壮"（143）。这些实例见证了译者阅读之细，朗诵之熟，不仅体会原诗音韵之美，并联结诗情意境，整合英诗中重视的 sound（声音）与 sense（意义）。[27]

此外，身为译者除了要体会原意、感受音韵之外，还必须将英诗以具有更悠久传统的中文再创作、传达出来，以期于中文读者身上产生类似原诗的感受。如同前述，格律的分析既是翻译英诗的基本功，也是检验译作的标准，译注者特别提供中文读者这个工具，来检视其笔下的中译。《译者小引》明言英诗中译的困难，在批注中以文本细节加以印证，中译能亦步亦趋之处固然欣喜，未能

---

[27] 吴怡萍在《从语言像似性看转韵于诗歌翻译之运用：以余光中的〈英诗译注〉为例》一文运用语言临摹性（iconicity），集中探讨《英诗译注》里的转韵，指出余光中"利用中文音素的语音特征再现英诗独特的音乐性"（63）。她在 2015 年 6 月 12 日于高雄第一科技大学的"余光中译翻作品学术论坛"作口头报告时强调，读到此书"惊为天人"，表示可从此书的评论与介绍中得到很多启发。笔者本文则采用文本细读的方式，析论全书的特色，并置于余光中译作的脉络下讨论。

如愿者也坦然相告，并说明译诗变通之处，以供读者评断。如哈代的《冬晚的画眉》"格律极严，各节的韵脚一律是 ABABCDCD。读者请原谅我只译出了 BB 和 DD，至于次要的 AA 和 CC 则不拘。又每节一三五七单行用'抑扬四步格'（iambic tetrameter），二四六八双行用'抑扬三步格'（iambic trimeter），这一点译文是办到了的"（57）。史蒂文生的《安魂曲》"由两个'抑扬四步格'的四行体所组成；韵脚依次为 AAAB，CCCB，并不多见，但译诗中为 AAAA，BBBB，殊不足为训"（62）；尽管如此，将第二节末两行 "Home is the sailor, home from sea, / And the hunter home from the hill" 译为"舟子已归来，归自海上，／猎人已归来，归自山岗"（63），所添加的一韵（"上"与"岗"）虽破格，但作为收尾颇为巧妙，且增添了反复回旋之感。[28] 佛雷克尔的《复活》"由两个'抑扬四步格'的四行体所组成，韵脚是 ABBA，译诗中变为 ABCB，当然不足为训"（132）。萨松的《大合唱》（Siegfried Sassoon, "Every One Sang"）第一节第二、三行 "And I was filled with such delight / As prisoned birds must find in freedom"，"原意是'我心里充满了笼中小鸟重获自由时所感到的喜悦'；译诗因拘于形式，不免与原文稍有出入"（138），而译为"于是我心里充满了欢畅，像笼中的小鸟重获自由"（139），以便维持原诗的韵脚。最困难的应属独特的押韵方式，如欧文的《兵器和男孩》"韵脚各段均为 AABB，但用的是所谓'邻韵'，而非传统的韵。'邻韵'用得非常成功，但译文中仍旧是用传统的押韵方式，因为'邻韵'在中文中

---

[28] 余光中对此诗的诠释、引申与译诗相得益彰，此特色不时出现于书中："本诗纯以豁达而健康的态度来歌咏死亡，颇有我国'视死如归'的意味。人生原是一种探险、一种追求，正如猎者之上山捕兽，舟子之出海远航；及至生命终结，事业亦复告一段落，可以放心瞑目，回家去休息了。只有在这种'不虚此生''不枉此行'的心情下归去，才能做到'其中坦然'。那些浪费了一辈子光阴的人是无法体会此种安详而开朗的心情的。"（63）

的使用极为困难"（144）。[29] 这种格式上的特例，若非译注者指出，读者极可能就会错过，但余光中不仅明示此特殊押韵方式，并坦承在语言转换时难以传达，只得以传统押韵方式取代，可见其认真负责的态度，并坦然面对力有未逮之处。

总之，由于格律与节奏的要求，译诗本已不易，而中英文差异甚大，使得英诗中译难上加难，必须时加变通，有时"译文中为了押韵而互易位置，实为无可奈何之事"（8）。《英诗译注》中对于格律的分析以传统诗体为主。后来英诗格律松绑，自由诗（free verse）逐渐风行，看似解放，舍弃格律与韵脚的枷锁，实则在节奏上依然讲究，甚至因为去除了外在的形式规范，对于节奏更须留意揣摩，于自由中领悟其有机，于自然中体会其韵律。余光中对于自由诗的形式分析虽少，但其译诗则是反复吟诵揣摩之后转化的结果，留给读者更多自行体会与诠释的空间。

（三）品评

《英诗译注》中最见批评功力之处是译注者对于诗作的品评。这些文字有时引介英美批评家的见解，采用最多的是兼具诗才与洞见的艾略特（T. S. Eliot），用其评论十位诗人——江生（6）、布雷克（16）、华兹华斯（21）、拜伦（28）、丁尼生（44）、汤姆森（53）、浩司曼（74）、叶慈（87）、戴拉马尔（102）、孟罗（117）——如艾略特认为华兹华斯的"伟大一半在于作品本身，一半在于开创风气的历史价值"（21），笔者认为此评价颇合其文《传统与个人才具》（"Tradition and the Individual Talent"）的旨意。引

---

[29]　余光中特别说明，邻韵特殊之处在于"但求二字首尾（或仅尾部）的子音相同，而母音（元音）则互异（如 friend, frowned; war, were; years, yours）"，早期英诗采用邻韵时，"多为无意或无奈的破例……有系统而大规模地采为正体而且用得成功的，当然自欧文开始"（145）。

用次多的是诗人兼诗选家安德迈尔，提到安氏最欣赏孟罗（117），并用他评论三位诗人——汤姆森（53）、道孙（90）、梅士菲尔（112）——特别指出"安德迈尔说，梅士菲尔的风格是 beauty 和 brutality 的神奇的化合，是一种粗犷的美；又说他和乔叟、莎士比亚、朋斯、维荣、海涅诸人相同，不但是伟大的艺术家，还是伟大的人道主义者"（112），可谓推崇备至。其他引用的评论与评价尚有来自浩司曼（16）、格雷夫斯（Robert Graves，16）、戴维森（John Davidson，53）、毛姆（W. S. Maugham，74）、史班德（74）等人。这些多少具现了余光中在课堂教育之外的英诗／诗歌教育，对于仍在起步中的译诗者／现代诗人余光中的视野开拓与境界提升，发挥了一定的效用。

　　余光中也不惮于表达个人的批评意见，并带入相关的知识。有些意见涉及格律与音韵，如"当今美国最有名的幽默诗人"（154）、"享有 America's Light-hearted Poet-Laureate 的尊称"（155）的纳许，其用韵"神奇莫测，前人自然没有用过，后人也永远不可能再用。他将读音略一歪曲，便使两个毫无押韵可能的字配成了对"，并举"walcum"（"welcome"）、"fassinets"（"fascinates"）、"torgia"（"toward you"）等为例（154）。此人固然是特例，其他许多诗人依英诗格律而作，更方便据以评断。如奥登的名诗《弔叶慈》的"押韵次序为 AABB，极工整，仅 lie, poetry（-trī）；intolerant, innocent；excuse（-kūs），views（vūz）稍有破格"（160），而有时"大诗人也不免要破格"（40［丁尼生、济慈］）。余光中也不吝于分享自己的领会，如论丁尼生的《磨坊主人的女儿》时表示，"英诗中，i 的长音押韵最为柔和悦耳。Allan Poe 的杰作 Ulalume 第五、第七两段便是反复押 i 长音的韵。本诗韵律极佳，然而到底是丁尼生早期的作品，技术犹未进入化境。如容我佛头着粪，吹毛求疵，则我愿指出：第一段最佳，第二段第三行破格，读来拖沓累赘，末段末行的 unclasp'd（读如 unklaspt）的第二音节 clasp'd，读来又嫌过于局促，即使省去了最后的 t 音，也仍感不顺"（48）。在说明济慈的《蚱蜢和蟋蟀》时，余光中除了介绍此诗运用的是前八行（Octave）加后六行（Sestet）的"意大利体的十四行诗"及其押韵方式之外（31），又介绍了莎士比亚体的十四行诗的结构、押韵方式，十四行诗的简史，济慈一生撰写了"六十四首十四行体"（32），以及其较著名的十四行诗。这些丰富的信息都浓缩于一段，殊为不易。从这些评论可以看出余光中对于英诗格律的娴熟，并通过反复吟诵来体会原诗人之用心，并指出未臻完美之处。

另一些评论则涉及意象，最具代表性的一例就是对于哈代的《冬晚的画眉》的评论："本诗所用的几个明暗喻都很高明。全诗最精彩的句子应该是第二段的前半节，其中又以前二行玄学派的比喻给人的印象最为深刻。"（57）全诗共四节，每节八行，此处引用第二节前半以及余光中的译诗与评论，以见一斑：

The land's sharp features seemed to be

    The Century's corpse outleant;

His crypt the cloudy canopy,

    The wind his death-lament.（54）

大地那清癯的面容像是

    世纪的尸体横陈；

沉沉的云幕是他的坟穴，

    晚风是挽他的歌声。（55）

余光中的评论结合了诗人的用字、意象、技巧与时代精神（即世纪末的感触）：

> 本诗作于 1900 年底，是时 19 世纪恰恰结束，故有"世纪的
> 尸体"之谓。"大地"原是广阔的空间，"世纪"原是悠长的时
> 间，两者在予人庞大的印象上，已有相似之处，引人联想；再
> 加"大地"已经奄奄冬眠，了无生意，"世纪"也已垂死待葬，
> 成为往日，在诗人创造的幻想之中，苍白、僵冻而又干枯的大
> 地可不就是刚刚死去的 19 世纪所遗留下来的尸体？于是经诗
> 人的魔指一点化，无形的时间便落为有形的空间。至于诗中
> specter-gray，weakening eye，haunted，crypt，death-lament，
> 等字在在都暗示着死亡，已经造成了上述两行所点破的阴森的
> 气氛。（57）

他进而将前两行与艾略特的《普鲁佛洛克的恋歌》（"The Love
Song of J. Alfred Prufrock"）中"同是描写黄昏的名句：'当黄昏摊
开在西天，像一个病人麻醉在手术台上'"相提并论，而且说两诗
相隔至多不过十年，"艾氏于写此两行诗时，心中有无哈代诗句的
影子，却是一个极饶兴味的问题"（57–58），暗示了一个文学史上
可能的公案。在短短的篇幅中，余光中不但提供了英中对照的诗
作，并对诗作、诗人技巧与时代精神作了精简扼要的解说。

下文引用余光中对江生的《歌赠西丽亚》的总评及第一节两行
诗的评论，以示其对于英诗传统的娴熟以及比较的功力：

> 本诗单行均为"抑扬四步格"，双行均为"抑扬三步格"，
> 与 Thomas Moore 的"塔拉的竖琴"和 Thomas Hardy 的"冬
> 晚的画眉"结构相同。韵脚依次为 ABCB，ABCB。此诗原
> 为英国古代民歌，和"塔拉的竖琴"都极为流行，且同收在

One Hundred and One Best Songs 之中。第一流的情诗。无论意境和形式都已经达到了完美的程度；比较起来，还是第一段最好，极舒缓不迫之趣，殆已进入化境，除末二行稍弱外，几乎每一行都是警句。尤以第三、四两行最为出色，完全是神来之笔；[30] Robert Herrick 的 To Electra: "Only to kiss that air / That lately kisséd thee" 差可比拟，但韵味远逊；[Christopher] Marlowe 名句："Sweet Helen, make me immortal with a kiss" 又嫌不够含蓄；惟 Mrs. Browning 的 Sonnets from the Portuguese 集中第三十八首的佳句："A ring of amethyst / I could not wear here（指她自己的手指），plainer to my sight, / Than that first kiss," 可以媲美。只要你在空杯中留下一吻，以后我就不再把美酒找寻，因为你的吻是如此的甜密［蜜］而有魔力，即便是它的影子，它的遗迹，它的回忆，已远比一切佳酿更令我沉醉。经你一吻，空杯从此着魔（possessed），两瓣清香，一片温柔，从此握之难忘，拭之不去，从此它变成了你的替身，永远盛满了你的回忆。（4–5）

除了不吝肯定佳作之外，余光中也会品评名家之作，充分显示了他的胆识。如评论华兹华斯的《露西》时指出，"本诗以淡淡的韵味胜，自然，朴素，柔和。……第二段最好，前二行又比后二行好"（20）。另一位浪漫主义名家拜伦的《夜别》在他看来，"第一段和第三段平平，第二段最佳。第二段之中，又以前二行为最妙。灵魂之于躯壳，正如利剑之藏鞘中。……这真是绝妙的譬喻"（27）。评论哲学家／诗人桑塔耶那的《悲悼》时，译注者有感而发："当

---

[30]　此两行原文为 "Or leave a kiss but in the cup, / And I'll not look for wine"，余译为 "不然仅留个吻在我杯中，／我就不用将美酒找寻"（2–3）。

她别我们而去——无论是幽冥的隔绝，或是永恒的生别——我们的灵魂有无形的挣扎，无声的呼号；心灵的空虚无法填补，心灵的创伤无法治疗。……曾经沧海难为水，除却巫山不是云，正是此意"（82）。而叶慈早年的代表作《湖心的茵岛》虽然"第二段的前两行是一个很特别的隐喻"，"不是普通的诗人所能创造的意境"，而且"中段末二行，则写景手法极佳，尤以末一行，才气横溢，堪称警句"，然而年轻气盛的译注者并非全然服膺，也不是没有针砭："我的批评是：第二段是好诗，第一段尚佳（只有一个独创的形容诗bee-[l]oud 清新可喜），末段平平"（86）。有时甚至不满于原诗的用字而加以品评，如萨松的《大合唱》"依上下文意及全诗意境而言，第二段第二行的 setting sun 实在用得不妥，如改为 rising sun，则大佳矣"（139–140），尽管如此，为了忠于原文"And beauty came like the setting sun"（138），依然译为"于是美降临，像是落日"（139）。类似的情形也出现于他对纳许的《三十岁生日》的注解（152）。由此可见，身为读者与译者的余光中，对于自己所翻译的诗作具有个人的见解，虽然在翻译时必须忠实于原诗，却利用注解来表达并分享自己的见解，让中文读者能从作者、译者与评者的三重视角来丰富自己的阅读经验。

（四）比较的视野

余光中评论的另一个特色与他的批评位置及文化资本相关。熟悉中国古典文学的他，除了评论原诗的音韵与意象之外，也不时将所译的英诗与中国古诗并提，以呈现彼此的异同，凸显各自的特色，展示了出入于中英文学之间的功力。以丁尼生的名诗《鹰》为例，其中译与评论如下：

The Eagle

He clasps the crags with crooked hands:
Close to the sun in lonely lands,
Ringed with the azure world, he stands.

The wrinkled sea beneath him crawls;
He watches from his mountain walls,
And like a thunderbolt he falls. （42）

他用弯手抓紧在岩际；
傍着落日，在漠漠的荒地，
背负着长空一碧，他危立。

苍皱的大海在他的脚下爬；
他从峰壁上悄然俯察，
像一闪霹雳他蓦地冲下。（43）

译诗虽未能完全遵照原诗的音节，但每行长度相当，重现了原诗押韵的三行体，并加上了自己的诠释（如"落日""危立""悄然""蓦地"），这些诠释尽管见仁见智，却足以强化原诗的氛围。

余光中对于此诗的评论也颇有可观之处。他指出："全诗用三行体（triplet）一气呵成，魄力雄劲，为丁尼生最短的杰作，恐怕也是英诗中咏鹰的最佳作品了。"除了整体评论之外，再就音韵加以分析："全篇六个韵末均用 s，实为奇韵，而连用七个 k 音（clasps，crags，crooked，close，wrinkled，crawls），kl 和 kr 之声在在暗示着鹰之雄劲，山之峭拔，石之狰狞，效果极佳。论者曾谓，英诗音韵之佳，无出丁尼生之右者，观此诗果然。"进而分析意象，并与中国古诗并提："前五行虽写静态，而蓄势待发，风雨欲来，气吞九垓；末行一落千丈，由静入动，万古佳句，令人想起了'白鸥没浩荡，万里谁能驯'"；"海涛汹涌，而自峰壁下窥，但觉波浪如爬，极言苍鹰立足之高；以视唐人之'连山若波涛，奔走似朝东'，宋人之'微风万顷靴纹细'，亦何多让哉！"（42）此评论的文采与联想为译诗增色不少，也拓展了读者欣赏与想象的空间。

类似的方式也见于对丁尼生的《磨坊主人的女儿》的评论。诗人写作此诗时年方二十四岁，而余光中译注此诗时年纪相仿，除了译诗紧随原诗的格律之外，并对此诗有如下的诠解："本诗想象贴切，文字浅显，甚易欣赏。第二段设想变成情人的腰带，可与华勒（Edmund Waller）的'On a Girdle'参照并读。如论空灵飘逸，也许还稍逊海立克（Robert Herrick）的'To Electra'。我国陶潜的'闲情赋'设想化为情人的衣领、腰带、发泽、眉黛、莞席、丝履、昼影、夜烛、竹扇和桐琴等等；其腰带一段云：'愿在裳而为带，束窈窕之纤身，嗟温凉之异气，或脱故而服新。'和丁尼生的这首颇为相似，但是比丁尼生早一千四百多年。"（48）

此外，中西人文与地理环境不同，可能会使中文读者在阅读英诗时未能充分进入情境。因此，余光中在解释梅士菲尔的《西风歌》时，除了字面上的意思之外，特别提醒由于中西气候之不同，"西风在我国是秋风；秋风到处，是一片凋零萧瑟的景象"，而英国"受大西洋暖流的环绕……所以西风吹来了四月，也吹来了水仙，到［倒］和我国的东风相同了"（110）。[31] 换言之，这种品评已不

---

[31] 余光中博学多闻，先前在《老人和大海》的《译者序》中曾花了三段的篇幅，引用中西天文、地理与文学，来纠正海明威一处有关天文的谬误，指出书中描述的"'莱吉尔'（Rigel）"星，应"不见于新大陆九月之晚空"（2–3）。

限于单纯的文本细读，而是进入了中西自然环境、人文景观与文学呈现，具有比较诗歌，甚至比较文化的况味了，表现出译注者对于中英诗歌的熟悉以及联想的功力，也让中文读者收触类旁通之效。

就余光中作为一位英诗读者、译者与评者而言，此书最大亮点就是余光中个人的评断，以及其中展现出的文采与自信。文学评论本已不易；涉及外国文学（特别是诗歌）的评论要有创见，不人云亦云，更是困难；而评论要兼具见地与文采尤其困难。质言之，文学评论如何不只是有关文学的评论（criticism of literature），而且本身便是具有文学特色的评论（literary criticism），不仅要有评断的意见，特别是洞见，也要有驾驭文字的才华与个人的风格，而这些后来成为余光中的"四度空间"之一的文学评论的特色。[32] 因此，余光中完成此书稿时虽未及而立之年，但从译诗与附文本来看，已明显兼具了翻译与评论的才华，以及文学史的见地。

（五）逼近的艺术

尽管余光中对于这些英文诗人多所品评，但身为中文再现者的他也有所反省，甚至坦言不足之处。由此可见他虽然努力翻译并评论英文诗人，但也有相当的自知之明，了解其中总是存在着改进的空间。一如半个世纪之后，他在"译者的养成"（The Making of a Translator）国际学术研讨会的主题演讲《译无全功——认识文学翻译的几个路障》中主张，"译无全功"（Translation knows no perfection），"好的翻译是某种程度的'逼近'（approximation），不

---

[32] 余光中曾针对萨松的名句"我心里有猛虎在细嗅蔷薇"（"In me the tiger sniffs the rose"），表达了与日本学者斋藤勇的不同意见，并"曾于1952年冬天在"中副"写过一篇题名《猛虎和蔷薇》的散文，加以详尽的阐述"（140）。此文发挥了前述的比较特色，旁征博引中西文学例证，是余光中在台湾发表的第一篇正式的文学批评，足证钻研英诗开启了他的文学评论之路。

是'等于'"（5）。

作为他早年的"逼近的艺术"之成果，《英诗译注》提供了不少可供检视的样本。《译者小引》中虽说此书"研究的性质重于提倡"（1），但经由他的研究、引介、翻译与品评，提倡已自在其中。余光中积极提倡翻译，其中最持久的是担任梁实秋文学奖翻译类的命题与评审，多年来每次得奖名单揭晓后都撰写专文评论，综合多年译诗、教诗与评诗的心得，出版为《含英吐华：梁实秋翻译奖评语集》。该书列出了一些品评英诗中译的标准，正可用来观察他最初的译诗集，其荦荦大者如下：

> 英诗中译的起码功夫，该是控制句长，以免前后各行参差太多。（《含》3）

> 至于句法或文法，也应尽量贴合原诗。（《含》4）

> 遇到古典的格律诗，就考验译者用韵的功力。用韵之道，首先要来得自然。……其次韵脚之间，四声应有变化。（《含》5）

> 译诗的另一考验在语言的把握。原诗若是平淡，就不能译成深峭；若是俚俗，就不能译成高雅；若是言轻，就不能译得言重；反之亦莫不皆然。同时，如果原诗的语气简洁而老练，也不见得不能用文言来译。（《含》6）

以这些标准来检视《英诗译注》里的翻译与评论，便可发现其实早已蕴含于余光中最早的这本译诗集中。综言之，这些标准主要针对原诗的掌握与译诗的传达。由前文所述译注者对于英诗格律的掌握以及中国古典诗文的熟悉，便可知余光中的基本功夫甚为扎实。在充分了解原诗的格律之后，努力尝试以中文移译，如此一来，在句长方面当不至有太大的出入，其中纵然出现些微的差异，往往是为了适应译入语，使其读来自然，不至沦于僵化。综观全书基本上都符合这个标准，仅仅偶尔出现失控的情形，如萨松的《大合唱》第一节最后两行：

Winging wildly across the white

Orchards and dark green fields; on; on;

and out of sight.（138）

疯狂一般地扑动着翅膀，

飞过那洁白的果园，浓绿的田野，飞哟，飞哟，

直飞向看不见的远方。（139）

同样地，原诗末行为十二音节，中译为二十六字，超过了原文一倍有余，是罕见的失控现象。

就句法与文法而言，此书中三分之一的译诗原先刊登于《学生英语文摘》，该刊旨在协助学习英语，在用字、文意、句法与文法等方面特别讲究。这一方面是正确理解原文的基础，另一方面也涉及修辞的技巧及赏析，此点由夏济安专栏的英文名称"Grammar Road, Rhetoric Street"（"文法路，修辞街"）恰可佐证。换言之，文法为基础，修辞为进阶，而诗歌为最精练的语言，句法可能涉及强调或悬宕等效果。因此在句法或文法上贴近原文便能尽量维持原诗有意达到的效果。前文引用的《鹰》，特别是其中的"他"——拟人化了的鹰——的位置与原文亦步亦趋，便是明显的例子。

余光中对句法的评论，最简单的就是将诗中为了押韵与节奏而使用的倒装句法改写为正常的散文句法，以利读者了解。有时

指出原诗为了修辞效果而故意违反文法之处，如安德迈尔的《煤矿夫》中的 "there's the pools from the rain"（134，"这儿都是雨水的池塘"［135］），"there's = there is，此句本不合文法，但作者系拟矿工的口吻"（134），反而更贴切矿工的身份与阶级，以传达这首社会诗的旨意。甚至指出梅士菲尔的《西风歌》末节首行 "It's the white road westwards is the road I must tread" 的文法错误："road 和 westwards 之间应有一个 comma，否则不合文法。但在任何选集中，甚至梅士菲尔自己的全集里，都无此一标点"（110），可见其阅读之细心与查证之卖力。查证版本之另一例见于丁尼生的《磨坊主人的女儿》，末节末行 "I scarce would be unclasp'd at night."（［"但愿我能够变一个项圈"］，"轻得她夜里不将我解掉"）"有的版本（如牛津大学版的 Poems of Tennyson）would 作 should。还是 would 比较好，S[s]hould 略带道德判断，嫌俗"（46–47）。全书中对于句法说明最多样的当属幽默诗人纳许：

> 他的句法可分为两类；一类是工整的，一类是长短不拘的。前者把传统的双行体（couplets）和四行体（quatrains）发挥到了最灵巧的程度，如 The Japanese 和本诗 [A Lady Thinks She Is Thirty] 便是。后者有一种漫步的活泼，显然受了惠德曼 [Walt Whitman] 的影响，例如 The Strange Case of the Cautious Motorist 一诗中，最短的诗行只有五个字，但最长的却有五十八个字。还有一种介于这两端的形式，酣畅跌宕，急缓有度，而且略带一点爵士旋律的味道，例如 Song to Be Sung by the Father of Infant Female Children 便是一首绝妙的杰作。（154–155）

由此处的说明可见余光中不仅对纳许的著作如数家珍，而且道出其句法的特色与由来，出入于古典与通俗之间，并引用穆尔（Geoffrey

Moore）的说法，称赞纳许"不仅是一个优秀的谐诗作者，简直是20世纪的史威夫特（Jonathan Swift）"（155）。

再就用韵而言，在可能的情况下当然尽量依照原诗的格律，而中文同音字与同韵字不在少数，也有其押韵之道与相通之处（双声、叠韵有如英文里的头韵、押韵），然而本身有中文诗创作经验的余光中并非完全屈从于原诗，而以自然为主要考虑，不会为了严格遵守原诗的格律，而造成僵硬、难以卒读的情况。在这方面他展现了身处两种语文之间的中介者的角色，具有相当程度的主动性，在异化与归化之间抉择，一方面力求逼近原诗的形式，另一方面当这种情形可能损及译入语的诗作时，则大胆换取变通的方式，如换韵或稍微增减字数，让译入语的读者在阅读时依然能感受到这是一首押韵的诗，只不过押韵的方式或字数的多寡未能完全符合原诗的格律。此点已显见于前文所引用他对于一些诗作的格律分析以及自己译作的处理方式。

至于"语言的把握"，如平淡／深峭，俚俗／高雅，言轻／言重之分，依然攸关对于原文的解读与译文的表达。翻译之前借由反复的体察、诵读与体会，并参考一些批评家的诠释与文学史家的评断，以期尽量掌握原作的背景、字意、格律、节奏、氛围与特色，用恰如其分的译入语传达出来，希望读者透过译诗多少能感受与领会原诗的风格与意境。而且，诗歌为最精练的语言，中文虽有文言与白话之分，但二者不必然是对立的关系，反而可视为两种可供运用、相互支持的资源，因此余光中会有"如果原诗的语气简洁而老练，也不见得不能用文言来译"的主张（《含》6）。这是余光中在创作与翻译时一贯的主张与风格，曾表示"我常在有意与无心之间融文于白，久之已成一种左右逢源的文体，自称之为'白以为常，文以应变'"。至于这种"文融于白""文白浮雕"（余，《创》

96）的取决标准，与他对于归化与异化的看法及实践息息相关。[33]
笔者在《左右手之外的缪思——析论余光中的译论与译评》中就指出，"就余光中有关翻译的实际批评中，归化与异化之辩可归纳如下：在文学翻译，尤其诗歌翻译中，除了意义的掌握是基本要求之外，宜尽量维持原文的格式（即异化），但若因此导致中文生硬拘谨，则宜加以变通，以求自如与自然（即归化）；略言之，即在格式上异化，文字上归化，尽可能兼顾两者，但若无法兼顾，则以归化为要"（260，亦见本书181）。这种翻译策略一方面可以保持译出语在格式上的异国风味，丰富译入语的表达与想象，另一方面，译入语的读者不至觉得格格不入而难以接受，影响到传播的效果。张锦忠曾挪用布伦（Harold Bloom）"影响焦虑（the anxiety of influence）诗学里的'强势诗人'（strong poet）说法"，而有"强势作家"之说，以之描绘身兼作家与译者的余光中的处境，主张"强势作者在翻译之际，面对原文，在影响的焦虑下以其创文体与原文本及原文体争竞与搏斗，'以便"正确地"判准'，其结果其实是重写的文本"（50）。简言之，即"强势作者在翻译时以其创作经验与创文体发挥对译文体的影响"（49）。笔者循此进一步提出"强势译者"之说，主张凡是积极介入的译者，虽然未必尽为作家，但都可能成为强势译者。证诸余光中的译作，从早期开始便展现了"强势译者"的姿态，而且一以贯之，其结果便是打上"余字标记"的"译绩"。

　　总之，译者使出浑身解数以期译作在译入语的规范之下，尽可能地重新创造出原作的用字、句法、格律、氛围与意境，但也不是

---

[33]　江艺在《对话与融合：余光中诗歌翻译艺术研究》中也一再引用余光中有关中文西化与文白交融的说法，并以"对话与融合"来形容余光中诗歌翻译的理念、过程与特色。

勉强行事，而是善自揣摩，审慎抉择，并坦然为自己的抉择负责。除了个人的才气与能力之外，准备的工夫愈是充分，译作理应更逼近原作。更何况英中对照的方式也方便双语读者检验、品评译作之得失与寸心之抉择。对译者而言，"知我罪我"俱在其中。

（六）吹毛求疵

尽管《英诗译注》具有上述的特色，然而毕竟进行译注之时译者还不到而立之年，本身的文学创作也还在早期阶段，再加上当时台湾可供参考的资料颇为有限，因此虽然译诗先前已出现于报章杂志，后来并全部补充，出书前又多次校对，仍不免有些缺失。涉及翻译风格或策略之处见仁见智，而且译者已有相当的自省，此处因篇幅之限无法进一步讨论，仅集中于若干较明显的不当之处。

首先是对江生的描述不一，在有关他的小传中两度将他描述为"大独裁者"（5，6），而在海立克的小传中提到江生时则描述为"诗坛祭酒"（9）。在英国文学史上，江生当时统领文坛风骚，小传中提到他"常与同时的文人笔战，Sir Walter Raleigh, [John] Selden, [Francis] Beaumont, [John] Fletcher, Shakespeare 等常在有名的'人鱼酒店'（Mermaid Tavern）聚会，江生正是其中最活跃的人物。这种盛况，每使后代诗人不胜神往"，如此情景似乎与"大独裁者"的形象有所出入。小传中也提到他是"英国文坛上的第一位大独裁者（其后尚有 [John] Dryden, [Alexander] Pope, Samuel Johnson 等）"（6），以此词来共同形容后三者似也有过当之处。因此，当以"诗坛祭酒"或"文坛霸主"为宜，以示其地位之尊崇。笔者猜测可能是对英文"dictator"一字前后不一的诠解。

道孙的《短暂的人生》短短八行虽然维持了原诗的韵脚，也保留了第一行中的两件事（"the weeping and the laughter"，译为"这一切哭泣和欢笑"），却把第二行的"Love and desire and hate"译为"这一切爱欲和仇恨",虽然增加了与前行的对仗,却会让人将原先第二行的三种情感误为对立的两种("爱欲"相对于"仇恨")(89);而注解中的"这一些哭笑,爱欲和仇恨",更强化了这种错误的印象(88)。最简单的解决之道就是在"爱"与"欲"之间加一顿号,一方面忠于原诗,另一方面译诗并未添字,而且多少维持了对仗。至于其他添译之处,如把桑塔耶那的《悲悼》中的"And I am grown much older in a day"(80)译为"在一日之内我白发加长"(81);把戴拉马尔的《悠悠往古》中的"Our dreams"(98)译为"我们的幻想和梦思"(99);把史班德的《统计》中的"Pulleys and cranes swing in your mind"(164)译为"你心里有起重机和滑轮响呼呼"(165),这些都涉及行长、格律或强调的考虑,基本上是可以接受的。

麦克瑞的反战诗《在佛兰德的田里》以低调的方式控诉战争与杀戮,全诗韵脚依次为 AABBA,AABC,AABBC,中译不仅亦步亦趋,而且读来相当自然,殊为难得,后二节末行的"在佛兰德的田里"("In Flanders fields")维持了原诗的低调。至于把第一节第三、四行"That mark our place; and in the sky / The larks, still bravely singing, fly"(94)译为"这里是我们的坟场;在天上 / 云鸟(雀)依旧在欢唱,依旧飞翔"(95),后一行增加了重叠 / 头韵("依旧"),并把眼韵(eye rhyme ["bravely"与"fly"])化为行中韵("唱"与"翔"),可视为变通之计。[34]然而将"our place"译为"坟场"固然是译者有意点明,但多少损及全诗刻意维持的低调,以及有心制造的对比与悬疑——亦即,第一节主要描写情境(地上是"罂粟花盛开"的田里,天上是高唱飞翔的云雀),但暗示

---

[34] 此译诗收录于 2017 年修订新版的《英美现代诗选》(163–164),其中的"云鸟"已改为"云雀","坟场"一词则未改。

了不祥（"一排又一排"的十字架和底下的枪炮声），到了第二节开头才说"我们是死者"（"We are the Dead"），但几天前还活着，"而如今躺卧／在佛兰德的田里"（"and now we lie / In Flanders fields" 余译为"但如今我们埋葬／在佛兰德的田里"），此处将"lie"译为"埋葬"也多少失之于显。因此，以"坟场"来译"place"虽然与行末的"天上"多了一个行中韵，也与次行的行中韵押韵，但若直译为"地方"不仅能维持原译诗在音韵上增加的效果，保留原诗的低调与悬疑，并增加了天地之对比与悠悠之感。

此外，有一处出现注解与译诗的矛盾。史班德的《统计》一诗最后两行为"Despise all moderns, thinking more / Of Shakespeare and Praxiteles"（注解中说明"普拉克西提利斯，二千三百年前希腊名雕刻家，据说曾以名妓芙莱茵（Phryne）为模型而刻成爱神之像"[164]），原诗颇有崇古贱今之意，注解更增加了超越世俗标准之感。中译为"我蔑视一切时人，但更重视／莎士比亚和普拉克西提利斯"（165）可谓中规中矩，但注解中却说"despise 恐为前置词 despite 之误，因为如作动词，实在不合文法"（164）。实则此处文法无误，中译也能掌握原意，但为何注解中出现如此误解与自相矛盾之处，令人费解。

余光中虽然受限于附文本的短小篇幅，但只要有机会便表达个人的见解，其中许多可观之处，显示了年轻译诗者的见地以及乐于分享的心意，但有一处令人明显觉得意犹未尽。在介绍 20 世纪"英诗的两大代表诗人"之一的奥登（另一人为艾略特）时，结尾提到"我最喜欢他的富于思想的诗句，大胆、深刻而肯定，读之发人深省"（162），接着举了两首诗中的三个例子，却未如他处般善解人意地翻译并说明，徒留下英文让读者自行领会。果真也有译者不可说、不可译之处？

六、诗人评介与大诗人的条件

附文本中有关字意、语法、音韵、节奏之处涉及文本细节，诗人小传则涉及历史与脉络，然而如何在有限的篇幅介绍诗人的生平、时代背景、风格特色、文学史评价，并配合译诗及其他解析，实为一大考验。《英诗译注》的诗人简介综合了多方资料，再加上译注者的个人见解，短者寥寥一段，如穆尔（24）、费礼普斯（93）、麦克瑞（96）、佛兰西斯（149），布尔地荣甚至只有三行半（67）；长者跨页，如丁尼生（42–44）、纳许（153–155）、奥登（160–162）。如何简而不略，长而不冗，无不考验着译注者的取舍功力。至于撰写方式更是文字修养与铺陈能力的展现。愈是名家，资料愈多，读者多少已有定见，撰写简介的挑战也就愈大。

这些见解与判断至晚撰于1956年，既是译注者对于特定诗人与诗作的评断，也具现了余光中早年的品味与评价，其中包括对于个别诗人的综合评价以及更普遍的评断标准。《英诗译注》中引用刘易斯（Cecil Day Lewis）评论华兹华斯时所提出的标准："一个大诗人应该具有三个条件：第一是写过许多能够持久的作品；第二是在文字的运用上应有其创造力，但不必是一个改革者；第三是应该有一套哲学系统。"（21）在讨论丁尼生时，余光中指出，艾略特认为丁尼生"具有大诗人的三个条件：丰富、变化和绝对的胜任（abundance, variety and complete competence）；却惜他巧于抒情（lyrical）和描摹（descriptive）而拙于叙事（narrative）"（44）。此外，他在介绍浩司曼时，也引用史班德的《一首诗的创造》（"The Making of a Poem"）中的说法，指出"诗人依其创作之艰易，可以分为'莫扎特型'和'贝多芬型'两种。浩司曼无疑是属于后者。为了一字之差，他往往旬月踟蹰；例如'八点钟'（Eight O'Clock）一诗第一段末二行中的动词原为 loosed，屡经修改，易去 spilt， cast，told，dealt，pitched 等字，才决定采用 tossed 一字作钟敲报时的动作；其严谨处，和王安石的'春风又绿江南岸'可以比美"（74）。[35] 这些大致成为《英诗译注》中品评诗人的标准，如华特生的诗作"摹仿米尔顿、丁尼生等大家，但志大才疏，终未能自辟蹊径，独树一帜"，因此为"英国的二三流诗人"（70）。布尔地荣以《夜有千眼》一诗闻名，"我们叫这种以一诗成名的诗人做 one poem poet……然而一首好诗并不足以造成一个大诗人，所以这些诗人始终只能归入二流甚至于三流之列"（67）。诺易斯的诗作"以流畅和酣放见长，但缺乏深度，往往流于浅俗与伤感，故在英国诗坛，始终是二流的人物"（130）。有些地方他也引用英美批评家的意见，如评断道孙时说，"安德迈尔认为他是现代二流诗人中最具才华的一位"（90）。在涉及浩斯曼时，则将不同评价并陈，供读者参考："有人认为他是一位大诗人（major poet），也有人（如 T. S. Eliot 和 W. S. Maugham）认为他是二流之中的佼佼者。"（74）

二十五岁英年战死沙场的欧文显然颇得余光中的青睐，不但被他评为"第一次大战时英国最重要的战士诗人，还是现代英诗的一个大家。这是因为他的诗既有独创的意境，更有独创的形式"（144）。欧文在战场上英勇奋战而获得十字勋章，作品却"均为反战诗"（144），而且"有系统而大规模地采（用邻韵）为正体而且用得成功的，当然自欧文开始"（145）。在余光中眼中，欧文"站在比爱国主义更高一层的人道主义，俯视战争，以悲天悯人的胸襟，慨叹沙场的集体屠杀"（144–145），并引用"论者曾称欧文为'富有潜力的大诗人'（potentially a great poet）（应为'具有大诗

---

[35] 余光中后来在《大诗人的条件》一文中引用奥登的标准："多产、广度、深度、技巧、蜕变"（154）。此文刊登于 1972 年 6 月 15 日《中华副刊》，距离《英诗译注》一书出版已有十二年。今天以后见之明，运用这些标准来评论余光中本人的诗作，可说他已符合这五项大诗人的条件。

人的潜力'）"（145）。至于此书中他最佩服的英文诗人当属叶慈与奥登。叶慈是"20世纪初期批评界一致公认的大诗人，许多文学史和诗选集都始于乔叟，而终于叶慈"（87）。而身为"20世纪30年代英国新诗运动的主将"的奥登，则是"当代英国最重要、最博学、最多才的诗人"，当时已出版七本诗集，"在批评界也极有地位。其多才而多产的情形，论者曾比之为诗中的毕加索（Pablo Picasso）"（161），可谓推崇备至。这些固然是对于英文诗人的品评，但对于余光中个人见识的培养、眼界的提升以及写作的题材（如对于战争的省思相较于他在冷战时期的著名诗作《双人床》和《在冷战的年代》），应有相当程度的启发与激励。

七、年轻译诗家余光中

总之，《英诗译注》是余光中英诗中译初试啼声之作。一向热衷翻译的他，善用课内与课外的各种机会，积极进取，严肃以待，既有本身的才华，又甚为用功，仔细阅读原作，查考资料，审慎从事，把握各种发表机会，将个人的译作、解析与品评诉诸笔墨，既借由翻译与注释深入了解原作，也与读者分享自己研读的心得与翻译的成果，并在其中汲取自己创作与评论的养分。在出书时加以补充，精益求精，既要求自己全力以赴，也品评原作与诗人之高下得失，在展现自信之时，也不乏自省之处，纵使不免疏失，但瑕不掩瑜。而且就当时台湾相关资源匮乏的情况下，译注时不到30岁的余光中能有如此表现，实在难能可贵。就他个人身为译诗者的角色而言，此书既有开创的意义，也为未来的译诗、评论甚至教学、评审打下良好的基础。

进言之，《英诗译注》是才华、态度、能力、研习、努力、毅力与机缘的综合成果，展现出年轻的余光中既是敏锐的读者与早慧的译者，也是认真用功的研习者以及有个人见解的评论者，借由译诗、注释与评论，兼具了"研究"与"提倡"的角色。对于身兼作者与译者的余光中而言，其效应正如他在《创作与翻译》一文所言："作家而兼为译者，则双管齐下，不但彼此输血，左右逢源，亦当能事半而功倍。"（107）张锦忠曾指出，"半个世纪以来，余光中翻译、论翻译、教翻译、编译诗选集、汉英兼译，可谓'五译'并进，绝非玩票"（47）。笔者在《左右手之外的缪思——析论余光中的译论与译评》中进一步指出，"余光中多年大力提倡翻译，贡献良多，有目共睹，因此可谓"'六译'并进"（单，《左》239n4，亦见本书159[3]）。就此六译而言，《英诗译注》中最明显的就是翻译、编译诗选集、提倡翻译，而论翻译、教翻译也已蕴含其中。

如前所述，余光中以中文再现的这些诗人，在《学生英语文摘》的版本与《英诗译注》的版本已有不同，出书时后出转精。然而此书绝版多年，殊为可惜。至盼将来能再度流通，并比照《梵谷传》与《老人与海》由余光中本人加以修订，增添新序，让中文读者有机会一睹他最早的英诗译注之作，以及一位年轻英诗中译艺术家的画像。[36]

《英诗译注》不仅预示了余光中后来的几本译诗集，也印证了他对翻译的重视与投入。翻译对他而言，既是旧爱，也是新欢，并与诗歌、散文、评论并列为四大写作面向，而且打成一片，如翻译与诗歌相互影响，散文中运用到译诗（如《记忆像铁轨一样长》结尾引用自己的译诗），艾略特与奥登身兼诗人与评论家的角色对于年轻的余光中具有相当的启发与示范作用，而他又加上了散文家与

---

[36] 此书目前未能流通于世，主要原因可能在于版权问题，以及余光中对少作不甚满意。然而其中若干诗作已纳入 2017 年增订新版的《英美现代诗选》。

翻译家的角色，译评也成为其评论的重点之一……虽然诗人、散文家余光中遮掩了译者余光中的光彩，但他的"译绩"以及在翻译评论上的贡献，在当今华文翻译界不仅稳占一席之地，而且发挥很大的影响，必须予以公正的评价。反过来说，余光中在其他文类的杰出表现，使得他个人成为亮点，并把光环带入翻译中，因此他绝非隐没（invisible）或消声（silenced）的译者，而是耀眼且雄辩的译者。他所翻译的名家之作固然使作者与译者相互辉映，在翻译较不为中文世界所知的外国作家时，则是将个人的光辉映照在这些作家身上，连带使其更为中文世界所瞩目。如此说来，强势译者之为用大矣。

以今日的后见之明，我们在《英诗译注》中看到了余光中这位年轻译诗家结合了才华、热忱、努力、机缘等主客观条件，在"研究"与"提倡"的同时，锻炼自身的本领，树立名声，为一己的翻译之道，尤其是英诗中译，开拓出光明的远景，并与自己的创作、评论相互为用，成就其四大支柱的文学伟业。*

2015 年 4 月初稿于香港岭南大学

2015 年 10 月脱稿于台北"中研院"

2018 年 3 月定稿

* 本文初稿宣读于 2015 年 6 月 12 日高雄第一科技大学举办之"余光中翻译作品学术论坛"，感谢陈瑞山博士邀请与会。承蒙余光中先生于 2012 年 12 月 7 日与 2015 年 5 月 5 日接受笔者访问，提供第一手资料，特此致谢。感谢陈樱文小姐协助取得资料，黄碧仪小姐协助比对不同版本的译诗、注解与诗人小传，台湾清华大学王钰婷博士提供余先生发表于《作品》的译诗，陈雪美小姐与张力行小姐协助校对。

引用资料

王梅香。《隐蔽权力：美援文艺体制下的台港文学（1950—1962）》。
　　博士论文。新竹：台湾清华大学社会学研究所，2015。

白先勇。夏志清先生纪念研讨会暨《夏志清夏济安书信集》新书发
　　表会。台北："中研院"中国文哲研究所。2015 年 4 月 27 日。

江艺。《对话与融合：余光中诗歌翻译艺术研究》。西安：世界图
　　书出版公司，2009。

余光中。《大诗人的条件》。《听听那冷雨》。台北：九歌出版社有限
　　公司，2008。页 153–157（原刊 1972 年 6 月 15 日《中华日报》
　　副刊）。

——。《老人和大海》（*The Old Man and the Sea*），海明威（Ernest
　　Hemingway）原作。余光中译。《大华晚报》1952 年 12 月
　　1 日至 1953 年 1 月 23 日，二版。

——。《老人和大海》。再版。台北：重光文艺出版社，1958。

——。《老人与海》。南京：译林出版社，2010。

——。《后记》。《舟子的悲歌》。台北：野风出版社，1952。页 69–70。

——。《后记》。《蓝色的羽毛》。台北：蓝星诗社，1954。页 86。

——。《创作与翻译》。《举杯向天笑》。台北：九歌出版社有限公司，
　　2008。页 89–107。

——。《在冷战的年代》。台北：纯文学出版社，1969。

——。《守夜人》（*The Night Watchman*）。台北：九歌出版社有限公
　　司，1992。

——。《守夜人》（*The Night Watchman*）。增订二版。台北：九歌出
　　版社有限公司，2004。

——。《守夜人》（*The Night Watchman*）。增订三版。台北：九歌出版

社有限公司，2017。

——。访谈。单德兴主访。高雄中山大学文学院。2015 年 5 月 5 日。

——。《爱弹低调的高手——远悼吴鲁芹先生》。《记忆像铁轨一样
长》。台北：洪范书店，1987。页 109–119。

——。《译无全功——认识文学翻译的几个路障》。《译者养成面面
观》。廖咸浩、高天恩、林耀福编。台北：语言训练测验中心，
2013。页 3–16。

——。《作者，学者，译者——"外国文学中译国际研讨会"主题
演说》。《蓝墨水的下游》。台北：九歌出版社有限公司，1998。
页 29–44。

——。《含英吐华：梁实秋翻译奖评语集》。台北：九歌出版社有限
公司，2002。

——。《佛洛斯特诗抄》。《作品》4.3（1963）：16–18。

——。《英美现代诗选》两册。余光中编译。台北：大林出版社，1968。

——。《英美现代诗选》修订新版。余光中编译。台北：九歌出版社
有限公司，2017。

——。《英诗译注》，即 *Translations from English Poetry*（*with notes*）。
余光中编译。台北：文星书店，1960。

——。《第十位缪思——余光中访谈录》。单德兴，《却顾所来
径——当代名家访谈录》。台北：允晨文化实业股份有限公司，
2014。页 181–230。

——。《猛虎和蔷薇》。《左手的缪思》。台北：九歌出版社有限公司，
2015。页 199–203。

——。《翻译乃大道》。《凭一张地图》。台北：九歌出版社有限公司，
1988。页 9–11。

林以亮编选。《美国诗选》（*Anthology of American Poetry*）。张爱玲、
林以亮、余光中、邢光祖等译。香港：今日世界出版社，1961。

吴怡萍。《从语言像似性看转韵于诗歌翻译之运用：以余光中的〈英诗译注〉为例》。《高雄第一科技大学应用外语学报》24（2015）：63–79。

金圣华。《余光中：三"者"合一的翻译家》。《结网与诗风：余光中先生七十寿庆论文集》。苏其康编。台北：九歌出版社有限公司，1999。页15–42。

周英雄。致笔者之电邮。2013年1月15日。

——。《却顾所来径——周英雄访谈录》。单德兴，《却顾所来径——当代名家访谈录》。台北：允晨文化实业股份有限公司，2014。页409–441。

夏志清。《校订版序》。《现代英文选评注》。夏济安评注。1959年初版，1995年校订版。台北：台湾商务印书馆，2013。页i-xiii。

夏济安。《现代英文选评注》。修订再版。北京：外语教学与研究出版社，2014。

张锦忠。《"强势作者"之为译者：以余光中为例》。《第七届中国近代文化的解构与重建国际会议：余光中先生八十大寿学术研讨会》。台北：政治大学文学院，2008。页47–55。

黄维梁。《余光中"英译中"之所得——试论其翻译成果与翻译理论》。《璀璨的五采笔：余光中作品评论集（1979—1993）》。黄维梁编。台北：九歌出版社有限公司，1994。页415–444。

梁实秋。《舟子的悲歌》。《自由中国》6.8（1952.4）：30。

陈芳明。《窥探余光中的诗学工程》。《台湾现当代作家研究资料汇编34 余光中》。陈芳明选编。台南：台湾文学馆，2013。页107–118。

——编选。《台湾现当代作家研究资料汇编34 余光中》。台南：台湾文学馆，2013。

《英诗译选》（*The Poet's Voice*）。第一集与第二集。丽莲选集之七。台北：学生英语文摘社，1971。

单德兴。《左右手之外的缪思——析论余光中的译论与译评》。《翻
　　译与脉络》。台北：书林出版有限公司，2009。页 237–267。

——。《在冷战的年代——英华焕发的译者余光中》。《中山人文学
　　报》41（2016）：1–34。

——。《含华吐英：自译者余光中——析论余光中的中诗英文自译》。
　　《翻译与脉络》。台北：书林出版有限公司，2009。页 205–236。

聂珍钊。《英语诗歌形式导论》。北京：中国社会科学出版社，2007。

Yu, Kwang-chung（余光中）. *Acres of Barbed Wire*（《满田的铁丝
　　网》）. Taipei: Mei Ya Publications, Inc., 1971.

——, ed. and trans. *New Chinese Poetry*（《中国新诗集锦》）. Taipei
　　and Hong Kong: Heritage Press, 1960.

在冷战的年代
——英华焕发的译者余光中

一、翻译与脉络

翻译绝非凭空而生，而是与其脉络有着千丝万缕的关系。遭逢时代巨变的余光中更是敏于时事，不仅经常在诗作与散文中表达对于时代的感受，其翻译也反映了个人的志趣，并涉及自身所处的时空环境。在余光中的文学创作与翻译过程中，很重要的一段就是冷战时期（一般将其涵盖年代定为 1947 年至 1991 年），他于 1968 年以《在冷战的年代》来命名诗集，并撰写了一些与战争相关的作品，便是明证。而自 20 世纪 50 年代起，在香港和台湾的"美国新闻处"多方运用各种资源、关系与人脉，通过今日世界出版社，积极联系港台作家、译者与学者，以优渥的酬劳邀请他们翻译与美国相关的作品，其中以美国文学为大宗，而且影响深远。

以往冷战研究多着重于政治、经济、军事等方面，而且重点放在欧洲。晚近学者逐渐将注意力转移到文化方面，遂有"文化冷战"（Cultural Cold War）之研究，桑德斯的《文化冷战：美国中央情报局与文艺世界》（Frances Stonor Saunders, *The Cultural Cold*

War: The CIA and the World of Arts and Letters）便是其中的代表作。
为了矫正相关研究中重欧轻亚的现象，亚洲学者不仅从自己的角度
出发，有时也联合邻近地区的学者进行文化冷战的研究，贵志俊彦
（Toshihiko Kishi）、土屋由香（Rika Tsuchiya）与林鸿亦合编的《美
国在亚洲的文化冷战》便是一例。

　　该书指出，为了达到文化冷战的目标，美国新闻总署（United
States Information Agency［简称 USIA］）于 1954 年 12 月 10 日发
送的机密档案"远东的指令及其对象"中，列出了日本、韩国、菲
律宾、印度尼西亚、马来西亚、泰国、缅甸、越南、柬埔寨、老挝
等国家，以及中国台湾、香港地区（15–19）。[1]

　　王梅香在《隐蔽权力：美援文艺体制下的台港文学（1950—
1962）》中指出，美国权力的隐蔽也"展现在文学作品（符号系统）
中，透过文学作品的形式与内容，将意识形态编织在字里行间，让
阅读者无法感觉到这是权力或意识形态的宣传，'隐蔽'意识形态
运作的过程"。她进一步指出，"美国权力既可以'传达'权力，又
可以'隐蔽'权力，其关键就在于透过在地权力精英和符号系统
（语言 / 文学）中介其意识形态，这些权力运作机制更有效地影响
着被宣传者的思维"（23）。[2] 有鉴于冷战时期长达数十年，本文拟
集中于余光中自 20 世纪 60 年代至 70 年代早期与"美新处"合作
出版的四本译作进行综合观察与分析。由后见之明可看出，尽管双
方理念与目标各不相同，但就文学方面的影响而言，这些著作的出
版有更深远的意义，其结果不应限于一时一地的政治。

---

[1]　有关文化冷战的"文献回顾与理论评述"，参阅王梅香《隐蔽权力：美援文艺
体制下的台港文学（1950—1962）》，9–21。相关书目与内容提要，参阅《美国在
亚洲的文化冷战》第三部《文化冷战研究的参考指南》（贵志俊彦、土屋由香、林
鸿亦，255–271）。
[2]　有关（文化）冷战的相关论述及其与美国文学中译的关系，参阅笔者《冷战时
代的美国文学中译——今日世界出版社之文学翻译与文化政治》。

二、四部与"美新处"相关的译作

　　余光中之所以能获得"美新处"青睐，进行文学翻译，绝非偶然，而是与他的个人兴趣、教育背景、语文能力、文学品位、翻译表现等息息相关。他对于翻译兴趣浓厚，高中时开始阅读翻译作品并尝试翻译，发表在与好友合编的小报。就读台大外文系时便译诗投稿该系老师赵丽莲主编的《学生英语文摘》，并在该刊举办的翻译竞赛中得到首奖，获得一笔丰厚的奖金。[3] 他翻译史东的《梵谷传》(Irving Stone, *Lust for Life: The Story of Vincent van Gogh*) 是在大学毕业后服役期间，原书取自当时女友范我存家中，翻译此书加深了两人的感情，后来结为连理，成为一段佳话。[4] 虽然《梵谷传》上册出版于 1956 年，比他翻译海明威的《老人和大海》(Ernest Hemingway, *The Old Man and the Sea*) 的中译本早一年（《梵谷传》下册出版于 1957 年），但严格说来余光中翻译出的第一本书是《老人和大海》，这也是他翻译的第一部美国文学作品。[5] 此外，他最早的译诗集《英诗译注》，即 *Translations from English Poetry (with notes)* 1960 年由文星书店出版，收录自 1950 年以来的三十七首译

---

[3]　有关余光中对翻译的兴趣以及早年的翻译因缘，参阅余光中《第十位缪思——余光中访谈录》，183–186，亦见本书 194。

[4]　有关《梵谷传》的翻译经过，参阅余光中《九歌版〈梵谷传〉新序》与（张）晓风《护井的人——写范我存女士》。张晓风在文中指出："那稿子自 1 月 1 日连载到 11 月 24 日才刊完，后来分上、下两集出了书，在重光文艺出版社，书名就叫《梵谷传》。有趣的是上册出于 1956 年 10 月，下册却出于 1957 年 3 月"。（649–650）笔者寓目的重光文艺出版社《梵谷传》版本上册标示为 1956 年 12 月，可见该书颇受欢迎，两个月间便重新印行。

[5]　余光中在《九歌版〈梵谷传〉新序》中写道："我的译本完成于 1955 年 10 月 16 日，边译边刊，在《大华晚报》上连载，同年 11 月 24 日刊毕；至于由重光文艺出版社出书，则要等到 1957 年，它是我迄今十四本译书的第二本。"（12）这显然视《老人和大海》为第一本译书，因《老人和大海》的译文自 1952 年 12 月 1 日至次年 1 月 23 日于《大华晚报》连载，最后一天连载之末注明"1953 年 1 月 19 夜"（比《梵谷传》早了两年），1957 年由陈纪滢的重光文艺出版社出书。

诗与译注，为他初试啼声的英诗中译结集，既表现了他当时对于英诗的领会与评价，也反映了他的翻译理念、策略与能力，并结下了为香港今日世界出版社翻译《美国诗选》之缘。[6] 换言之，余光中在与"美新处"合作之前，个人就已中译、出版了小说、传记与诗歌等不同文类的作品，在"戒严"时期信息来源不易的台湾，年轻译者能有如此敏锐的触角与多元的表现诚属不易。

1950 年 9 月，余光中考取台大外文系三年级，于 1952 年毕业，系里的老师中有些是在大陆即享有盛名的人士（如讲授英诗的英千里，指导毕业论文的曾约农，翻译名家黎烈文），有些与美方关系良好。[7] 余光中本人运用英文专长敏于学习，致力于翻译，勤于中文现代诗的创作，加上原本的中国古典文学造诣，出入于古今中外之间，兼顾学习、创作与翻译。当时才二十岁出头的他就确立了自己的目标，一甲子以来力行不辍，成就了自己的文学志业。[8]

余光中的译作数量众多，种类繁复，本文集中于他在与"美新处"合作的译作，由于篇幅所限将不涉及翻译文本的细节讨论。[9] 这些译作共有四本，依年代顺序条列如下：

---

[6] 参阅本书《一位年轻译诗家的画像——析论余光中的〈英诗译注〉》。

[7] 余光中在《夏济安的背影》一文中回忆他与夏济安的关系，提到夏的"同辈至交如宋淇与吴鲁芹"（206），将三人称为"上海帮"（207），还说《文学杂志》的"几位中坚人物如夏济安、吴鲁芹、林以亮（宋淇）又都出身上海学府，乃另有'沪派'风格"（208）。

[8] 有关余光中的生平大事与创作成果，参阅收录于陈芳明编选的《台湾现当代作家研究资料汇编 34 余光中》之《文学年表》（71–104）。唯该年表止于 2013 年，往后四年余光中在诗歌、散文、评论、翻译四方面笔耕不辍，时有新作发表。最新信息可参阅高雄中山大学余光中数字文学馆（http://dayu.lis.nsysu.edu.tw/index.php）。

[9] 余光中的译作一览表参阅书末附录。在本文讨论的四本译作出版期间（1960—1972），余光中于 1968 年由台北的台湾学生书局出版了两册的《英美现代诗选》，由此书可看出他从《英诗译注》开始，经《美国诗选》，到发展出自己的英美诗歌翻译呈现模式，值得专文探讨。余光中曾数度向笔者透露，要大幅增订《英美现代诗选》，纳入近半世纪以来的相关译诗，修订新版终于在 2017 年问世，是他生前的最后一部出版品。

1960 *New Chinese Poetry*（《中国新诗集锦》），英译。Taipei
　　and Hong Kong: Heritage Press（国粹出版社）。[10]

1961《美国诗选》（*Anthology of American Poetry*），林以亮
　　（Stephen Soong）编选，张爱玲、林以亮、余光中、邢光
　　祖等译。香港：今日世界出版社。

1971 *Acres of Barbed Wire*（《满田的铁丝网》），余光中原作与
　　英译。Taipei: Mei Ya Publications, Inc.（美亚出版公司）。

1972《录事巴托比》（*Bartleby the Scrivener*），梅尔维尔
　　（Herman Melville）原著。香港：今日世界出版社。

仔细观察便会发现，余光中在这段时期的翻译文本呈现多元的
样貌，甚至称为其翻译生涯中最多元的阶段也不为过，而且四部译
作之间存在着不同的交集与排列组合：

译出语与译入语：既有英翻中（《美国诗选》和《录事巴托比》），
　　也有中翻英（*New Chinese Poetry, Acres of Barbed Wire*）。

文类：既有诗歌（*New Chinese Poetry*,《美国诗选》, *Acres of
　　Barbed Wire*），也有小说（《录事巴托比》）。

文本：既有单一作家的文本（梅尔维尔，余光中本人），也有
　　合集（*New Chinese Poetry*,《美国诗选》）。

他选与自选：既有他人编选的诗集（《美国诗选》），也有自己
　　编选的诗集（*New Chinese Poetry, Acres of Barbed Wire*）。

---

[10]　根据笔者寓目的该书版权页，系 1960 年于台北出版；《守夜人》增订二版所
附的《余光中译著一览表》为 1961 年（余，2004：313）；刘思坊的《余光中创
作年表》在 1961 年项下注明："英译'*New Chinese Poetry*'在香港出版"（359）。
因此，该书可能是 1960 年先于台北出版，1961 年又由该出版社于香港出版。

时代：既有 19 世纪经典美国文学，也有现当代的中、英文诗作。

工作方式：多为独译（*New Chinese Poetry, Acres of Barbed Wire*，《录事巴托比》），也有合译（《美国诗选》）。

他译与自译：大多为翻译他人的作品，但也有较稀罕的自译（*New Chinese Poetry* 选译自己三首诗作，*Acres of Barbed Wire* 更全部英译自己的作品）。

呈现方式：既有中文文本（《美国诗选》），也有英文文本（*Acres of Barbed Wire, New Chinese Poetry*），以及中英对照本（《录事巴托比》）。

出版社：与"美新处"关系密切的出版社。

一位译者的四本译作出现如此多元的面貌，即使在今天都颇为罕见，更何况是在风气保守、信息封闭的 20 世纪六七十年代。这固然与余光中个人对翻译的热爱，以及敏于时势、多方探索的个性有关，但冷战的背景以及美方的资源无疑也扮演了重要的角色。唯相较于对余光中文学创作的研究，有关他翻译的论述很不成比例，从冷战的角度来探讨则更罕见。下文依年代顺序逐一讨论他在这段时期的译作及特色。

（一）*New Chinese Poetry*（1960）

New Chinese Poetry 的缘起、内容与出版方式，不仅迥异于余光中先前的三本译作，也与一般出版品大异其趣。余光中于 1952 年取得台大外文系学士学位，几年间便在台湾文坛崭露头角，出版了两本诗集（《舟子的悲歌》[1952] 与《蓝色的羽毛》[1954]）与两本译作（《老人和大海》与《梵谷传》），主编《蓝星周刊》与《文学杂志》。他有不少台大师长是外文学界的闻人，有些又与美方相熟。对于亟欲推展"文化外交"的美方而言，余光中显然是很值

得结交与栽培的对象，进而促成了他的美国留学因缘。余光中于 1958 年获得亚洲协会（Asia Society）的资助，前往爱奥华州立大学，参加安格尔主持的写作坊（Writer's Workshop），成为台湾作家前往该校参加写作坊并取得艺术硕士学位（Master of Fine Arts，简称 MFA，有别于文学硕士）的第一人。

New Chinese Poetry（《中国新诗集锦》）
Taipei: Heritage Press, 1960.

初次赴美进一步强化了余光中与翻译的关系，也让他接触到现代艺术，因为安格尔不仅接受他为写作坊的学生，并建议他攻读艺术硕士学位。余光中在接受笔者访谈时如此说道：

> 爱奥华大学的艺术硕士要修满六十个学分。所以安格尔就跟我说，你在台湾已经是讲师了，又翻译了《梵谷传》《老人和大海》，而且那时候我已经在为林以亮（本名宋淇）编的《美国诗选》译诗了，译了狄瑾荪（Emily Dickinson, 1830—1886）等诗人的许多诗。他说，你这些已经算三十个学分了，我们这个创作班算二十四个学分，所以你还差六个学分就可以拿到艺

术硕士。于是我就去选了 American Literature（美国文学）和 Modern Art（现代艺术）两门课，这对我后来讨论艺术非常有帮助。（《第》192–193，亦见本书 201）

余光中在写作坊的创作以及艺术硕士学位论文都集中于翻译。他提到在写作坊要交作品给安格尔，而"我从来不曾动念头要用英文写诗，都是用翻译（自己的中文诗）去抵，后来我在爱奥华攻读艺术硕士……也要求写论文，结果就是我那一本 *New Chinese Poetry*"（《第》190，亦见本书 199）。

余光中自美国取得学位返台之后，当时正为台北"美新处"筹划台湾文学英译系列的吴鲁芹向他索取硕士论文，选择成为该系列的第一本，由台北与香港的国粹出版社出版，向英文世界推介，并给予余光中异常丰厚的酬劳。[11]此书为麦加锡在台北"美新处"任内由国粹出版社出版的第一部作品（次年也在香港出版），为了表示重视，美国官员庄莱德（Everett F. Drumright, 1906—1993）夫妇于 1961 年 1 月 10 日特地在中山北路宅邸举办茶会，介绍新书，并款待作家。由美援的出版社以英文出版并由庄莱德夫妇举办新书发表会，横向地印证了文化层面的密切发展，而五四健将胡适与罗家伦的出席，也纵向地代表了台湾现代诗／现代文学上接五四新诗／新文学的传统，对于当时在台湾饱受批评的现代诗鼓舞甚大。[12]多

---

[11]　有关此出版社英译系列的缘起、运作方式、内容分析与意义，参阅王梅香《隐蔽权力》第三章第三节"台北'美新处'与 Heritage Press 系列（中翻英）"（144–162）。该英译系列自 1960 年至 1966 年总共出版文学与绘画的英译十五本，其中四本有关台湾文学的英译冠了"New"（"新"）字，以示有别于"旧"文学，并集中出版于 1960 年至 1962 年。美方提供的稿酬丰厚，余光中在访谈时提到："当时我在师大当讲师一个月的薪水是一千二，而他们一下子给我一万，几乎是一年的薪水了。"（《第》193，亦见本书 202）

[12]　如夏菁便提到一年前的新诗论战，并认为胡适的致辞给新诗人与关怀者"极大的信心"与"莫大的安慰"（夏菁 9）。

1961 年 1 月 10 日庄莱德夫妇在台北中山北路宅邸举办茶会，款待译者、作家与知识界代表人物。左起：郑愁予、夏菁、罗家伦、钟鼎文、覃子豪、庄莱德、胡适、纪弦、庄莱德夫人、罗门、余光中、余光中夫人（范我存）、叶珊、蓉子、周梦蝶、夏菁夫人、洛夫。（资料来源：高雄中山大学余光中数位文学馆）

年后余光中对于该新书发表会依然印象深刻："几乎半个台湾现代诗坛的人都在那里了。"（《第》191，亦见本书 200）[13]

    New Chinese Poetry 总共收录了二十一位诗人的五十四首诗作，其中男诗人十八位、女诗人三位（夐虹、林泠、蓉子），依诗人的英文姓氏字母顺序排列，收录的诗人与篇数如下：

---

[13]　当时台湾现代诗是现代主义运动的一部分，因此余光中与五月画会的刘国松、推动现代音乐的许常惠等人相互支持，与传统派论战。美方在文学与艺术方面显然站在现代派这一边，并提供许多奥援，最明显的例子就是"美新处"举办了许多有关现代艺术的展览，有如当时最受瞩目的"文化沙龙"，足证其所进行的现代化与文明化任务（modernizing and civilizing mission）。根据夏菁的文章，出席者除了照片中的人物之外，尚有前辈学者英千里及作家吴鲁芹夫妇等（9）。

Cheng Chou-yu（郑愁予）四首

Chi Hsuen（纪弦）两首

Chin Tzu-hao（覃子豪）三首

Chou Meng-tieh（周梦蝶）两首

Chung Ting-wen（钟鼎文）两首

Fang Szu（方思）"Fonce"两首

Hsia Ching（夏菁）四首

Hsiang Ming（向明）三首

Hsin Yu（辛郁）一首

Hsiung Hung（敻虹）三首

Huang Yung（黄用）三首

Lin Ling（林泠）两首

Lo Fu（洛夫）三首

Lo Men（罗门）两首

Ruan Nang（阮囊）三首

Wu Wang-yao（吴望尧）三首

Ya Hsuen（痖弦）三首

Yang Huan（杨唤）两首

Yeh Shan（叶珊）三首

Yu Kwang-chung（余光中）三首

Yung Tzu（蓉子）一首

这份名单即使今天看来依然相当具有代表性，何况其中还涉及因为翻译之难而不得不割舍的作品。

《绪论》之前的《注》（"Note"）说明其中大部分的译诗和绪论来自余光中1959年8月交给爱奥华州立大学的艺术硕士论文（Yu, "New" ii）。由于此译诗集脱胎自硕士论文，也是当时首见的台湾现代诗英译选集，为了向英文读者善尽引介之责，诗人／译者撰写了十页的《绪论》（"Introduction" iii-xii）。这篇《绪论》撰于1960年10月15日，当时余光中已返回台北，全文分为四节，比例很不平均，强烈反映出诗人所欲强调之处。第一节说明中国两千年的悠久诗歌传统令英文诗相形见绌，但此传统既是"珍宝"，也是"沉重的负担"（iii），扼杀了20世纪中国文人的创意，以致许多诗人徘徊于中西之间："中国或西方传统诗应发挥指引的影响，或应合而为双重的灵感，此一问题仍待解决。"（iv）第二节简要说明了自1919年以来胡适提倡的五四白话文运动，点名中国新诗运动的第一代诗人胡适、徐志摩、朱湘、郭沫若、闻一多，以及后来的戴望舒、卞之琳、李金发、梁宗岱，并指出前者受到浪漫主义的影响，后者受到法国象征主义的影响。值得一提的是，此处从新诗历史的立场出发，并未刻意回避一些左派作家，尽管当时他们的作品在台湾被列为禁书。第三节出奇的短，只以寥寥一段说明自1937年至1947年，由于国难当头，左派文艺及批评盛行，艾青、田间、袁水拍、臧克家等人的作品造就了一群充满了"马雅可夫斯基式的暴力与粗糙"（"Mayakovskian violence and coarseness"）的模仿者（vi）。[14]此时的文学以宣传和"功利的写实主义理论"（"a theory of utilitarian realism"）为主，目的是"服务政治，而非缪思"。

前三节简短交待过中国诗歌传统以及20世纪中国新诗的两个阶段之后，第四节为全文重点，甚至长于前三节的总和，占了《绪论》五分之三的篇幅。余光中指出，1949年之后，"20世纪中国诗歌进入第三个阶段"，跨海而来的代表诗人为覃子豪、钟鼎文、纪弦（vii）。虽然初期依然盛行"以宣传为动机以及'为大众写作'

---

[14]　马雅可夫斯基（Vladimir Mayakovsky, 1893—1930）为俄国革命诗人与剧作家，主张艺术与革命结合。

的教条"，但"自 1952 年初起，严肃的作品开始出现"，[15] 并细数了在那之后的文学景观与出版现象，如"建立派别，成立诗社，翻译与评论渐受瞩目"。就具体成果而言，"大约出版了两百本诗集，三十多种诗刊"，展露出欣欣向荣的气象（vii）。文中提到当时台湾最著名的三个诗社——蓝星诗社、现代诗社、创世纪诗社（vii-viii）——并分别以两段、三段、一段的篇幅介绍其成员、特色以及若干诗人的诗风，同时略加品评。

在略述五四运动以来的三阶段新诗发展史之后，余光中提到当前现代诗的困境在于，老一辈读者因为"道德不安与反科学的态度，而未能热烈接纳年轻诗人的大胆创作"（xi），现代诗诗人则"寻求在外国影响与本国传统之间取得适当的平衡"（xii）。而与翻译最相关的部分出现在《绪论》最后一段，说明了其取材、中诗英译之困境，并引用美国诗人惠特曼（Walt Whitman）的话以示译事之难，为此向英文读者告罪。此处不嫌辞费，全段移译如下：

> 当然我的翻译难以将我同代作家的作品表达得淋漓尽致。我怀疑自己的一些译作读来像是英文的仿作（parodies）。我翻译的未必是当代中国诗最佳的作品，而只是选译在我看来最便于翻译的（most readily translatable）。惠特曼说："我一点也不驯服，我也不能被翻译／转化"（"I too am not a bit tamed, I too am untranslatable"）；每位真正的诗人对于这个说法，不管就字面的或隐喻的意义而言，必然觉得心有戚戚焉。在翻译这些诗时，我面对着一种困境：要是译成传统英文的五音步诗行或

---

[15] 根据李文卿、黄淑祺、陈允元为陈芳明的《台湾新文学史》所整理的《台湾新文学史大事年表》，1952 年 8 月"纪弦主办《诗志》创刊，为去台后第一本现代诗杂志，仅一期"（816）。

四音步诗行，会使得英文版失去分量，矫揉造作；要是译成直截了当的英文散文，又会给读者错误的印象，以为原作根本没有形式。把一首中文诗译成欧文诗，当然比把一首欧文诗译成另一首欧文诗困难得多。如果任何读者因为读了我的翻译而对中国现代诗评价不高，其责任在于我的英文驾驭能力不足，并非这些诗本身有任何内在的缺憾。（xii）

此处无法就个别译作加以分析、品评，但基本上说来，熟读英诗的余光中采取的是归化（domestication）的翻译策略，并以脚注这种附文本（paratext）来说明特殊的人名、地名与典故等。[16] 就全书的再现策略而言，《绪论》有意统摄全书，虽然对于中国传统诗歌与1919年以后新诗传统的描述颇为简略，却可明显看出余光中有意将台湾现代诗连接上五四的新文学传统，并对照第二阶段左翼文学，对比第三阶段的情况，以及台湾老一辈作家之道学与落伍。[17] 相形之下，台湾的新诗固然仍在古／今、中／外之间寻找出路，却以美学为依归，勇于创新，并借由翻译推广到英文世界。入选的诗人与诗作必须兼顾代表性与可译性，女性诗人虽然只有三位，但也反映了当时台湾诗坛的情况。入选诗作最多的是郑愁予与夏菁（各四首），两人的诗风都以文字平易、意境悠远著称。各个诗人的译诗之前，都有简要的说明文字，介绍诗人及其风格。全书具体而微地向英文世界呈现了当时的台湾现代诗坛，显示

---

[16] 这也符合韦纳蒂（Lawrence Venuti）所提到的该校翻译学程的特色（240–243）。该学程虽设立于余光中毕业之后，但因安格尔多年在其中扮演重要角色，所以在理念与实践上并无太大差异，甚至数十年来基本上维持不变。

[17] 这种论述方式成为这套书的惯例，如王梅香指出，"每一本 Heritage Press 系列的书籍，其序言都要重申该书与中国文学、中国历史的深厚渊源，可视为对……'中国性'的具体实践"（《隐》146）。

在内容与形式上的自由、开放、多元。[18]

总之，此书是由吴鲁芹主动接洽诗人 / 译者，并支付优渥的酬劳，由台湾与香港出版社出版，透过美方的渠道，发行于英文世界。一则是冷战时期美国文化外交的具体绩效，鼓励亲美年轻作家、译者、入选的诗人以及现代诗的支持者，以期"促进文明化与现代化"的任务；二则对于译者而言，学位论文得以正式出版并向英文世界发行，既是对个人的支持与肯定（在经济上也有一定的助益），也增加其文化资本与象征地位，包括塑造其为中文新诗传统的接棒者，以及台湾文学向英文世界发声的代言人；三则对于勇于实验与创新的诗人及支持者，有了美方的加持，在传统派与现代派的话语权竞争中，取得了更有利的地位；四则见证了在不同的环境下，作家可以大胆创新，勇于实验，追求个人的艺术理想。凡此种种具现于《中国新诗集锦》的出版，涉入的多方各尽所能，各取所需，各自达到了自己的目的。余光中的首本英译专书就获得如此的青睐与光彩，颇为难得。然而不可讳言的是，美方的奥援从始（发想）至终（发行）的确扮演了关键性的角色。

（二）《美国诗选》（1961）

《美国诗选》虽比《中国新诗集锦》晚一年出版，但实际开始翻译却在余光中 1958 年赴美参加写作坊之前。规划此书的是林以

---

[18]　根据王梅香引述麦加锡致美国新闻总署的文件，他认为此书中的诗作称不上伟大，但这些诗人在题材与技术上充分自由（《隐》146–147）。夏菁则对此书颇为肯定，并对比 1947 年于伦敦出版的九人合译的《现代中国诗选》（*Modern Chinese Poetry*）与 1950 年于香港出版的黄雯翻译的《诗词选译》（*Poems from China*），对后二译本的选材颇有微词，认为第一本录录的若干诗人之作"充满口号和叫嚣，政治意味多于艺术价值"，第二本则"新旧杂处，连歌词都收了进去，宣传重于作品"（9）。

亮。[19] 余光中之所以受邀，一方面因为他个人已有的翻译成果，另一方面是通过在台大外文系兼课的吴鲁芹。余光中在怀念吴鲁芹的文章中提到，吴把"我在《学生英语文摘》上发表的几首英诗中译寄给林以亮。林以亮正在香港筹编《美国诗选》，苦于难觅合译的伙伴，吴鲁芹适时的推荐，解决了他的难题。这也是我和林以亮交往的开始，我也就在他们亦师亦友的鼓励和诱导下，硬着头皮认真译起诗来"（《爱》114）。[20] 换言之，余光中先前虽曾努力译诗，但毕竟是独力作业，文责自负，在参与《美国诗选》的翻译合作计划之后，亲身体验到"美新处"以及"亦师亦友"的林以亮做事之严谨（除了译事本身，甚至包括版权之合法处理），使得他对翻译之事更严肃以待，也在合作过程中精进，加强译诗能力，进一步确立其译诗家的地位。而林以亮在该书《序》中也特别提到，"幸而在编译这本《美国诗选》的过程中，时时得到余光中兄的鼓励和帮助……至少有余光中兄分享我的寂寞和挣扎"（3），可见在编选这本诗集中两人合作密切。余光中不只是受惠的一方，对林以亮也有所启发。如林以亮的《序》第一句，"翻译诗就好像是在大海中钓鱼"（2），便是余光中在《英诗译注》的《译者小引》中的比喻：

---

[19] 宋以朗在《宋淇传奇》中引用其父宋淇的书信，其中提到"我入'美新处'译书部任职，系受特殊礼聘……当时和文化部主任 Richard M. McCarthy（麦卡锡）合作整顿了无生气的译书部（五年一本书没出）"，包括"大事提高稿费五六倍，戈戈之数永远请不动好手"，因为他的努力而"请到夏济安、夏志清、徐诚斌主教……汤新楣等名家助阵"，"登报公开征求翻译（海明威《老人与海》）译者"，张爱玲前来应征并获选，自此建立起张与香港"美新处"的关系以及与宋淇、邝文美夫妇的深厚友谊（邝文美曾以笔名"方馨"为"美新处"中译文学作品），参阅宋以朗《宋淇传奇》202–203。有关《美国诗选》的筹划与作业方式，参阅王梅香《隐蔽权力》130–135。

[20] 余光中将早年中译大约一百首的英美诗中的三十七首，包括刊登于《学生英语文摘》里含译注与作者小传的十三首，选编为《英诗译注》，1960 年于台北出版。有关此书的特色与意义，参阅本书《一位年轻译诗家的画像——析论余光中的〈英诗译注〉》。

"译诗一如钓鱼，钓上一条算一条，要指定译者非钓上海中那一条鱼，是很难的"（1）。

《美国诗选》初版
编选：林以亮
译者：张爱玲、林以亮、余光中、邢光祖
香港：今日世界出版社，1961 年 7 月

就入选的诗人与呈现的方式而言，《美国诗选》不仅是当时最具代表性的中译美国诗集，至今也依然发挥影响。全书收录了自 19 世纪以来的十七位美国诗人，一百一十首诗作，依年代顺序排列，名字与篇数如下：

爱默森（Ralph Waldo Emerson, 1803—1882）五首
爱伦・坡（Edgar Allen Poe, 1809—1849）五首
梭罗（Henry David Thoreau, 1817—1862）三首
惠特曼（Walt Whitman, 1819—1892）九首
狄瑾荪（Emily Dickinson, 1830—1886）十三首

兰尼尔（Sidney Lanier, 1842—1881）五首

罗宾逊（Edwin Arlington Robinson, 1869—1935）六首

马斯特斯（Edgar Lee Masters, 1869—1950）四首

克瑞因（Stephen Crane, 1871—1900）五首

罗威尔（［罗尔］Amy Lowell, 1874—1925）六首

佛洛斯特（Robert Lee Frost, 1875 [1874]—1963）十五首（最多）

桑德堡（Carl Sandburg, 1878—1967）四首

蒂丝黛儿（Sara Teasdale, 1884—1933）七首

韦利夫人（Elinor Wylie, 1885—1928）六首

艾肯（Conrad Aiken, 1889—1973）七首

密莱（Edna St. Vincent Millay, 1892—1950）七首

麦克里希（Archibald MacLeish, 1892—1982）三首

编者林以亮指出，这些诗人与原诗"大多数可以在最流行的三本美国诗选中寻到"，即"马西孙（F. O. Matthiessen）所编的《牛津美国诗选》（*The Oxford Book of American Verse*），恩特美耶（Louis Untermeyer）所编的《近代美国诗选》（*Modern American Poetry*）和威廉斯（Oscar Williams）所编的《美国诗的宝藏》（*A Little Treasury of American Poetry*）"，这点认知"至少可以令自己放心"（《序》5）。全书共有六位译者，封面及版权页列名的有四位，依序为张爱玲、林以亮、余光中与邢光祖，其余两位为梁实秋与夏菁。[21] 其中张爱玲与林以亮是来自香港地区的译者，其余四位译者则来自台湾地区。入选的每位美国诗人依生年排序，以提供历史发

---

[21] 梁、夏二人与余光中关系密切，梁虽未直接教过余光中，但对他多所鼓励，并在其第一本诗集《舟子的悲歌》出版后发表书评，颇予肯定。夏与余光中同为蓝星诗社社员，交情深厚，有诗文唱和，《敲打乐》中并"附夏菁赠诗一首"（余，《敲》93–95）。

展的轨迹。除了诗作的中译之外，格式相当一致的生平与著作介绍发挥了很大的引介之功，译注也具有说明作用，亦即除了诗歌文本的翻译之外，并有充实的附文本加以说明。[22] 编选者甚至为译诗申请翻译版权，这在当时中文世界盗译横行的情况下，是独树一帜的合法做法，发挥了示范作用。

四位署名的译者虽以张爱玲领衔，但她其实只译了八首诗（爱默森五首，梭罗三首），并撰写两人的生平与著作介绍。张爱玲先前曾为今日世界出版社翻译《爱默森选集》，初版于1953年，以后数度印行，书名曾改为《爱默森文选》，后又改回（单，《含英》182–185）。而张为《美国诗选》翻译的五首爱默森的诗中，三首来自前译，唯文字稍有修订（186–187）。换言之，领衔的张爱玲其实并没为此书额外花太多工夫。

真正贡献最多的是比张年轻八岁的余光中，共译了五十一首诗，并撰写了十一位作家的生平和著作，细目依序如下：

爱伦·坡五首（含生平和著作）

惠特曼九首中的四首（含生平和著作）

狄瑾苏十三首（含生平和著作）

兰尼尔五首（含生平和著作）

罗宾逊六首（含生平和著作）

马斯特斯四首（含生平和著作）

克瑞因生平和著作

罗威尔［罗尔］六首中的一首

---

[22] 王文兴颇为肯定译诗与评介，认为"该书除为美国诗之精选外，亦为一部美国诗之研究"，"堪称为近年译坛上的一部巨构"，并推崇此书译者"不但其成果有助予读者，更具价值的是，他们忠于文学的精神，为后来的译者树立了可敬的楷模"（28）。今日看来，此评论颇为中肯。

佛洛斯特十五首中的三首（含生平和著作）

桑德堡生平和著作

蒂丝黛儿七首中的六首（含生平和著作）

艾肯七首中的一首

麦克里希三首（含生平和著作）

篇幅次多的是主持此计划的林以亮，共译了三十五首诗，并撰写了四位作家的生平和著作，细目依序如下：

惠特曼六首中的五首

罗威尔［罗尔］六首中的五首（含生平和著作）

佛洛斯特十五首中的五首

蒂丝黛儿七首中的一首

韦利夫人六首（含生平和著作）

艾肯七首中的六首（含生平和著作）

密莱七首（含生平和著作）

克瑞因与桑德堡的诗作则全部由另一位列名的台湾译者邢光祖翻译，总共九首（各为五首与四首）。此外，夏菁翻译了佛洛斯特十五首诗中的六首，而以翻译莎士比亚全集著称的梁实秋只翻译了佛洛斯特的一首诗。

由以上统计可知，在当时以出版美国文学翻译著名的今日世界出版社的唯一一本美国诗选中，余光中的年纪最轻（比最年长的梁实秋年轻二十五岁，比夏菁年轻三岁），却译了五十一首诗（相当于46%），并撰文介绍十一位作家（相当于65%），分量约为全书的一半，是实质贡献最多的译者与撰文者。就他个人作为诗歌的译介者而言，虽然先前的《英诗译注》也有对于文本的解析、典故的说明与作者的介绍等，但毕竟是早年独力之作，体例不甚一致，篇幅长短错落。[23]《美国诗选》合译计划促使他以更正式的体例撰文介绍作者的生平与著作，[24] 而且"美新处"提供丰富的研究资源，必要时可与家学渊源、中西文学造诣深厚的林以亮磋商，迥异于先前单打独斗的翻译模式。[25] 因此，《美国诗选》既比余光中先前独自作业的《英诗译注》讲究，也影响到七年后出版的《英美现代诗选》的体例与处理方式。[26] 简言之，译注者既提供诗人的生平简介，也赋予美学与文学史的评价，在多方引用英美的代表性评论时，还会适时加上自己身为译者（与诗人）的评断与独特领会。

六位译者中，余光中与夏菁以诗人身份闻名文坛。身为诗人的余光中，对于翻译与创作之间的相互滋养别有领会，认为"作家而兼译者，其译笔也会反过来影响创作，无论在题材、文体或句法上都带来新意、新技"（《创》106）。他个人就是明证，底下的例子就发生在他翻译《美国诗选》时：

---

[23] 《英诗译注》的读者群主要设定为英诗的初学者，所以以文本为先，原诗与译诗左右对照，每页底下的注解以文意的理解为基本，之后才是作品的评论与作者的简介。

[24] 林以亮在《序》中强调，这些是"极详尽的文章……也等于是一篇小传和批评。这种彻底的介绍工作也是很少见的。……对美国文学的源流和来龙去脉都有很详尽的交代"（5）。笔者这一代的台、港文青，尤其是英美文学的学生，受惠匪浅，除了平日阅读，在准备考试时也会参考。

[25] 林以亮多年浸淫于外国文学，与钱锺书、傅雷、吴兴华等人为好友，文学品位甚高，而且在整个翻译计划进行的过程中，不断向美方索取资料，也曾因译诗困难，放弃原先已取得版权的诗作，改选其他诗作，请求美方协助另行取得版权（王梅香，《隐》132–133）。

[26] 以出现于两书的狄瑾荪为例，旧版《英美现代诗选》里的八首译诗以及 2017 年修订新版里的十二首译诗，几乎完全不同于《美国诗选》里的十三首译诗，只有一首重复。两书呈现的方式大致是诗人评传在前，译诗在后，但《美国诗选》依序为作者的生平与作品，有条不紊，中规中矩，而《英美现代诗选》则充满自信，挥洒自如，有些论述夹杂在译诗之间，充满了译介者个人的色彩、文采与评断。

《美国诗选》：上排两种是今日世界出版社版，下排两种是台湾英文杂志出版社版（左）与北京生活·读书·新知三联书店简体字版（右）。

比如我有一个时期翻译狄瑾苏的诗，那个时期我就写了不少类似句法的诗，有点受她的启发。所以翻译可以倒过来影响译者创作的风格。同样地，作家从事翻译时也自然会把自己的风格带入译作中。因此，彼此之间是互相影响的，甚至于我的英文都会倒过来影响我的中文，但我的中文当然不会去影响英文，因为英文是学来的。（《第》223–224，亦见本书 232）

身为《美国诗选》合译者之一的余光中，虽然不能恰如其分地名列首席译者，从目录也无法看出各人参与的程度，但阅读该诗集的读者却能明显感受到他的存在与贡献。他参与林以亮编选的《美国诗选》合译计划，既可磨炼翻译技巧与赏析能力，也扩大了个人的美学视野，彼此交换经验与心得，厕身名家之列对其知名度有相当程度的提升，并肯定他在英美诗歌中译里的地位，协助得到赴美的机会并取得艺术硕士学位，发挥了多重效应，进一步巩固其作者/译者/学者"三者合一"的地位。[27]《美国诗选》于 1961 年 7 月初版，1963 年 11 月再版，对于相当小众化的外国诗歌而言，足见受欢迎的程度。1989 年 10 月，北京生活·读书·新知三联书店出版本书简体字版，列入其"美国文化丛书"，成为此书在华文世界的"再生"。在时过境迁之后，受到当时被围堵的对象之接纳与传播，印证了文学与文化的超越性，不受限于一时一地的政治氛围与意识形态。

（三）*Acres of Barbed Wire*（1971）

1971 年由台北美亚出版公司（Mei Ya Publications, Inc.）出版的 *Acres of Barbed Wire*，接续了先前《中国新诗集锦》的中诗英译，最显著的特色是全书均为余光中的中文诗作自译。书前的英文版权页注明此书 1971 年 3 月由台北的美亚出版公司初次印行，而且 "This Mei Ya International Edition is authorized by the Author for sale anywhere in the world"（"此美亚国际版经作者授权营销世界各地"）。书末的中文版权页则注明此书为"国际版"。因此，本书代表余光中向国际进军的意味浓厚。

---

[27]　有关"三者"之说，参阅余光中的《作者，学者，译者——"外国文学中译国际研讨会"主题演说》（1998）。金圣华据此撰写《余光中：三"者"合一的翻译家》（1999），作为其七十寿庆的论文。其实在《英诗译注》的《译者小引》中，余光中就自道此书"研究的性质重于提倡"（1），可见其"三者合一"的翻译取向由来已久。

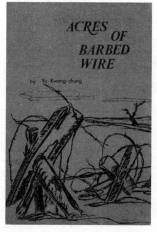

Acres of Barbed Wire（Taipei: Mei Ya Publications, Inc., 1971）

　　书名《满田的铁丝网》充满了浓厚的战争气息，扉页题词"To China, in daydreams and nightmares"，既与余光中著名的乡愁主题相应，也反映出他的批判态度。作者／译者的两页前言（"Preface" vii-viii）为 1970 年 10 月撰于美国丹佛（Denver），而刘绍铭的《满田的铁丝网：赏析》（"Acres of Barbed Wire: An Appreciation," ix-xviii）则为同年 8 月 28 日撰于香港中文大学崇基学院，余光中当时为客座于美国大学的中文诗人，刘绍铭为任教于香港的美国比较文学博士，两人地理与身份上的易位，可视为另一层意义的"美亚"。[28]

---

[28]　余光中与刘绍铭都曾就读台大外文系，余毕业于 1952 年，刘毕业于 1960 年。刘在香港任教的时间虽然不长，但通过原先同为《现代文学》成员的台大外文系学弟、任职于香港"美新处"的戴天（戴成义），于 1970 年至 1972 年主动挑选并翻译出马拉穆的《魔桶》与《伙计》（Bernard Malamud, *The Magic Barrel* and *The Assistant*）、贝娄的《何索》（Saul Bellow, *Herzog*［与颜元叔合译］）、辛格的《傻子金宝》（Isaac Bashevis Singer, *Gimpel the Fool and Other Stories*），开启华文世界翻译犹太裔美国文学之先河。参阅笔者《寂寞翻译事——刘绍铭访谈录》273-275。笔者于 2015 年 3 月 2 日当面询问刘绍铭是"美新处"还是余光中邀请他撰写《满田的铁丝网》赏析，刘表示是受余光中之邀。

诗人在简短的五段序言中分别有如下的说明：诗的数量与出处（全书四十八首大多来自《在冷战的年代》，其他来自《敲打乐》和《莲的联想》）；[29] 原以中文于文学杂志出版，以及自己最初英译的动机（"只是要让我的美国朋友看看我写的是甚么类型的诗"）；自译之争议与利弊，并自言力求忠于原作；全书依主题分为"羞耻与荣誉"（"The Shame and the Glory"）与"不是喂鸽人"（"No Dove-Feeder"）[30] 两部分；最后感谢刘绍铭博士撰写绪论。这些中文原作有不少写于诗人访美期间，以《在冷战的年代》为书名更见作者不回避此主题，译诗中将近七成出自此集。其中有关"羞耻与荣誉"的说明最能显示余光中个人身为冷战年代的中文诗人的强烈感受。[31]

当时返回香港任教的刘绍铭，以现当代文学的专长，向英文读者介绍余光中的第一本自译诗集。他从自译与选材切入，并着重于三首诗的赏析：两首以战争为主题的诗（《如果远方有战争》与《双人床》["The Double Bed"]）以及一首具有强烈"现代中国意识"（"consciousness of modern [C]hina"，此词借自颜元叔）的诗（《敲

---

[29] 《敲打乐》中"附作者英译二首"，即"Shenandoah Mountains"（《仙能渡》[99–101]）与"Seven Layers Beneath"（《七层下》[103–106]），未以英文注明为自译；1969年版的《在冷战的年代》中"附作者英译四首"（1984年版未附），即"All That Have Wings"（《凡有翅的》[149–150]），"If There's a War Rages Afar"（《如果远方有战争》[151–152]），"I Dreamed of a King"（《我梦见一个王》[153–154]）与"Pomegranate"（《番石榴》[155]），各首之后均以英文注明为自译。这六首译诗都收入《满田的铁丝网》。"If There's a War Rages Afar"收于《守夜人》时改为"If There's a War Raging Afar"，修正了原先的文法谬误。

[30] 本文先前刊登时，此词译为"没有喂鸽架"，经余光中老师书面指正，应译为"不是喂鸽人"，"意即'不是只会阴柔而不重阳刚之辈'"，谨此致谢。

[31] 其实《英诗译注》便已收录麦克瑞（John McCrae, 94–96）、欧文（Wilfred Owen, 142–145）两人的战争／反战诗，并介绍另一位战争诗人萨松（Siegfried Sassoon, 140），2017年的修订新版《英美现代诗选》中，特辟"两次世界大战参战将士的战争观"，收录了五位诗人（除了麦克瑞与欧文之外，尚有李德 [Henry Reed]、曼尼佛德 [John Manifold]、托马斯 [Edward Thomas]）的八首诗，足见余光中对这个主题的重视。

打乐》["Music Percussive"]）。他首先明确指出四十八首译诗中有三十三首来自 1969 年的《在冷战的年代》，十二首来自 1969 年的《敲打乐》，[32] 只有三首来自稍早 1964 年的《莲的联想》，"由于选择与翻译均为余光中本人所为，最能显示他晚近的成就"（Lau ix），由这三本中文诗集与英文自译集出版时间之接近，印证此言不虚。自译者既以"国际读者"为念，选诗时自有考虑，去除了太个人化（如《闻梁实秋被骂》）或实验性（如《越洋电话》）的作品（ix-x），而选录了自认的佳作及较具普遍性的作品，如《如果远方有战争》"不必有背景信息、不必有特别的参照架构，就能感受到这首诗对我们良心的全然冲击"（xi）。刘绍铭进一步指出诗人与时代的关系，以及时代对于诗作的影响："在我们这样的时代，一位诗人如果要与时相应，势必要联结上坚实、直接、迫人的事物和意象，如'榴弹'、'坦克'、自焚的尼姑、'铁丝网'。"（xii）这些明显反映了当时的越战以及诗人的响应。

刘接着以《双人床》一诗为例，指出此诗在时序上虽写于《如果远方有战争》之前两个多月，但就内容而言应置于其后（xiii），才能了解为何诗中人会有如此选择："既然文字或罪恶感、羞耻感对于阻止战争毫无作用，绝望的诗人只得撤退到自己的双人床。"（xii）巧合的是，一如余光中在《英诗译注》中引用艾略特的《普鲁佛洛克的恋歌》（T. S. Eliot, "The Love Song of J. Alfred Prufrock"）来评论哈代（Thomas Hardy）的世纪末诗作《冬晚的画眉》（"The Darkling Thrush," 57–58），刘也引用同首诗来指涉《如

---

[32] 《敲打乐》的《后记》指出，"1964 年 9 月到 1966 年 7 月，作者应美国国务院之邀，前往美国中西部及东部的几所大学，巡回讲授中国文学，为期两年……两年下来，我的总产量只有这里的十九首诗和《逍遥游》最后的五篇散文了"（107）。根据该版扉页后的作者简介，"现任：美国丹佛私立寺钟女子学院客座教授　美国科罗拉多州教育厅外国课程顾问"。质言之，《满田的铁丝网》收录了《在冷战的年代》（全书五十二首）与《敲打乐》中超过六成的作品英译。

果远方有战争》中"自我嘲讽的问题，以示现代人的窘境"（xi），也引用阿诺德的《多佛海滩》（Matthew Arnold, "Dover Beach"）来评断《双人床》中绝望的诗人，指出 19 世纪的阿诺德在面对世局巨变时，仍暗示能在爱情中找到依靠，然而 20 世纪面对战争的诗人，却只有在"破晓前""日出前"与爱人拥有彼此（xiii）。

第二节则集中于"余光中最长且最具'中国执念'的（"China-obsessed," xiv）《敲打乐》，主要借用颜元叔所标举的余光中的"现代中国意识"。刘提供此诗的写作背景，以协助英文读者了解美国在这首"最具'中国执念'的"长诗中所扮演的角色。"余光中于 1964 年至 1966 年担任美国傅尔布莱特客座讲席（Fulbright Visiting Lecturer），于 Bradley University, Central Michigan University, Gettysburg College, Western Michigan University 等校讲授中国文学"（xv）。此诗正写于这段时期（该诗末注明"六·二·卡拉马如"[61]，刘提供的日期为 1966 年 6 月 2 日）。此行提供了余光中亲身观察美国社会的机会，尤其买车之后更便于他四处参访风土人情、历史文化。目睹美国的安宁和富庶，诗人"痛苦觉知，身为中国人，这种剥夺感（'This feeling of dispossession'）"呈现于诗里的中美对比（xv）。然而诗人无法摆脱执念，只得诉诸昔日光辉的中国，以寻求"历史认同"（xvi）。刘认为就"语调安排"（"tonal arrangement," xvi）而言，这种昔今之比是"不幸的矛盾"（"an unfortunate inconsistency," xvii），然而选择把中国视为处于"再生的过程"（"a process of rebirth," xvii）中的诗人别无选择。刘文便引用余光中诗末所"陈述的个人信念"（"a statement of personal faith," xvii）结束。

此自译集虽然取材自三本中文诗集，编排上却是依主题分为"羞耻与荣誉"与"不是喂鸽人"，分别收录了二十二首与二十六首诗作。身为自译者，在面对另一个语文的读者时，有时会因为语言、文化等因素而有所斟酌,在翻译策略上运用原作者(author)独特的权威(authority)加以挥洒,以更符合目标读者(target audience)的语言与文学成规。[33] 值得一提的是,后来出版的《守夜人》(*The Night Watchman*, 1992 年初版,2004 年增订二版)选录了《满田的铁丝网》中的自译诗,其中两首来自《莲的联想》,八首来自《敲打乐》,十七首来自《在冷战的年代》,代表了跨越数十年的作品自译。[34] 未入选的诗可能因为时过境迁、对原作不满、对译作不满,或其他因素。[35] 相反地,《守夜人》也增加了原先未纳

---

[33]　参阅本书《含华吐英:自译者余光中——析论余光中的中诗英文自译》。此文以余光中后来的自译诗集《守夜人》增订二版(*The Night Watchman*, 2004)为讨论对象。至于两本自译诗集之间的关系,见下文。

[34]　1992 年初版的《守夜人》封面注明"中英对照集·余光中自译"及"1958—1992",封底为英文说明,全书收录六十八首作品,作者简介(1–2)与《前言》(3–5,撰于 1992 年 8 月 31 日)均为英文,内容则英文在前(1–151),中文在后(153–283),可见设定的对象以英文读者为主,其中十七首来自《在冷战的年代》。增订二版时全书增至八十五首(包括十八首来自《在冷战的年代》),扉页注明"1958—2004",版面上最大的变更就是英译与中文原作分别出现于左右页,如同 1960 年出版的《英诗译注》,便于双语读者对照阅读,并有自序针对自译的现象加以说明,明言诗人自译容许更大的弹性。至于 2017 年三版的《守夜人》,各增、删了十三首诗,详见本书《含华吐英:自译者余光中》附篇。

[35]　以增订二版为例,未选入《守夜人》的译诗包括第一个主题中的九首:"Lament for the Dragon"(《哀龙》)、"Bronson Park"(《布朗森公园》)(此二首来自《敲打乐》)、"Take a Handful of Clay"(《带一把泥土去》)、"The Lunar Eclipse"(《月蚀夜》)、"After Seventy"(《七十岁以后》)、"Whenever the Question"(《每次想起》)、"Comes a Woman Big with Child"(《有一个孕妇》)、"The Face-Reader"(《读脸的人》)、"The Empty Bottle"(《空酒瓶》)(此七首来自《在冷战的年代》),以及第二个主题中的十三首:"Exceeding Red Is the Lover's Blood"(《情人的血特别红》)(此首来自《莲的联想》),"Shenandoah Mountains"(《仙能渡》)、"Tobogganing"(《雪橇》)(此二首来自《敲打乐》)、"Afternoon in a Cemetery"(《公墓的下午》)、"Inscribed on My Mother's Grave"(《母亲的墓》)、"Thinking of Those Eyes"(《想起那些眼睛》)、"The Pianist in Yellow"(《弄琴人》)、"The Yin-Yang Dance"(《乾坤舞》)、"Beyond King Solomon"(《所罗门以外》)、"Death Is Not Everything"(《死亡,你不是一切》)、"Wherever I Go"(《凡我至处》)、"Soliloquy of a Bear"(《熊的独白》)(此十首来自《在冷战的年代》)。总计删除二十一首,超过《满田的铁丝网》中的四成,淘汰率高,早已绝世多年,或可作为"余光中自译英诗拾遗"。

入《满田的铁丝网》中的"Lost"(《茫》,来自《莲的联想》)与"Green Bristlegrass"(《狗尾草》,来自《在冷战的年代》)。[36] 身为诗人与译者的余光中之不断修订与改进由此可见。

《满田的铁丝网》与《守夜人》增订二版除了译诗的增减之外,还有两个明显的差异:(一)前书依主题划分,单从目录无法看出译诗的出处;后书依诗集的出版顺序划分,可明显看出每首译诗来自哪一本原著,了解诗人的创作轨迹;(二)前书设定的是英文读者,所以全书以英文呈现;后书以中英对照的方式呈现(包括序言),既可供中文或英文的单语读者充当另类的余光中诗选,也可供中英双语读者阅读,并体会诗人自译的理念、实践与策略。总之,《满田的铁丝网》继《中国新诗集锦》之后,再度提供机会让余光中译介台湾地区的文学、当时发展中的现代诗,并以其诗作英文自译为例证,尤其是刘绍铭所讨论的两大主题(战争与"现代中国意识"),反映了知识分子的所思所感。

(四)《录事巴托比》(1972)

《录事巴托比》是余光中这一系列与美方合作、出版的最后一本译作,也是他第二部由今日世界出版社出版的英文中译。在那之前,为了推广美国文学,今日世界出版社已出版不少美国文学与相关作品的中译,由于小说比诗歌、戏剧、散文、评论、文学史等更平易近人,因此出版社将大部分的资源投入小说翻译。其中多数为个别作家的作品中译,长篇小说与短篇小说都有,也有不同作家的合集,并以不同方式呈现:有些为中文版,有些为中英对照版,还

---

[36]《满田的铁丝网》中的《白灾:赠朱西宁》英译"Early Snow"(Yu, *Acres* 66),改名为直译的"The White Curse","仅录首段",收录于《守夜人》(余,2004:94),第三版也未改动(余,2017:90)。

有一些分别出版了中文版与中英对照版。[37]采用中英对照的方式，除了介绍美国文学之外，增加了学习英文与翻译的作用。由于译者大多为港台著名作家、译者、学者，将现成的译本以不同的方式印行可扩大读者群，发挥更多样的效用。

今日世界出版社在中译短篇小说的发行上更是以不同的名目包装，以利推广。《录事巴托比》是"美国短篇小说集锦（1）"（"American Short Story Showcase I"），同年出版的尚有"美国短篇小说集锦（2）"（"American Short Story Showcase II"），但该集锦系列只出版了这两本便戛然而止。[38]在此系列之前有"美国短篇小说新辑"（译者为徐吁、聂华苓等，1964）、"美国短篇小说选读"（第一至四辑，译者为汤新楣、陆离、温健骝、绿骑士等，1969—1972）。至于在那之后出版的"美国短篇小说选注"（李达三、谈德义编，1977），则是由与今日世界出版社关系密切的学生英文杂志社印行，书名与呈现方式也有所不同。

《录事巴托比》仿照"美国短篇小说选读"系列，以英汉对照的方式出版。这对于译者来说虽然因为"原文俱在"而可能感受到较大的压力，但余光中对这种挑战并不陌生，因为十二年前的《英

---

[37]　参阅根据《今日世界译丛目录》（1976）、香港今日世界出版社所编的《今日世界出版社图书目录，1980—1981》（1980）以及其他方面资料汇整而成的《今日世界译丛：文学类》（单，《冷》147–157）。

[38]　后者收录三篇短篇小说：唯为译霍桑《青春之泉》（Nathaniel Hawthorne, "Dr. Heidegger's Experiment"），董桥译史托克顿《女人与老虎》（Frank R. Stockton, "The Lady, or the Tiger?"）以及汤新楣译海明威《我爸爸》（"My Old Man"）。今日世界出版社的译丛目录强调这三篇作品"代表了不同的风格和内容"，霍桑之作"沉郁中满含哲理"，史托克顿之作"在跳动的意象之间，流露出一种欲说还休的感觉"，海明威之作"文字洗练，轻轻落笔，就勾划了人生"（《今日世界译丛目录》4）。然而1975年8月另行出版的《短篇小说集锦》将上述二书合而为一，尺寸缩小（原长24厘米、宽16厘米，稍大于一般书籍，改为长17.5厘米、宽13厘米），依然中英对照，封底介绍此书"大都是结构严谨、风格独特、意旨深远的作品。译文由名家执笔，一字一句，都谨严有度，文采焕然"。可见今日世界出版社推广美国文学的努力与弹性，但如此多元的呈现不免造成版本的混淆。

诗译注》就是原诗与中译左、右页并排，并辅以脚注及其他资料，说明作者的用字、语法、句法、技巧、格律、背景资料、文学地位等。[39] 然而，《录事巴托比》与余光中前述三本译作最大的不同，就是全书没有译者的序言、绪论或跋语，这对习惯于积极介入翻译的余光中来说颇不寻常。对于财力丰厚的今日世界出版社而言，成本并非主要考虑因素，可能的解释就是为了营销与推广之故，全书只要故事本身及译文，不要其他额外信息，以期更平易近人，避免译者的现身阻碍了中文读者直接阅读小说。[40] 然而就传扬美国文学与文化的立场来看，这种做法似乎有些小看了中文读者接受外国文学的意愿、能力与耐性，与市面上的通俗翻译相较（其中也有以学习英文为目的之中英对照本），反而不太能凸显今日世界出版社的利基与特色。[41]

其实，在此中英对照本出版之前，余光中已先行将中译全文发表于 1970 年 12 月号的《纯文学》（1970：87–122），后附《关于"录事巴托比"》（1970：123–125）一文，可见他很看重自己身为译者的角色与地位。[42] 该文末注明"1970 年 9 月于丹佛"，比《满田的铁丝网》的自序早了一个月，于 1974 年收入《听听那冷雨》时易名为《"录事巴托比"译后》，并加了以下的附注：

---

[39]　参阅本书《一位年轻译诗家的画像——析论余光中的〈英诗译注〉》。

[40]　另一可能原因是当时在美国盛行的新批评（New Criticism）逐渐流传到中文世界，该学派着重文本本身，避谈作者的生平与脉络。王梅香指出，今日世界出版社于 1961 年出版《美国文学批评选》，此书虽为林以亮编辑，但选文基本上由夏志清建议，十四篇选文中有六篇与新批评相关（《隐》135–137）。

[41]　当然可以反过来说，这种出版方式可能因为符合中文市场通行的方式，而更有竞争力。但不容讳言的是，这种做法未能充分发挥今日世界出版社译者的专长与特色。

[42]　今日世界出版社译者在出书前先将中译刊登于期刊的情形并非没有前例。如刘绍铭翻译马拉穆的《梦中情人》（"The Girl of My Dreams"）先刊登 1969 年 3 月号的《纯文学》（32–50），后收录于次年由今日世界出版社出版的马拉穆的短篇小说集《魔桶》。

《录事巴托比》(香港：今日世界出版社，1972年8月)

附注："录事巴托比"的中英对照本已于1972年8月由香港"今日世界社"出版，[43]印刷精美，但校对略有谬误。例如第二页第六行的"多情的流泪"，便是"多情的心肠流泪"之误。（2002：140）

因此，虽然我们不确定余光中是否因为未能依其翻译惯例加上附文本而对出版社有所不满，也得知译者肯定其译作"印刷精美"（这是一般人对于该出版社产品的普遍印象），但至少对于校对显然不无怨言。[44]

其实，余光中对于梅尔维尔的兴趣在《老人和大海》的《译者序》中便见端倪，该序将梅尔维尔与海明威并提（"我想海明威在意经营此书之时，心中必有巨著《白鲸》(*Moby Dick*)的影子"，指出"二书相似之处太多了"[2010：2]），并花了一整段的篇幅说明两人的大同小异。梅尔维尔以海洋小说著称，余光中反倒译出了

---

[43] 余光中此处系根据该书扉页注明的"今日世界社"，但版权页则以中英文注明"今日世界出版社"(World Today Press)，以后者较恰切，因为二者有所分工。张同和李如桐于2004年接受笔者电话访谈时指出，两人在"美新处"的职掌有别：张在今日世界社，负责的是新闻业务，如出版杂志；李在今日世界出版社，负责的是文化业务，包括出版丛书。

[44] 雨田在《评余光中的"译论"与"译文"》中虽对原刊于《纯文学》的《录事巴托比》中译提出不少意见，但结语表示**"但大体来说，余君的译文还是相当优异的，比目下一般粗制滥造的所谓'翻译家'的产品不知要好上多少倍"**（76，原文为粗黑体），文末的"笔者附注"也提到在《录事巴托比》的英汉对照本里，"本稿中所抽举的一些阙失，已有三五处经余君更正。这是一个非常值得欢喜的现象"（77）。至于雨田所批评的余译中使用的众多中文成语，则未见改动。这种融文言于白话的译文为余译的特色，也符合他后来提出的"白以为常，文以应变"之说（余，《创》96）。

风格迥异、主题与纽约华尔街相关的《录事巴托比》，很可能因篇幅较短，符合出版社的规划，而成为"美国短篇小说集锦"唯二的成果中的第一项。[45]

余光中的译后记虽然只有短短五段，却传递了丰富的信息以及身为译者对这个故事的诠释，文笔之佳固然不在话下，更重要的是提供了不少批评洞见，寥寥几语却发人深省。首段提供背景信息，指出此故事为"美国小说大师梅尔维尔中期的短篇小说"，发表于1853年，作者时年三十四岁，原名《录事巴托比：华尔街的故事》（*Bartleby the Scrivener: A Story of the Wall Street*），并提到有关情节来源的三种揣测（余，1974：157）。他接着说明此作品在梅尔维尔及19世纪文学中特立独行，并称赞"全篇一气呵成，黑白对比，有如木刻版画的撼人力量，恐怕要到果戈尔或杜思陀也夫斯基的笔下，才能找到匹敌"（158）。在解析主人翁巴托比时，余光中说他既非"流浪汉"，也非"无力维生"，更不是"狂人"，而"唯一的罪行，也许是不肯承认，人在世上，必需互赖以生"（158）。余光中以两个英文字来形容巴托比的处境——"isolation"（孤绝）与"non-conformity"（独来独往）——并有感而发地说："在人类社会，究竟谁清谁浊，谁醒谁狂，只是一种相对的区分。"（158）他指出此篇"以喜剧始"，"以悲剧终"，并加以解释。最值得注意的是，熟悉英诗的他引用19世纪英国诗人霍普金斯（Gerard Manley Hopkins）的"内景"（inscape）之说，来阐释书中的"叙说人"

---

[45]　余光中在访谈中透露，在翻译《录事巴托比》之后，"我进一步跟香港'美新处'签约要翻译梅尔维尔（Herman Melville, 1819—1891）的 *Typee*〔《泰比》〕跟 *Billy Budd*〔《比利·包德》〕，结果没翻出来。《比利·包德》很难翻，翻了一部分就卡住了。……翻了一两万字，大概不到三分之一"（《第》193–194，亦见本书202–203）。巧合的是，笔者1980年的台湾大学外文研究所硕士论文就是 *Billy Budd: Melville's Testament of Transcendence*（《比利·包德：梅尔维尔超越的遗言》），分别从寓言、悲剧、神话批评的角度剖析梅尔维尔这部遗作。由范我存女士近日提供的《比利·包德》翻译手稿，可知余光中译至第八章。

（叙事者）／律师，并不讳言"在翻译的过程之中，'外景'［巴托比与其他三位雇员］与'内景'同样深深感动了我"（159）。读者固然通过律师的叙说了解整个故事的来龙去脉，感受巴托比"孤寒的背影"，然而"真正深入的却是叙说人的心灵"，因此译者不愿认定这位具有"暖热的心肠和赤诚的肝胆"的律师仅仅是"配角"。更令人瞩目的是他的结语："这位律师代表的不但是一位悲天悯人的老板，恐怕还是全人类不安的良心吧？"（159）此良心不安之说，不禁让人联想到刘绍铭评论的《双人床》里的诗人。此中纯属巧合或另有深意，耐人玩味。

与先前三本译作相较，《录事巴托比》虽然没有译序，但有十个译注，除了人名与地名等专有名词之外，其中两个是双关语（如"in a nutshell"［"简而言之""尽在果壳中"］，1972：16；"gobble"［"囫囵饕餮""咯咯作火鸡之鸣"］，1972：18）。这些译注一方面便于读者的理解，另一方面也显示了译者的慎重，尤其是双关语的说明，更让人得窥原文的巧意与译者变通的手法。再者，此书的设计采取比一般书籍更大的尺寸，颇有鹤立鸡群之感，而封面与封底各六张照片，扉页的 19 世纪华尔街的图画，以及书中的多张人物图片，无不予人写实之感，具现了此系列英文名中的"showcase"（"橱窗"）之说。[46]《录事巴托比》在余光中的笔下，叙事之处求其精炼，对白之处求其自然，展现了译者磨炼已久的功力，也成了他告别美国文学专著翻译之作。[47]

---

[46] 张锦忠向笔者指出，当时港台流行电影小说，以大开本、多图片的方式呈现，《录事巴托比》的呈现方式或许与此流风有关。然而后来余译也发行了小开本、中英对照、没有图片的版本（1975）。

[47] 这也是余光中翻译的最后一部小说，之后他的重点转向戏剧翻译，花了多年时间逐步翻译、出版爱尔兰作家王尔德（Oscar Wilde）的全部四部喜剧，并于 1984 年出版转译自英文的《土耳其现代诗选》，于 2012 年出版《济慈名著译述》，于 2017 年出版增订新版的《守夜人》与《英美现代诗选》。

三、"英华"焕发的译者

综观余光中的翻译历程，早期的英美诗歌、美国小说与传记之翻译扮演了奠基的角色，甚至影响到个人后来的发展，包括促成他赴美进修，取得学位，旅美任教，并将这些经验作为诗歌与散文的素材。本文讨论的四部译作固然是余光中努力的具体成果，也与冷战时期的美国文化外交政策密切相关，是双方各尽所能、各取所需的结果。

在中译英的两部作品中，《中国新诗集锦》将他在爱奥华州立大学艺术硕士学位论文加以整理，撰写绪论，正式出版。此书对外而言，向英文世界译介台湾地区的最新文学运动与成果，宣示延续五四以来的中文新诗传统；对内而言，透过美方的支持为仍在奋力前进的台湾现代诗运动提供了一定程度的奥援。如果说《中国新诗集锦》是当年现代诗众声齐鸣的交响乐，《满田的铁丝网》则是独奏，通过自译向英文世界传达这位冷战时期处于中／外、古／今之间的现代诗人的复杂处境、努力折冲与文学表现。

在英译中的两部作品里，虽然在《美国诗选》的译者排名上余光中屈居张爱玲与林以亮之后，未能恰如其分地呈现他对该书的贡献，但众人皆知张爱玲以小说闻名，而非诗歌，而她当时的确是四位译者中知名度最高的一位，之前已与美方合作出版了《老人与海》（1952）、《小鹿》（1953，后易名《鹿苑长春》）、《爱默森选集》（1953）、《秧歌》（1954）与《赤地之恋》（1954）等。[48] 翻阅全书便会发现其实余光中出力最多，评论仔细，译作具有特色。此书在今日世界出版社的主导下取得翻译版权，编译、出版、流通，由于选诗具有代表性，译者皆为一时之选，翻译质量可靠，再加上作者

---

[48] 参阅笔者《含英吐华：译者张爱玲——析论张爱玲的美国文学中译》。

的生平与作品介绍以及译注等附文本，配合上精美的印刷、低廉的价格、顺畅的通路，成为当时中文世界最具代表性的美国诗选，为一般读者与文学爱好者提供了良好的读物，甚至成为美国文学的学者与学生必备的诗选，至今依然为人津津乐道。[49]

《录事巴托比》呈现19世纪美国文学经典之作，让华文世界的读者看到以海洋文学名闻遐迩的梅尔维尔，描写美国大都会中人性孤绝的另一面向。中英对照的方式固然对译者形成更大的考验，但也是功力的最佳测试，而译者在叙事与对白上都能恰切地传达出原作的氛围，并以译注说明原文精微之处。虽然此书因出版社的考虑与规划，未能让余光中循例以译序的方式介入，但他另外发表的译后记，多少弥补了这个缺憾。这部译作也成为余光中美国文学译介的告别之作，之后他除了美国诗歌的选译之外，未再涉足美国文学专著的翻译。

如本文标题所示，"英华焕发的译者余光中"在翻译这四部文学作品时正值三十二岁到四十四岁的盛年，蓄势待发的他在中方师友的协助与美方资源的支持下，使出浑身解数，以精熟的中英双语，左右开弓，展现多元面貌：既有英翻中，也有中翻英；既有诗歌，也有小说；既有独译，也有合译；既有他译，也有自译；既有他选，也有自选；既有单一作家的文本，也有合集；既有中文文本，也有英文文本，甚至中英对照本；既有19世纪经典美国文学，

---

[49] 如台湾诗人李进文在《我不伦不类的文学启蒙》一文中提到，自己"最早拥有的译诗选集《美国诗选》，由林以亮先生编选，译者都是一时之选，包括林以亮本人、梁实秋、夏菁、张爱玲、余光中、邢光祖等人，共选译了十七位美国重要诗人的作品。每一位诗人作品前都有译者用心写的诗人生平和著作。……这本书是最早对我启蒙的翻译诗选"（B7）。他进一步指出，"从这本有系统的翻译诗选，我第一次读到爱蜜莉·狄瑾荪，透过余光中精彩的译笔给我极大的震撼，爱蜜莉形容'报纸像松鼠赛跑'、她看到蛇感到'骨髓里降为零度'、写殉美则是'直到青苔爬到了唇际，／将我们的名字遮掩。'多么新颖迷人的比喻"（B7）。

也有现当代的中美诗作；既有香港出版，也有台湾出版。其繁复多元即使置于今日都属罕见，遑论半个世纪之前的冷战年代——或者换个角度来说，正因为是冷战时代才让这位认真热心的译者有了多元呈现的机缘。

赵绮娜提到美国希望借由这些活动达到一些目标，其中大部分都可见于余光中的个案（100）。王梅香则指出，余光中除了因为出身台大外文系所具有的"人际网络"与"语言资本"之外，借由亚洲协会所提供的"经济资本"，"赴美留学累积文化资本"，回去后"再将此资本转换为社会资本"（《隐》134）。她进一步表示，"余光中的这段经历，可为美援文艺体制下文学社群的行动者作一个注脚，也可以得知美援文艺体制的运作，便是透过资本转换和在地人际网络进行运作"（134）。笔者也曾运用勒菲弗尔（André Lefevere）的"赞助"（"patronage"）之观念探讨今日世界出版社的美国文学译丛，并指出，"今日世界出版社之成立及这套译丛之出版是为了配合冷战时期的美国战略与意识形态，所提供的稿酬颇为优渥，对已出名的译者和作者固然有锦上添花的效果，对不甚出名的译者则具有相当的肯定作用"（《冷》124–125）。这些观察固然适用于余光中的案例，但笔者必须强调，即使在此时代结构、美方作为赞助者（patron）的情况下，译者并非完全处于被动状态，依然具有相当程度的能动性（agency），[50] 依照个人追求文学与翻译的主观意志，积极争取或把握美方提供的各项资源，精进自己的文学与

---

[50] 余光中的能动性可分两方面而言：一方面是选材，如《中国新诗集锦》与《满田的铁丝网》依代表性与可译性而选诗，而他翻译狄瑾荪的十三首诗作中，有五首与原先选定的不同，以致美方必须重新申请翻译版权（林，《序》3），而美方也配合进行内部作业（王梅香，《隐》131–133），更是明显的例子；另一方面是翻译策略，他依照个人的理念、诠释、风格而从事翻译，如江艺在评论其英诗中译时，专节讨论"译诗充分体现了译者的主观能动性"（107–110），而笔者在讨论其中诗英文自译时，发现他的自译比他人的英译更不拘泥于原文（单，《含华》224–231）。

翻译之道，而不自限于一时一地的意识形态框架。

本文尝试结合文本与脉络，进行必要的考掘与解析，以余光中的个案检视时代因素如何影响并反映于翻译，而译者也能运用时代提供的特殊奥援，来进行个人的翻译志业，并与自己的文学创作相辅相成，"双管齐下……彼此输血，左右逢源"（余，《创》107）。而余光中本人的风格与翻译策略，如"白以为常，文以应变"（96）也为其创作与翻译打印上了"余氏标记"。冷战固然提供了特定的视角来观察此一个案，但文学与文化也有超越时空与政治的一面。一般人认知的冷战已经结束，但当时的翻译成果与影响并未止息，甚至出现了另类的来生（afterlife）。[51] 先前的《老人和大海》在译者修订多处之后，易名《老人与海》以简体字出版，展开了它的新生。《满田的铁丝网》经大幅增删，由原先充满战争的意象，易名《守夜人》，象征诗人多年来对于文学的坚持，依诗集的年代顺序，以中英对照的方式问世，并且增订再版、三版，见证了余光中后来数十年的发展与坚持。

总之，冷战既可提供特定的视角来定义（define）当时的翻译与文学、文化、政治，产生先前未有的洞见（insight），但也必须留意可能限制（confine）了后人对于那个时代及文化生产的认知，而产生盲昧不见（blindness）。今日学者一方面以历史化、脉络化的方式来检视冷战时代的翻译以及其他文学与文化活动，发掘其丰富的意涵，以期对当时的文学再现、文化政治与国际关系有更多面向的体会，另一方面也辅以后见之明，进行更深切的观照与省思，借由反思前事，作为现今与未来的参考，并认知文学与文化所具有

---

[51] 此处指涉的是本雅明（Walter Benjamin）的翻译如"来生"之比喻（Benjamin 71）。

的时代性与超越性。*

引用资料

王文兴。《〈美国诗选〉评介》。《文星》8.6（1961.10）：28–29。

王梅香。《肃杀岁月的美丽／美力》。硕士论文。台南：成功大学台湾文学研究所，2005。

——。《麦加锡与"美新处"在台湾的文化冷战（1958—1962）》。《媒介现代：冷战中的台港文艺国际学术研讨会论文集》。台北：里仁书局，2016。页 101–148。

——。《隐蔽权力：美援文艺体制下的台港文学（1950—1962）》。博士论文。新竹：清华大学社会学研究所，2015。

白先勇。《我在美国爱荷华州立大学作家工作坊的经验》。张颂贤记录。《跟白先勇一起创作：岭大文学创作坊笔记》。香港：香港教育图书公司，2008。页 2–21。

朱立民。《朱立民先生访问纪录》。单德兴、李有成、张力访问，林世青记录。台北：台湾"中研院"近代史研究所，1996。

江艺。《对话与融合：余光中诗歌翻译艺术研究》。西安：世界图书出版公司，2009。

刘绍铭。《梦中情人》（"The Girl of My Dreams"），马拉穆（Bernard Malamud）原作。刘绍铭译。《纯文学》5.3（1969.3）：32–50。

---

* 本文撰写承蒙黄碧仪小姐、陈雪美小姐与陈樱文小姐协助搜集资料，黄小姐并协助比对不同版本与统计数据，谨此致谢。本文原名《在冷战的年代——译者余光中》，为 2015 年 3 月 6 日至 7 日香港岭南大学有关冷战时期海峡两岸暨港澳文学与文化翻译的相关国际研讨会主题演讲，感谢当时的岭南大学人文学研究中心黄淑娴主任与宋子江先生的邀请与协助，以及与会学者尤其是张锦忠博士提供的意见。于《中山人文学报》刊出后承蒙余光中老师指正一处翻译，谨此致谢。

——。《寂寞翻译事——刘绍铭访谈录》。单德兴，《却顾所来径——当代名家访谈录》。台北：允晨文化实业股份有限公司，2014。页 269–306。

余光中。《九歌版〈梵谷传〉新序》。余光中译，《梵谷传》。台北：九歌出版社有限公司，2009。页 12–14。

——。《老人和大海》（*The Old Man and the Sea*），海明威（Ernest Hemingway）原作。余光中译。《大华晚报》1952 年 12 月 1 日至 1953 年 1 月 23 日，二版。

——。《老人和大海》。再版。台北：重光文艺出版社，1958。

——。《老人与海》。南京：译林出版社，2010。

——。《关于"录事巴托比"》。《纯文学》8.6（1970.12）：123–125。

——。《创作与翻译》。《举杯向天笑》。台北：九歌出版社有限公司，2008。页 89–107。

——。《在冷战的年代》。台北：纯文学出版社，1969。

——。《在冷战的年代》。台北：纯文学出版社，1984。

——。《守夜人》（*The Night Watchman*）。台北：九歌出版社有限公司，1992。

——。《守夜人》（*The Night Watchman*）。增订二版。台北：九歌出版社有限公司，2004。

——。《守夜人》（*The Night Watchman*）。增订三版。台北：九歌出版社有限公司，2017。

——。《作者，学者，译者——"外国文学中译国际研讨会"主题演说》。《蓝墨水的下游》。台北：九歌出版社有限公司，1998。页 29–44。

——。《录事巴托比》（*Bartleby the Scrivener*）。《短篇小说集锦》，霍桑、史托克顿、梅尔维尔、海明威著。惟为、余光中、董桥、汤新楣译。香港：今日世界出版社，1975。页 15–68。

——。《录事巴托比》（*Bartleby the Scrivener*），梅尔维尔（Herman Melville）原作。余光中译。中文版。《纯文学》8.6（1970.12）：87–122。

——。《录事巴托比》（*Bartleby the Scrivener*），梅尔维尔（Herman Melville）原作。余光中译。中英对照本。香港：今日世界出版社，1972。

——。《"录事巴托比"译后》。《听听那冷雨》。台北：纯文学出版社，1974。页 157—159。

——。《〈录事巴托比〉译后》。《听听那冷雨》。台北：九歌出版社有限公司，2002。页 138–140。

——。《英诗译注》（*Translations from English Poetry*（*with notes*））。台北：文星书店，1960。

——。《英美现代诗选》两册。余光中编译。台北：大林出版社，1968。

——。《英美现代诗选》修订新版。余光中编译。台北：九歌出版社有限公司，2017。

——。《夏济安的背影》。《青铜一梦》。台北：九歌出版社有限公司，2005。页 205–210。

——。《梵谷传》（*Lust for Life: The Story of Vincent van Gogh*），伊尔文·史东（Irving Stone）原作。余光中译。台北：九歌出版社有限公司，2009。

——。《第十位缪思——余光中访谈录》。单德兴，《却顾所来径——当代名家访谈录》。台北：允晨文化实业股份有限公司，2014。页 181–230。

——。《爱弹低调的高手——远悼吴鲁芹先生》。《记忆像铁轨一样长》。台北：洪范书店，1987。页 109–119。

——。《敲打乐》。台北：纯文学出版社，1969。

——。《敲打乐》。台北：九歌出版社有限公司，1989。

宋以朗。《宋淇传奇：从宋春舫到张爱玲》。香港：牛津大学出版社，2014。

李文卿、黄淑祺、陈允元。《台湾新文学史大事年表》。《台湾新文学史》。陈芳明著。台北：联经出版事业公司，2011。页 795–831。

李如桐。电话访谈。香港，2004 年 10 月 22 日。

李进文。《我不伦不类的文学启蒙》。《中华日报》2012 年 12 月 5 日：B7。

（张）晓风。《护井的人——写范我存女士》。余光中译，《梵谷传》。台北：九歌出版社有限公司，2009。页 648–59。

林以亮（Stephen Soong，宋淇）编选。《美国诗选》（Anthology of American Poetry）。张爱玲、林以亮、余光中、邢光祖等译。香港：今日世界出版社，1961。

——。《序》。《美国诗选》。香港：今日世界出版社，1961。页 2–6。

金圣华。《余光中：三"者"合一的翻译家》。《结网与诗风：余光中先生七十寿庆论文集》。苏其康编。台北：九歌出版社有限公司，1999。页 15–42。

雨田。《评余光中的"译论"与"译文"》。《书评书目》3（1973.1）：64–77。

"美国新闻处"编。《今日世界译丛目录》（World Today Books in Print: An Annotated Bibliography）。香港：今日世界出版社，1976。台北：新亚出版社。

夏菁。《仙人掌——介绍余光中译〈中国新诗选［集锦］〉》。《文星》7.4（1961.2）：9–10。

高全之。《张爱玲与香港"美新处"：访问麦卡锡先生》。《张爱玲学：批评·考证·钩沉》。台北：一方出版有限公司，2003。页 237–246。

张同。电话访谈。香港。2004 年 10 月 22–23 日。

陈芳明编。《文学年表》。《台湾现当代作家研究资料汇编 34 余光中》。陈芳明选编。台南：台湾文学馆，2013。页 71–104。

陈若曦。《坚持・无悔：陈若曦七十自述》。台北：九歌出版社有限公司，2008。

单德兴。《一位年轻译诗家的画像——析论余光中的〈英诗译注〉（1960）》。《应用外语学报》24（2015）：187–230。

——。《冷战时代的美国文学中译——今日世界出版社之文学翻译与文化政治》。《翻译与脉络》。台北：书林出版有限公司，2009。页 117–157。

——。《含英吐华：译者张爱玲——析论张爱玲的美国文学中译》。《翻译与脉络》。台北：书林出版有限公司，2009。页 159–204。

——。《含华吐英：自译者余光中——析论余光中的中诗英文自译》。《翻译与脉络》。台北：书林出版有限公司，2009。页 205–236。

——。《却顾所来径——当代名家访谈录》。台北：允晨文化实业股份有限公司，2014。

——。《翻译与脉络》。台北：书林出版有限公司，2009。

贵志俊彦（Toshihiko Kishi）、土屋由香（Rika Tsuchiya）、林鸿亦编。《美国在亚洲的文化冷战》。李启彰等译。台北：稻乡出版社，2012。

贵志俊彦、土屋由香。《序论：文化冷战期美国的公关宣传活动以及其对亚洲的影响》。贵志俊彦、土屋由香、林鸿亦编。《美国在亚洲的文化冷战》。李启彰等译。台北：稻乡出版社，2012。页 3–24。

——。《文化冷战研究的参考指南》。贵志俊彦、土屋由香、林鸿亦编。《美国在亚洲的文化冷战》。李启彰等译。台北：稻乡出版社，2012。页 255–271。

赵绮娜。《美国政府在台湾的教育与文化交流活动（一九五一——一九七〇）》。《欧美研究》31.1（2001.3）：79–127。

Benjamin, Walter. "The Task of the Translator." *Illuminations*. Ed. Hannah Arendt. Trans. Harry Zohn. New York: Schocken, 1968. 69–82.

Chi, Pang-yuan（齐邦媛）, et al., eds. *An Anthology of Contemporary Chinese Literature: Taiwan 1949–1974. Vol. 1: Poems and Essays*. Seattle and London: University of Washington Press, 1975.

Lau, Joseph S. M.（刘绍铭）. "Acres of Barbed Wire: An Appreciation." In Yu Kwang-chung, *Acres of Barbed Wire*. Taipei: Mei Ya Publications, Inc., 1971. ix-xvii.

Saunders, Frances Stonor. *The Cultural Cold War: The CIA and the World of Arts and Letters*. New York: The New Press, 1999.

Venuti, Lawrence. *Translation Changes Everything: Theory and Practice*. London and New York: Routledge, 2013.

Yu, Kwang-chung（余光中）. *Acres of Barbed Wire*（《满田的铁丝网》）. Taipei: Mei Ya Publications, Inc., 1971.

——, ed. and trans. *New Chinese Poetry*（《中国新诗集锦》）. Taipei and Hong Kong: Heritage Press, 1960.

含华吐英：自译者余光中
——析论余光中的中诗英文自译 *

Poetry is what gets lost in translation.

——Robert Frost

……有时译者不得不看开一点，遗其面貌，保其精神。好在译者就是作者，这么"因文制宜"，总不会有"第三者"来抗议吧？

——余光中

一、守夜人语：守着黑夜守着笔

余光中献身文学逾一甲子，文学生涯多彩多姿，于诗歌、散文、翻译、评论都交出了亮丽的成绩。他以诗人的角色自豪，号

---

* 《守夜人》初版于 1992 年，本文根据的是 2004 年增订新版，至于包括 2017 年增订新版在内的各版本自译，详见文末之附篇。

称以右手写诗，散文则是"左手的缪思"之产物，再加上出入于绘画、音乐及其他艺术之间，因此曾戏称自己是"艺术的多妻主义者"（《五》3），而上述四方面的文字表现则是他"写作生命的四度空间"或"四张王牌"。[1] 笔者在《翠玉白菜的联想——余光中别解》一文中，则把他喻／誉为"文学的四臂观音"，认为这个封号"或许更符合他长年敏于感时应物、多方位辛勤笔耕的形象"（《边》30，亦见本书293–294）。[2] 他在这四类作品中的成就众所瞩目，值得深入研究，本文则探讨其中一个特殊现象——《守夜人》一书的中诗英文自译（"self-translation"或"autotranslation"）——检视身为中文现代诗创作者、英美文学翻译者、英诗教授、文学评论者、翻译评论者的余光中，如何翻译自己的诗作，以及这些英文自译的特色与意义。[3]

《守夜人》之名来自撰于1973年的同名诗作，时年四十五的诗人面对历史的漫漫长夜，孤灯下兀自"挺着一枝笔"，化身为"最后的守夜人守最后一盏灯"，对以笔为"最后的武器"的他而言，"缴械，那绝不可能"（《守》139）。余光中非但没有"缴械"，多年来反而挟其强大的活力／火力，出入于多种文类，攻城略地，战绩彪炳，身上挂满了勋章。根据2004年11月增订二版的《守夜人》

---

[1] "写作生命的四度空间"一词见其《四窟小记》（223），"四张王牌"一词则见于他与陈芳明的对谈（《记》88）。

[2] 黄维樑也纳入编辑，并以"璀璨的五采笔"来称颂余光中在这五方面的成就，见所编之同名专书及该书《导言》。

[3] 即使单就翻译而言，余光中就扮演了不少角色。张锦忠说，"半个世纪以来，余光中翻译、论翻译、教翻译、编译诗选集、汉英兼译，可谓'五译'并进，绝非玩票"（47）。笔者在《左右手之外的缪思——析论余光中的译论与译评》一文中并加上"提倡翻译"，而以"六译并进"来形容他的翻译志业（《翻》239n4，254–255，亦见本书157n1）。

附录"余光中译著一览表",[4] 截至当时已出版了《舟子的悲歌》（1952）等十九种诗集，《左手的缪思》（1963）等十二种散文集，《掌上雨》（1964）等六种评论集，以及《梵谷传》（1957）等十三种翻译。若加上后来出版的作品[5] 以及在大陆出版的各种选集，数量更为惊人，所获的奖项与殊荣也不胜枚举。这些著、译各有特色，在余光中漫长的文学生涯中也各有意义，但笔者认为其中最具特色的大抵就属《守夜人》了。

《守夜人》初版于1992年10月，根据余光中当时的自序，"这本双语版的诗集收纳了六十八首作品，约占我全部诗作的十分之

（由左至右）《守夜人》的三种版本：1992年初版，2004年增订版，2017年增订新版。

---

[4] 若改为"余光中著译一览表"似较妥当，因为仅看"译著一览表"一词不免让人误以为只是"翻译"，而不是"翻译与著作"。"著译"虽然与"注意"同音，在音效上也不如"译著"——余光中一向讲究文字的抑扬顿挫——却较精确，而且较强调其创作。

[5] 2005年，余光中在台湾出版散文集《青铜一梦》。此外，为了庆祝八秩寿辰，余光中于2008年"自放烟火"，由台北九歌出版诗集《藕神》、评论集《举杯向天笑》、翻译《不要紧的女人》（A Woman of No Importance）。其后又出版诗集《太阳点名》（2015）、散文集《粉丝与知音》（2015）与翻译《济慈名著译述》（2012），并增订先前的《守夜人》（2017）与《英美现代诗选》（2017），因此，总计诗集二十一种，散文集十四种，翻译十五种，详见书末附录。

一，比我一般的诗集分量重些。其中二十七首是沿用《满田的铁丝网》(*Acres of Barbed Wire*, 1971) 的旧译；至于近二十年来的作品则都是新译，内有十四首更译于今年夏天"(13)。在十二年后的《新版自序》中，诗人写道："自从 1992 年《守夜人》出版以来，我又写了两百多首诗，并英译了其中十七首。现在将新的英译加了进去，以展现新的内容。新版一共收诗八十五首，约占我全部诗作的十分之一弱。"(17) 诗人笔耕之勤，老而弥坚，着实令人敬佩。而作／译者也"感谢永远年轻的缪思，尚未弃一位老诗人而去"(17)。

余光中于 2002 年出版的评论集《含英吐华：梁实秋翻译奖评语集》是针对梁实秋翻译奖 —— 主要是英诗中译 —— 参赛作品的实际批评 (practical criticism)，书名将"含英咀华"(品味、咀嚼文章的精华) 转化为"含英吐华"，颇见巧思。[6] 此处的"英"指的是英文，"华"指的是华文，所以"含英吐华"指的是"把英文仔细咀嚼、品味后吐出华文"，也就是"英译中"的意思，而"英文诗"当然是英文的精华了。如果"英译中"是"含英吐华"，那么"中译英"就可称为"含华吐英"("把中文仔细咀嚼、品味之后吐出英文")，而"中文诗"当然是中文的精华("英华"的原意之一)。因此，《守夜人》顺理成章就是"含华吐英"了。[7] 再者，《守夜人》的封面、目录、作者简介、自序、诗作、封底都是英文在前，中文在后，内文编排方式为左页英文，右页中文，两相对照，也就成

---

[6] 有关此书的讨论，可参阅笔者《左右手之外的缪思 —— 析论余光中的译论与译评》，尤其是第四节"余光中之译评"(《翻》253–263，亦见本书 172–181)。

[7] 彭镜禧于 2005 年台北市立图书馆举办的"四季阅读"系列活动中，以"从含英吐华到含华吐英"为题讨论《守夜人》，在开场白时对讲题有类似的阐释。此外，余光中也曾将自己的散文作品《地图》和《万里长城》翻译成英文，收录于齐邦媛 (Chi, Pang-yuan) 编选的 *An Anthology of Contemporary Chinese Literature: Taiwan 1949–1974, Vol. 1: Poems and Essays*, pp. 451–467。

了"左英右华","左顾是英,右盼是华",因而"英华并茂"。至于主题、结构、形式和手法的复杂多样,以及英译的种种微妙之处,则更是"英华繁茂",值得探究。此外,与余光中的诗歌、戏剧、小说、传记等译作相较,中诗英文自译的《守夜人》不仅精选自己数十年的诗作,而且挟带着译者即作者的权威(authority)与地道(authenticity),在其多种译作中独树一帜,更是另一种精华/英华了。

二、自译者言:变通的艺术

翻译虽以他译为主,但自译并非绝无仅有,如印英互译的泰戈尔(Rabindranath Tagore)、英法互译的贝克特(Samuel Beckett)、俄英互译的纳博科夫(Vladimir Nabokov)就是近代最显著的几个例子。霍肯森和芒森在《双语文本:文学自译的历史与理论》(Jan Walsh Hokenson and Marcella Munson, *The Bilingual Text: History and Theory of Literary Self-Translation*)中便探讨了西方自中世纪以来(1100—2000 年)一些自译的代表性例证。她们开宗明义指出:"双语文本是自译,由能以不同语言写作的作家所撰写,再把自己的文本翻译成另一种语言。"(1)她们提到,其实自译的现象自古便已存在(如希腊文和拉丁文互译),但是"这类自译者在文学史和翻译史上长久以来遭到忽略"(1),以致"翻译研究和比较文学的领域缺乏对西方自译的综合记述"(2),而东西之间的自译更是乏人问津。自译之所以被忽略,原因之一在于:"单语的作者和原作之类别如何适用?"(2)她们进一步提出了归类自译之困难所在:"这两种文本是否都是具有原创性的创作?其中任一是否完整?自译是否为独立的文类?任一版本能否属于单一的语言或文学传统？同一文本的双语版本能否相称（commensurable）？"（2）全书依年代顺序探讨自译的历史与理论，并举出不少具有代表性的自译者为例，贯穿其中的观念则是："双语文本是立体的，自译者处于社会语言的文化之间，而自译是功能性的对应……（the bilingual text as stereoscopic, the self-translator as sociolinguistic interculture, and self-translation as functional correspondence... ）"（4）此外，书中也指出，"在研究各个例证时，最好是放在它的历史脉络中"（9）。

因此，让我们回到余光中的脉络。诗人自译的确在创作之意图与原作之了解上有着他人未有的方便，但并不保证一切问题就迎刃而解，因为不同语文的用语、文法、成规、联想、典故、暗示甚至文字游戏等，使得译者——包括自译者在内——在翻译过程中遭遇不同程度的挑战，其中固然有克服困难的欢欣，却也不乏左右为难、左支右绌甚至束手无策的困窘，个中甘苦诗人／自译者不仅知之甚明，而且坦言不讳。

其实，余光中早在 1960 年出版的 *New Chinese Poetry*（《中国新诗集锦》）序言中，便提到中诗英译的困难。此书大部分来自其美国爱奥华州立大学艺术硕士论文，序言末段多少以抱歉与告罪的口吻说道：

当然我的翻译难以将我同代作家的作品表达得淋漓尽致。我怀疑自己的一些译作读来像是英文的仿作（parodies）。我翻译的未必是当代中国诗最佳的作品，而只是选译在我看来最便于翻译的（most readily translatable）。惠特曼说："我一点也不驯服，我也不能翻译／转化"（"I too am not a bit tamed, I too am untranslatable."）；每位真正的诗人对于这个说法，不管就字面的或隐喻的意义而言，必然觉得心有戚戚焉。在翻译这些诗时，我面对着一种困境：要是译成传统英文的五音步诗行或四音步诗行，会使得英文版失去分量，矫揉造作；要是译成直截了当的英文散文，又会给读者错误的印象，以为原作根本没有形式。把一首中文诗译成欧文诗，当然比把一首欧文诗译成另一首欧文诗困难得多。如果任何读者因为读了我的翻译而对中国现代诗评价不高，其责任在于我的英文驾驭能力不足，并非这些诗本身有任何内在的缺憾。（xii）

换言之，余光中身为中国新诗在英语世界的引介者与拓荒者，选材的标准除了作者与作品的特色、艺术性与代表性之外，是否"最便于翻译"成为主要的考虑，而在形式上也面临了文体与格式的困难抉择。他在书中翻译了台湾二十一位新诗人的五十四篇诗作，包括自己的三篇作品。[8] 然而，即使在翻译自己的作品时，问题也并非就迎刃而解。《守夜人》中有关译诗困难的告白，稍有翻译经验的人都能认同：

> 《守夜人》有异于一般诗选，因为译诗的选择有其限制。一般的诗选，包括自选集在内，只要选佳作或代表作就行了，可是译诗要考虑的条件却复杂得多。一首诗的妙处如果是在历史背景、文化环境，或是语言特色，其译文必然事倍功半。所以这类作品我往往被迫割爱，无法多选，这么委屈绕道，当然难以求全。也就是说，代表性难以充分。（《守》13）

质言之，曾编过不少诗选和自选集的余光中，深切体会到在编选／自选一部中英对照的诗集时，很难以"佳作或代表作"为唯一的标

---

[8]　即"Starting from Thirty-Seven Degrees"（《自三十七度出发》，1957），"Silo Bridge"（《西螺大桥》，1958）与"Nostalgia"（《真空的感觉》，1959）。

准，而必须考虑到翻译（研究）中长久存在的议题——可译／不可译（translatability/untranslatability）。

一般谈论英诗或讲授英诗时，常从"sound and sense"入手，前者着重于"音"，后者着重于"义"，都涉及文字、文学与文化的特性，诗人就在两者之间求其效果之极大化。就译诗而言，意象和内容较易传递，暗示和联想则不易转达，至于音乐性也因为语言殊异而难以克服。因此，余光中曾拜访的美国诗人佛洛斯特（Robert Frost）就说："诗就是在翻译中失去的东西。"（"Poetry is what gets lost in translation."）学者雅各布森（Roman Jakobson）也以意大利的名谚"Traduttore, traditore"（"翻译者，反逆者也"）为例，来说明诗之不可译，无法兼顾形、音、义。这对原先在创作时意图达到音与义之极大化的诗人／自译者，是不得不面对的事实，因此"割爱""委屈"之叹实属人之常情。对比创作时的意图和成果以及翻译时的种种限制，诗人／自译者的感受当然比一般译者更为深切。然而自译者也有其优势，以及随之而来的选择与代价。

余光中接着写道：

> 诗人自译作品，好处是完全了解原文，绝不可能"误解"。苦处也就在这里，因为自知最深，换了一种文字，无论如何翻译，都难以尽达原意，所以每一落笔都成了歪曲。为了不使英译沦于散文化的说明，显得累赘拖沓，有时译者不得不看开一点，遗其面貌，保其精神。好在译者就是作者，这么"因文制宜"，总不会有"第三者"来抗议吧？（《守》15）

此段对于自译的甘（"好处"）、苦（"苦处"）以及二者之间的关系说明得更为深入：前者为"完全了解原文"，但也正因为如此，所以体会到译文无法曲尽原意，达到"完全的翻译"（total translation），反而动辄扭曲或不全。再者，诗、文殊途，以精练、含蓄为要的诗之翻译，不能沦为散文化的说明或释义（paraphrase），[9] 否则便有"累赘拖沓"之弊，可行之道在于"遗其面貌，保其精神"。

但另一方面，余光中对于文学翻译一向抱持严谨的态度，这点不仅见于他的翻译实践，也见于他有关翻译的实际批评，例如：

> 我对于文学翻译的要求，是形义兼顾，所谓"形"，就是原文的形式，以人相喻，犹如体格。……翻译非文学的作品，达意即可。称得上文学的作品，其价值不但在"说什么"，也在"怎么说"。文学作品的译者，若是不在乎原文"怎么说"，恐怕是交不了差的。所谓"义"，就是原文的意思，也就是"说什么"。原文的意思必须恰如其分地正确译出，不可扭曲，更不可任意增删。(《含》36)

> 一首译诗或一篇译文，能够做到形义兼顾，既非以形害义，也非重义轻形，或者得意忘形，才算尽了译者的能事。(《含》36–37)

> 若非必要，不得擅改原文，那怕是标点之细，也应尊重，这原是译者之天职。何况标点绝非小事。(《含》112)[10]

上述说法虽然来自评论英诗中译的《含英吐华》，但余光中有关文学翻译的基本要求则昭然若揭。幸而作者／自译者拥有相

---

[9] 这点让人联想到美国新批评（New Criticism）大师布鲁克斯（Cleanth Brooks）所抨击的"释义之邪说"（"The Heresy of Paraphrase"）。他以此作为《精致的瓮》（*The Well Wrought Urn*）一章的标题，主张诗的形式与内容密不可分，无法以释义的方式来再现一首诗。笔者在大二上余光中的英国文学史时，也多次听他提到"prosaic"一词带有贬义。

[10] 有关余光中的译论与译评之讨论，参阅本书《左右手之外的缪思——析论余光中的译论与译评》。

当的权威或特权——这说明了为什么波波维奇（Anton Popovič）也把自译称为"授权的翻译"（"authorized translation"，转引自 Shuttleworth and Cowie 13）——在以其他语言自我表达时，往往为了迁就或受制于语言成规、文学典故或文化联想，即使有遗漏、扭曲之处，也是"非译（者）之罪"，因此余光中认为应不致有相对于作者和（自）译者的"第三者"来置喙。

《守夜人》的《自序》只有短短五段（前文已引述过半），却言简意赅地指出了诗作自译的特色、个中的甘苦，以及解决之道。至于如何"遗其面貌，保其精神"、如何"'因文制宜'"，余光中则没有细论，只能在其自译的英诗中探求。笔者虽然无意"抗议"，却似乎不得不扮演善意、好奇的"第三者"之角色，站在作者／（自）译者之外的角度，来检视《守夜人》一书中的自译现象，其中的技巧与特色，尤其是"因（英）文制宜"之处。

此外，余光中在多篇文章中提过，翻译也是创作或再创作，[11]而自译以原作为跳板，提供作者以另一个语文表达与创作的机会，比一般的译者有更大的挥洒空间，并可能悠游于另一个语言之海，探索其中的各种可能性。换言之，"因文制宜"之说在余光中的上下文中偏向于较为消极、被动的一面，似乎不得不如此。然而，笔者要指出，此说有更积极、主动的一面，不仅对于一般译者如此，对于身兼作者／译者的余光中更是如此。[12]下文拟针对《守夜人》

---

[11]　尤其见于《翻译和创作》一文（《余》30–43）。相关讨论参阅笔者《左右手之外的缪思——析论余光中的译论与译评》第三节"余光中之译论"（《翻》243–253，亦见本书 162–171）。

[12]　因为"完全的翻译"之不可能，所以翻译中必有所失，然而在"因文制宜"中也有所得，呈现崭新、开创之处。有关翻译的创新（inaugural）、肇始（initiatory）的一面，参阅米勒的《跨越边界：理论之翻译》（J. Hillis Miller, "Border Crossings: Translating Theory"）。虽然该文讨论的是"理论"的翻译，所举的实例却多为文学文本，相关看法也适用于其他性质文本的翻译。

中较有特色的一些译诗进行文本分析，说明余光中如何"因文制宜"、如何"遗其面貌，保其精神"，其译作所展现的（自）译者之"变通的艺术"（此为余光中评介思果《翻译研究》的文章标题），以及其中的利弊得失。

三、诗人谈译诗：不可能的任务

从先前引述余光中的说法可知，译诗之难在于如何在译作中传达出原诗的"历史背景""文化环境""语言特色"；若是无法传达的话，又如何"遗其面貌，保其精神"（《守》15）？他在1968年《英美现代诗选》的《译者序》中，对于译诗之难有更详细的说明："理论上说来，一个诗人是可以从译文去学习外国诗的，但是通常的情形是，他所学到的往往是主题和意象，而不是节奏和韵律，因为后者与原文语言的关系更为密切，简直是不可翻译。"（《英》40）他以李清照的词为例，指出其中"'只恐双溪舴艋舟，载不动，许多愁'的意象，译成英文并不难，但是像'寻寻觅觅，冷冷清清，凄凄惨惨戚戚'一类的音调，即使勉强译成英文，也必然大打折扣了"（《英》40–41）。他接着以英美诗人为例，说明克瑞因（Stephen Crane）那些"以意象取胜的诗……在译文中并不比在原文中逊色太多"；相反地，像佛洛斯特那样"以音调，语气，或句法取胜的诗……在译文中就面目全非了"（《英》41）。

同样也是诗人与译者的杨牧对于译诗也有类似的说法。他认为诗有文化关涉与技术关涉，"理解其文化层次已经甚难，把握技术细节更是谈何容易。如果翻译只是将作品由一种文字改写为另一种文字，如果翻译只求改写观念时要信实通达和尔雅，凡人大概还有希望办到，但译诗者除此之外，还须把握作品的技术之美，还须将作品的声色特征用另一种文字表现出来，这是巨大的挑战，知识和感性的双重挑战"。他接着指出："传统中国诗关涉广泛而深入，几乎不可能完完整整用另一种文字改写。其实上乘的英诗何曾不然？"（33）

现代美国诗人庞德（Ezra Pound）对于译诗也有颇为类似的观点，而且论述得更为分明。他在《如何阅读》（*How to Read*）一书中指出诗有三类：音象诗（Melopoeia）的文字超越了平常的意义，而着重于"音乐性"（"musical property"）；形象诗（Phanopoeia）强调的是视觉之意象；义象诗（Logopoeia）则是"才智在文字中舞蹈"（"the dance of the intellect among words"），遣词用字时不仅运用其"直接的意义……也特别考虑文字的习惯用法、语境、常见的搭配、普遍接受的用法以及讽刺游戏"（25–26）。他进一步指出：

> 音象诗即使是不懂该诗所用之语言的外国人，只要有敏锐的耳朵便可欣赏。然而，除非侥天之幸，否则不可能移转或翻译成另一种语言。即使侥天之幸，每次也只能翻译半行。另一方面，形象诗可以大致、甚至全然完整无缺地翻译。……义象诗则无法翻译，虽然其所表达的心灵态度或许可以借由释义来传达。也许可以这么说，译者**无法**使其"归化"，只能在决定了原作者的心灵状态之后，试图寻找其衍绎或对应。（26）

因此，译诗时音乐性是可遇不可求，意象有可能完全传达，而典故、暗示、反讽、习惯用法、文字游戏等，也许可能加以衍绎或找到对应。这与余光中的论点若合符节。

至于翻译上另一个长久存在的议题——直译（literal translation）与意译（free translation）之辨——余光中认为：

对于一位有经验的译者而言，这种区别是没有意义的。一首诗，无论多么奥秘，也不能自绝于"意义"。"达"（intelligibility）仍然是翻译的重大目标；意译自有其存在的理由。然而文学作品不能遗形式而求抽象的内容，此点诗较散文为尤然。因此所谓直译，在对应原文形式的情形下，也就成为必须。在可能的情形下，我曾努力保持原文的形式，诸如韵脚，句法，顿（caesura）的位置，语言俚雅的程度等等，皆尽量比照原文。（《英》41）

在译诗的语言方面，他进一步指出："译诗的另一考验在语言的把握。原诗若是平淡，就不能译成深峭；若是俚俗，就不能译成高雅；若是言轻，就不能译得言重；反之亦莫不皆然。"（《含》6）这种说法间接响应了近百年来中国翻译论中严复所主张的"信、达、雅"之"三字真言"。质言之，余光中一方面驳斥直译/意译的二分法，另一方面在坚持信（"努力保持原文的形式"）与达的同时，"语言俚雅的程度……尽量比照原文"的说法间接反驳了严复对于"雅"的强调。[13] 当然，此处的说法来自于身兼作者、译者与学者的余光中之英美现代诗的中文翻译，以及他对一般英诗中译的评论，多少有别于自译，其中最大的差别就在于"遗其面貌，

---

[13] 当然，严复的"信达雅"之说有特殊的时代背景与文化脉络。简言之，他所译介的为西洋思想名著，论述严谨，有别于文学作品对风格之要求。再者，严复为桐城派古文家，译文的读者群设定为当时的知识分子，以期启发民智，促成改革，若译文不典雅，为知识分子所讪笑，就不可能达到启蒙与救国之翻译目的。因此，无论就原文文本或译文对象而言，严复强调"雅"有时代背景及确定目的，而由其译作所引发的风潮，可知就当时而言其翻译策略之成功。有关严复译论之探讨，参阅沈苏儒的《论信达雅——严复翻译理论研究》。

保其精神"之说。[14]

　　然而，对余光中的作品稍有认识的人都知道，他的诗作也"以音调，语气，或句法取胜"，"妙处……在历史背景、文化环境，或是语言特色"。那么他的诗作英译——包括诗人自译——会不会落得"事倍功半"，甚至"面目全非"呢？作者兼译者的身份能发挥何种作用或发挥到何种程度？（自）译者要如何才能达到"变"而"通"的目标，而不致"变"而"不通"，甚至拘泥原作，不知通变？变通之后的表现与效果如何？凡此种种，都值得探究。

四、自译者行：作者与译者的自我辩证

　　余光中曾在多篇文章讨论中、英文的差异，如《中西文学之比较》一文指出，"中文的文法中，没有西文文字在数量（number）、时态（tense）、语态（voice）和性别（gender）各方面的字形变化"（《余》17-18），"中文本来就没有冠词，在古典文学中，往往也省去了前置词、连接词以及（受格与所有格的）代名词"（《余》19），"中文文法之妙，就妙在朦胧而富弹性"（《余》21）。他在《中国古典诗的句法》一文中也提到，"中国文法的弹性和韧性是独特的"（《余》4）。[15] 此二文的对象虽为中国古典诗，其实并不限于此，而

---

[14]　这里的作者、译者、学者之说来自余光中的《作者，学者，译者——"外国文学中译国际研讨会"主题演说》（《余》169-177），金圣华更以此为论点，品评余光中的翻译事业，详见其《三"者"合一的翻译家》。其实，余光中的译论与译评不仅与他身兼三者的角色密切相关，而且涉及他对中国语文、文学（史）甚至文化的看法，参阅本书《左右手之外的缪思——析论余光中的译论与译评》。

[15]　余光中于 2008 年出版的《举杯向天笑》中之《虚实之间见功夫》（120-132）和《翻译之为文体》（133-144）二文依然举出不少实例来说明中、英文之不同，以及从事中英翻译时应注意的事项，并认为"译文体"是"在文言文、白话文、旧小说文体之外"的"第四文体"（144）。

可适用于更大的范围。下面的说法多少可用来检视余光中的中诗英文自译：

> 一位富有经验的译者，于汉诗英译的过程之中，除了要努力传译原作的精神之外，还要决定，在译文里面，主词应属第几人称，动词应属何种时态，哪一个名词应该是单数，哪一个应该是复数，等等。这些看来像细节的问题，事实上严重地影响一首诗的意境，如果译者的选择不当，他的译文再好，也将难以弥补理解上的缺失。（《余》5）[16]

同样相关的是他对译诗的看法。《含英吐华》一书虽然讨论的是英诗中译，但下列对于译诗和译者的看法也可应用于中诗英译：

> 理想的译者正如理想的演员，必须投入他的角色，到忘我无我之境，角色需要什么，他就变成什么，而不是坚持自我，把个性强加于角色上。（《含》36）

> 一位认真的译者，必须接受原作在形式上的挑战。（《含》145）

> 译诗，不但要译其神采，也要译其形式，因为那神采不能遗形式而独立，必须赖形式以传。（《含》159）

就余光中的自译诗而言，并不涉及"理解上的缺失"；相反地，重点在于他如何在自译中兼顾"形式"与"神采"，"传译原作的精

---

[16]　此外，余光中也多次提到标点符号的运用，英文取决于文法，中文取决于文气，因此英文里的断句比中文多，但不少译者甚至作者都不知此理（《含》52, 194, 223）。笔者尤记得他当年在课堂上曾说，中文标点的作用在文气，英文标点的作用在文意。

神"与"意境"，甚至必要时"遗其面貌，保其精神"，亦即所谓的
"求神似，不求形似"，甚至臻于"化境"。下文分别举例说明，由
于篇幅之故，仅限于若干较凸显的例证，而且各项之间未必能截然
划分。

首先就形式而言，余光中面对的是前文所描述的"困境"，亦
即如何不采取传统的英诗格律，却又不"译成直截了当的英文散
文"，让读者误以为"原作根本没有形式"（Yu, *New* xii）。因此，
他的译文为精练的英文，并采用了传统英诗里的一些技巧，如双
声、押韵、倒装句法和比较典雅的字眼等，而不是一般平白自然
的风格。这种翻译策略多多少少类似泰戈尔在自译中采用较为古
典雅致的"爱德华时期英文风格"（"Edwardian style in English,"
Hokenson and Munson 169）。

形式中最明显的就属诗行了。他在翻译时大多维持原诗的诗
行，有时稍有出入，但偶尔也有差异较大之处。如《当我死时》
（"When I Am Dead"）由中文的十四行变成英文的二十一行，增
加了二分之一之多（42–43）。而且以"From the two great rivers,
two long, long songs / That on and on flow forever to the East"来衍
译"长江，黄河 / 两管永生的音乐，滔滔，朝东"，重复的字眼
（"two""long""on"）和头韵（alliteration）（"flow""forever"）
增添了原诗所没有的音效。

又如《黑天使》（"The Black Angel"），原诗七节，每节四行，
译为英文时每节五行，最后又添加了只有一行的一节，比原诗多出
八行，成为三十六行，增加了将近三分之一（48–51）。诗后的"自
注"中说，"写成后，才发现这首《黑天使》是首尾相衔的联锁体，
段与段间不可能读断。Emily Dickinson 的 'I Like to See It Lap the
Miles' 近于此体"（51），书末的英文注解也如此说明，并指出除
了最后一行之外，其余各节之间都是"跨句"（"run-on line," 301）。

英译维持此"联锁体"，但注解中所指出的例外，却是原文所无。此外，"月落乌啼"（49）的典故（张继的《枫桥夜泊》）与联想，也绝非英文读者仅从"setting moon and crows"（48）中便能领会。而原文第五节"前夕"与"一击"（51）的押韵虽然不见于英文，却在英译第六节的"tales"与"fails"（50）补回。因此，此诗的英译几乎可说是重写。

最令人讶异的就是《白灾》（"The White Curse"），原诗长达四十九行，《守夜人》中"仅录首段"十二行（95），不及原作的四分之一，英文版则为二十四行（94）。与其说是翻译，不如说是以原诗为跳板的衍译，甚或重新创作，在其中大玩英文文字与声韵的游戏，如对仗与迭字（第六行的"so"，第九行的"how"，第十七行的"never"，第十八行的"worse"）、头韵（第十行的"swirl"和"swear"）、行中韵（internal rhyme，第十八行的"worse"和"curse"，第二十行的"wonder"和"shudder"）、眼韵（eye rhyme，第十、十一行的"swear"和"ear"），以及大量的尾韵（第一、四、二三、二十四行的"down"和"crown"；第二、三行的"ears"和"years"；第五、六、七、十一行的"here"，"ear"和"hear"；第八、十、十二、十三行的"aware"，"swear"，"there"和"air"；第二十一、二十二行的"mine"和"Alpine"）。这种情形是在《守夜人》一书中不时看见的。

再就音效或音乐性而言，不同语言之间存在着先天的限制，难以传达，但余光中仍然尽量求其极大化，有时甚至在译文中创造出原文所没有的效果。如将《回旋曲》（"Rondo"）中的"仍漾漾，仍漾漾，仍藻间流浪"（31）译为"Still on the pond, still on the pond, watery vagabond"（30），力求形、音、义的忠实。将《敲打乐》（"Music Percussive"）中的"中国中国你是条辫子／商标一样你吊在背后"（59）译为"China O China you are a queue, / Trademarklike trailing behind you"（58），增添了原文没有的尾韵。将《莲的联想》（"Associations of the Lotus"）中的"最初的烦恼，最后的玩具"（23）译为"That last of toys, and first of annoys"（22）。除了调换原先的顺序，并增添了尾韵。将《黑天使》中的"向成人说童话／是白天使们／的职业，……"（51）译为"To tell the grown-ups fairly tales, / To tell them that God never fails, ..."（50）增添了原文所无的对仗和尾韵。至于《灰鸽子》（"Gray Pigeons"）开头的几行"灰鸽子在草地上散步／含含糊糊的一种／诉苦，嘀咕嘀咕嘀咕／一整个下午的念珠／数来数去未数清"（45），更是明显的拟声法，对任何译者都是很大的挑战，诗人则自译为"Gray pigeons saunter on the lawn; / An obscure, subdued complaint / Now and then is heard to coo and croon. / On and on through the afternoon / A rosary's told and told and told, / The secret of beads still unknown"（44），试图以重复的字眼和类似的音调，在英文中多少再创类似原诗的音效。

　　至于典故和联想，有些可借助注释，但给英文读者的感受未免隔了一层。如将《敲打乐》中的"……应该是清明过了在等端午／整肃了屈原，噫，三闾大夫，三闾大夫／我们有流放诗人的最早纪录"（63）译为" ... it must be Ch'ing Ming's over and Tuan Wu coming, / Ch'ü Yüan purged, O poor, Left Counsellor! / We have the earliest record of banishing a bard, ... "（62）不仅失去了原诗的韵脚，更重要的是其中的文化联想与历史感受，即使透过注释（302）也难以传达，但这也是跨文化传递中无可奈何之事。至于《莲的联想》底下数行则未加任何注释（"诺，叶何田田，叶何翩翩／你可能想象／美在其中，神在其上／／我在其侧，我在其间，我是蜻蜓……"（25）英译为"Look! Graceful are the flowers, cool the leaves! / You can visualize / Beauty within them, and Deity above,

// And me beside, and me between, I'm the dragon-fly."（24）这可谓相当忠实地传达了原诗的意象，然而其中与汉乐府《江南曲》的联想则付之阙如。

由于篇幅所限，以上仅就形式、音效与典故略举数例，这些实例印证了上述余光中、杨牧、庞德等人有关译诗的说法。至于一些表面上的不忠实，如《有一只死鸟》（"There Was a Dead Bird"）中把"钟叩七下，你就啼七声"（53）译为"When the clock strikes eleven, / Eleven times, then, must you chime"（52），或《野炮》（"The Field Gun"）中把"百年后"（79）译为"After fifty years"（78），这些数字上的明显出入（"七"变为"十一"，"一百"变为"五十"）是任何译者都不会或不敢的误译，[17] 更让双语读者见识到诗人／自译者的"特权"，并寻思他为何如此"胆大妄为""明知故犯"。

笔者在《左右手之外的缪思——析论余光中的译论与译评》一文中指出：

> 就余光中有关翻译的实际批评中，归化与异化之辩可归纳如下：在文学翻译，尤其诗歌翻译中，除了意义的掌握是基本要求之外，宜尽量维持原文的格式（即异化），但若因此导致中文生硬拘谨，则宜加以变通，以求自如与自然（即归化）；略言之，即在格式上异化，文字上归化，尽可能兼顾两者，但若无法兼顾，则以归化为要。（《翻》260，亦见本书181）

---

[17] 这正如刘绍铭所说的："余光中自操译事，可以'见猎心喜'，随时修改原著。"他进一步指出，"作者自译自改这种'冲动'，一定相当普遍"，而"翻译一旦变成创作的延续，也产生了另外一种艺术本体"（172）。在2017年增订新版的《守夜人》中，《有一只死鸟》维持不变，《野炮》则把中文里的"百年"和"一百年"改为"五十年"或"半世纪"（73, 75），以期与英译相符，这又展现了原作者才有的特权。

此系归纳余光中有关英诗中译的看法。从他本人中译英美诗的实例可以发现，他在实际翻译时也谨守同样的原则与方法。但在中诗英文自译时则更为大胆，在无法兼顾异化与归化时，选择"因文制宜"之归化及"变通的艺术"。这些特色在比较《双人床》一诗的自译与他译时更为明显。

五、双语者译：自译与他译

前节抽样讨论余光中在自译时"因文制宜"所采取的不同翻译策略与效应。其实，他译往往更能衬托出自译的特色。下文拟以同为作者、学者、译者的叶维廉有关余光中名诗《双人床》的英译，比较两人的翻译手法，以期对比出自译与他译的特色。

撰于 1966 年的《双人床》原收入《在冷战的年代》，全诗以性爱和战争对比，只有一节，一气呵成：

双人床

让战争在双人床外进行
躺在你长长的斜坡上
听流弹，像一把呼啸的萤火
在你的，我的头顶窜过
窜过我的胡须和你的头发
让政变和革命在四周呐喊
至少爱情在我们的一边
至少破晓前我们很安全

当一切都不再可靠

靠在你弹性的斜坡上

今夜，即使会山崩或地震

最多跌进你低低的盆地

让旗和铜号在高原上举起

至少有六尺的韵律是我们

至少日出前你完全是我的

仍滑腻，仍柔软，仍可以烫熟

一种纯粹而精细的疯狂

让夜和死亡在黑的边境

发动永恒第一千次围城

惟我们循螺纹急降，天国在下

卷入你四肢美丽的漩涡（《守》77）

The Double Bed（余光中译）

Let war rage on beyond the double bed

As I lie on the length of your slope

And hear the straying bullets

Like a whistling swarm of glow-worms

Swish by over your head and mine

And through your hair and through my beard.

On all sides let revolutions growl,

Love at least is on our side.

We'll be safe at least before the dawn.

When nothing is there to rely upon,

On your supple warmth I can still depend.

Tonight, let mountains topple and earth quake,

The worst is but a fall down your lowly vale.

Let banners and bugles rise high on the hills,

Six feet of rhythm at least are ours,

Before sunrise at least you still are mine,

Still so sleek, so soft, so fully alive

To kindle a wildness pure and fine.

Let Night and Death on the border of darkness

Launch the thousandth siege of eternity

As we plunge whirling down, Heaven beneath,

Into the maelstrom of your limbs. (《守》76）

Double Bed（叶维廉译）

Let war go on beyond the double bed.

Lying upon your long, long slope,

We listen to stray bullets, like roaring fireflies,

Whiz over your head, my head,

Whiz over my moustache and your hair.

Let coups d'état, revolutions howl around us;

At least love is on our side.

At least before daybreak, we will be safe.

When everything is no longer reliable,

I lie on your elastic slope.

Tonight, even if there were landslides and earthquakes,

The worst would be but to fall into your low, low basin.

Let them raise flags, blow horns over the highland,

At least there are six feet of rhythm that are ours.

At least before sunrise, you will be all mine,

Still slippery, still soft, still hot enough to cook,

A kind of pure, fine madness.

Let night and death at the border of darkness

Start an everlasting siege the thousandth time.

Only we descend abruptly along the spiral line: Heavenly
    Kingdom is below;

And get caught into the beautiful whirlpool of your four limbs.

（Yip 127–128）

原诗一气呵成，不见一个句号，并以四个位于行首的"让"字
撑起全诗，在平行中带有变化。余光中的自译把原诗二十一行增加
为二十二行（把原诗第三行化为两行），断为七句，其中最短的一
句只有一行，可见即使作者本人翻译也不得不遵照英文文法行事。
诗人／自译者将原诗中以"至少"起头的两行分别断为两句，且将
"at least"改置于句中，使得原先对"至少"的强调转移到位于行
首／句首的"爱情"（"Love"）和"安全"（"We'll be safe"），表现
出以（沉溺于）爱情对抗战争的主题，其中隐含的心里不安之主题
则在次年发表的另一首名诗《如果远方有战争》中得到进一步的发
挥。此外，底下还有两行以"至少"开头的诗行在英译时也改置于
诗行中，成为一句五行中的两行。对于原诗以"至少"开头的四行
诗如此处理，大抵是为了避免在英译时过于强调"至少"或显得不
太自然，却多少或"至少"降低了英诗中常见的"carpe diem"（"把
握当下，及时行乐"）的效应。

自译的另一"疏漏"或改写就是把四个居于行首的"让"
（"Let"）字减为三个，由于原诗以"让"字开始，形成全诗的主要

架构，英译让人觉得有些期待落空，而且该行英译（"On all sides let revolutions growl"）也未将"政变"二字译出。然而，英译也有增加或转化之处，如第十二行将"今夜，即使会山崩或地震"转译为"Tonight, let mountains topple and earth quake"，多加了一个"let"，隐隐与其他三处呼应。这些增删多少显示了自译者的权威与策略。

原诗并未特别运用典故，而意象的翻译相对而言较为容易。比较特殊的便是音乐性的掌握。余光中写诗撰文一向注重音乐性，而且在大学讲授英诗多年，这些都具体反映在自译诗中，展现了他"因文制宜"的创意。较明显的就是将"仍滑腻，仍柔软，仍可以烫熟"一行译为"Still so sleek, so soft, so fully alive"，原文用了三个"仍"字以及双声的"柔软"，译文除了以三个"so"字来达到"仍"字的效果（在字意上却由"仍"转换为"如此"），还附加了另三个以"s"开头的字（"Still"，"sleek"和"soft"，并以"Still"来维持原先的字意），一行八个字中出现六个"s"的头韵，音乐性较原诗凸显许多。

其他的修辞技巧中有不少明显与自译者的英诗造诣有关，如倒装句（"To kindle a wildness pure and fine"）。另一倒装的技巧则更为高明，将"当一切都不再可靠／靠在你弹性的斜坡上"译为"When nothing is there to rely upon, / On your supple warmth I can still depend"，以"upon, / On"维持了原先两行之间的关系（"可靠／靠"），却将"你弹性的斜坡"转译为抽象的"your supple warmth"。在用字上，或词性转换（"你长长的斜坡"译为"the length of your slope"是将形容词化为抽象名词），或拟人化（将"夜和死亡"译为"Night and Death"系将一般的"夜和死亡"化为"夜神和死神"），或较为典雅（将"盆地"转译为"vale"不仅较为文雅，而且原先"盆地"与女体的联想［如"骨盆"］则由"山谷"所取代，转换成另一相似而更诗化的联想），或简短有力

（如将"天国在下"直译为"Heaven beneath"，又如所选用的动词，尤其是单音节的动词，像是"rage""Swish""Launch""plunge"等）。[18]

凡此种种显示，身为诗人／自译者的余光中，在翻译时不仅寻求忠实地逼近原文，更重大的特色则是"因文制宜"地大胆创新，借助于英文的特色和英诗的传统，寻求译文效应，尤其是音乐性的极大化。这些特色在对比叶维廉对同一首诗的英译时，更为凸显。

叶维廉多年从事文学创作，对于比较文学和翻译有一套自己的见解，也具有作者、学者、译者"三者合一"的身份。[19]在翻译这首诗时，译者叶维廉与自译者余光中相较，对原作更为忠实，可说是亦步亦趋。原诗两百二十字，余译为一百六十四字，叶译为一百七十二字。至于标题，余译为"The Double Bed"，叶译为"Double Bed"。叶译在诗行上未有增减，维持二十一行，但断为十句，其中有两句以"At least"起头，也维持了以"At least"开头的另外两行。换言之，叶译除了比余译多了三句之外，维持了原作的行数和以"至少"开头的四行，以及此四行所欲传达的效果与主题。此外，叶译也维持了以"让"开头的架构，并在第四、五行均以"Whiz over"开头，增加了另一个重复的行首，以致二十一行中，行首分别出现了四个"Let"，四个"At least"，两个"Whiz over"，比原作多了两行，几近译诗的二分之一，增加了重复的效果。

---

[18] 《中国现代文学选集》也收入此诗自译。该书为早年译介台湾文学的代表性选集，由齐邦媛主编，余光中为编辑团队中唯一的诗人，在诗作的编译上扮演主要角色，足证此诗在他心目中的地位。比较二版本发现译文有两处不同："像一把呼啸的萤火"分别译为"Like a swarm of whistling will-o'-the-wisps"（115）和"Like a whistling swarm of glow-worms"；"在你的、我的头顶窜过"分别译为"Whisk by over your head and mine"（115）和"Swish by over your head and mine"。两种译法在意义及意象上并无不同，主要应出于音乐性的考虑。

[19] 叶维廉不仅文学创作等身，对于现代艺术也有深入研究，有关比较文学和翻译研究的论述甚多，自成一家之言，值得专门探讨。

叶译充分传达原诗的意象（未略去"政变"一词），尽量维持原诗的句法、用字、词类，也未刻意使用较文雅的表达方式，因此"夜和死亡"译为"night and death"，而"你长长的斜坡"译为"your long, long slope"，"你低低的盆地"译为"your low, low basin"，保持原诗前后呼应的效果。至于"仍滑腻，仍柔软，仍可以烫熟"一行则译为"Still slippery, still soft, still hot enough to cook"，不仅传达并重复了"仍"字，而且增添了一个"slippery"的头韵。以"hot enough to cook"来译"可以烫熟"，与余译之"fully alive"相较，可谓忠实已极，却多少不免生硬——尤其是用来形容女体。然而在若干细节上也可看出巧思，如将"当一切都不再可靠／靠在你弹性的斜坡上"译为"When everything is no longer reliable, / I lie on your elastic slope"，以"reliable"和"lie"相同元音的听觉效果维持了两行之间的关系。至于以"Heavenly Kingdom is below"和"the beautiful whirlpool of your four limbs"来译"天国在下"和"四肢美丽的漩涡"，也颇为忠实，而余译的"Heaven beneath"和"the maelstrom of your limbs"则简洁有力。

总之，经此对比，余光中自译的特色更为彰显。若单纯以"忠实"与否来评断两人对同一首诗的翻译，叶译在行数、用字、词类、句法、结构各方面都比余光中的自译更忠实于原作。[20] 换言之，叶维廉本身虽然也是诗人，但在翻译时则敬谨从事，并未"坚持自我"（《含》36），反倒乐于"接受原作在形式上的挑战"（《含》145），努力传达原诗的形式与神采。以余光中的英文造诣，自译

---

[20]　可惜的是，我们并未找到叶维廉的诗作同时有他的自译和余光中的翻译，因此无法进行比较。刘绍铭在比较余、叶两人翻译的《双人床》后（170–172），再以叶维廉自译的《赋格》为例，指出"他译余光中的诗，亦步亦趋，但手上作品若属自己所有，就觉得不必做自己的奴隶了"（172），甚至说，"我们再细对原文译文，就不难发现这几乎是两首不同的诗"（175）。

要达到这样的忠实并非难事，但他却别出心裁，大胆创新，因此就涉及他所提到的自译之相关议题："神似"与"形似"之别，[21] 翻译作为创作或再创作，以及作者／自译者的权威。自译对他而言，不再只是谨守原作的形式，而是在权衡形式与神采之后，"因文制宜"的抉择与结果。于是出现了一个吊诡的现象：诗人在自译时不是"忘我无我"，而是想象如何在另一个语文中"坚持自我"，强化"个性"，以凸显一己的特色。由于余光中熟悉英诗传统，重视音乐性，便在原诗的基础上添加他认为必要的发挥，以期更能诉诸英文读者的要求，达成自己的目标。

六、第三者言：来生与互补

《守夜人》收录的最近一篇作品是撰于 2004 年的《翠玉白菜》，与整整三十年前撰写的《白玉苦瓜》，同样是咏赞故宫珍藏的国宝，称颂艺术如何化自然为永恒，却对艺术的性质与作用有了更深刻的体认与表现，不仅指出"凡艺术莫非是弄假成真／弄假成真，比真的更真"，也表达出对于施展巧手的玉匠之崇敬。笔者在《翠玉白菜的联想——余光中别解》一文中曾将诗中的玉匠之喻扩及诗人，并加上余光中多次翻译其喜剧的王尔德（Oscar Wilde）之"人生模仿艺术"论，而有如下的说法：

> 诗人宛如文字的玉匠，化平凡为神奇。如果玉匠"一刀刀，挑筋剔骨"，使翠玉白菜从原始的辉石玉矿中脱胎换骨，那么诗

---

[21] 其实，此处以"神似"与"形似"来区分，或者以"遗其面貌，保其精神"来形容，都有夸大之嫌，因为从前文的讨论可知，在余光中的自译里，此诗已颇为忠实，只不过叶维廉的英译更为"形似"。

人便以其神思和"敏感的巧腕",使诗作从垒垒的方块字库中脱胎换骨,即使"弄假",也已"成真",即使"舞文弄墨",也已化为比真实人生更真实、更久远的诗艺。诗人如同对诗艺紧抱不放的"栩栩的蠡斯",之所以能"投生""转胎",印证了以文字在时光中铭刻、创造的人,借由万古长新的艺术,不仅使自己得到久远的生命,也使有缘的读者得到崭新的体会与领悟。(《边》34,亦见本书297)

就本文而言,这种"投生""转胎"为更精美、长久的生命之说,让人联想到本雅明讨论翻译的名文《译者的职责》(Walter Benjamin, "The Task of the Translator")。该文用上了几个著名的譬喻,其中之一就是把翻译比喻为"来生"("afterlife"):"译作与其说是来自原作的生命,不如说是来自它的来生",而"译作标示着原作生命的延续",以致许多原作因为译作"在后代得到潜在的永恒之来生……而原作的生命在译作中得到了永远最新的、最繁茂的绽放"(71)。[22] 就此而言,我们不妨把玉匠、诗人之喻扩及译者:如果说玉匠使得原先禁锢于辉石玉矿中的"顽石"解放出来,脱胎换骨为翠玉白菜,诗人使得原先禁锢于方块字库中的文字脱胎换骨为诗作,那么译者使得原先禁锢于原文中的文本脱胎换骨为译文,在不同的语文中得到来生 / 新生。

虽说余光中的中诗英文自译并非如玉匠般使顽石化为玉艺,却是使原先的诗歌转化成另一种语文而得到来生 / 新生,与原诗相互辉映。这使我们联想到本雅明的另一个譬喻:"如果把一只瓶子的碎片重新黏合,这些碎片虽然不必彼此相似,却必须连最细微处都

---

[22] 本雅明以德文撰写此文,却因英译本而普遍流传于世,进而对当代翻译研究产生重大影响,便是"来生"说的具体例证。

能吻合。同样地，译作不必与原作的意义相仿，却必须带着爱，细致入微地吸纳原作的表意模式，从而使得原作与译作都能看出是更大的语言的碎片，一如这些碎片是同一只瓶子的部分。"（78）这个观念来自犹太神秘主义，认为原文与译文均为纯粹语言（pure language）的一部分，彼此之间有着互补的关系，既然如此，译文便非原文的附属，而可与之平起平坐。不接受犹太神秘主义的人可能无法接受有关纯粹语言的前提，以及由此而来的推论。然而，这种论点在本文中也可得到进一步的转化与翻译。对于没有宗教信仰的余光中而言，文学可说便是他的宗教，而中、英文对他有着莫大的互补作用，表现于他的创作与翻译中。[23] 他的原诗与英文自译由于"因文制宜"的缘故，显现了诗人／自译者运用中英双语所产生的另类互补关系，而这种互补关系不仅因为诗人自译的缘故而有着独特的权威，并且有着与原文平起平坐的独立地位。在他翻译时，固然由于语言差异而凸显了可译与不可译的问题，却也"因难见巧"地让人见识到译者的巧思和"变通的艺术"，而原文与自译具现了余光中的不同面向，使他有如戴着不同面具的表演者，成为自由出入于双语之间的代言人，以及从含英吐华到含华吐英、从传达

---

[23] 他在与陈芳明对谈时便指出："在不断的翻译中，英文也影响了我的中文，这影响跑进我的创作里来，变成我创作的另一个领域。有了译者的身份，对于作者是有帮助的。这个帮助，既不是古典的传统，也不是新文学传统，更不是读西洋文学的原文可以得来，这是我创作的第四个来源。"（《记》94）

他人到再现自己的另类巫者。[24]*

引用资料

余光中。《四窟小记》。《凭一张地图》。台北：九歌出版社有限公司，
　　1988。页 223–228。

——。《守夜人》(*The Night Watchman*)。1992。增订二版。台北：九
　　歌出版社有限公司，2004。

——。《自序》。《五陵少年》。台北：文星书店，1967。页 1–5。

——。《守夜人》(*The Night Watchman*)。1992。修订三版。台北：九
　　歌出版社有限公司，2017。

——。《余光中谈翻译》。北京：中国对外翻译出版公司，2002。

——。《含英吐华：梁实秋翻译奖评语集》。台北：九歌出版社有限
　　公司，2002。

——。《英美现代诗选》。余光中编译。台北：时报文化出版企业股

---

[24]　余光中在为自己多年翻译论述的合集《余光中谈翻译》的扉页题词时写道："译
　　者未必有学者的权威，或是作家的声誉，但其影响未必较小，甚或更大。译者日与
　　伟大的心灵为伍，见贤思齐，当其意会笔到，每能超凡入圣，成为神之巫师，天才
　　之代言人。此乃寂寞之译者独享之特权。"

*　　2005 年台北市立图书馆举办"四季阅读"系列活动，每季阅读不同类型的书，
　　春天的主题为文学，季书为余光中先生的中英对照诗集《守夜人》。第一场演讲于 3 月
　　12 日举行，由诗人现身说法，讲题为"守夜人谈《守夜人》"；第二场演讲于 4 月
　　9 日举行，由彭镜禧教授主讲，讲题为"从含英吐华到含华吐英"；笔于 5 月 25 日
　　主讲，讲题为"英华繁茂话翻译——从余光中的《守夜人》谈起"。本文标题脱胎
　　自余光中先生的《含英吐华：梁实秋翻译奖评语集》，也与彭镜禧教授的讲题部分
　　重叠，并与笔者前作《含英吐华：译者张爱玲——析论张爱玲的美国文学中译》对
　　照，从翻译的角度来探讨两位当代文学大家。感谢苏其康教授提供资料，卓加真小
　　姐协助翻译庞德之文供参考。附篇承蒙张力行小姐整理资料、比对不同版本并制作
　　表格，陈雪美小姐协助修订，谨表谢意。

份有限公司，1980。

——。《记忆像铁轨一样长：余光中对谈陈芳明》。《印刻文学生活志》57（2008.5）：87–95。

——。《举杯向天笑》。台北：九歌出版社有限公司，2008。

沈苏儒。《论信达雅——严复翻译理论研究》。台北：台湾商务印书馆，2000。

金圣华。《余光中：三"者"合一的翻译家》。《结网与诗风：余光中先生七十寿庆论文集》。苏其康主编。台北：九歌出版社有限公司，1999。页 15–42。

张锦忠。《"强势作者"之为译者：以余光中为例》。《第七届中国近代文化的解构与重建国际会议：余光中先生八十大寿学术研讨会》。台北：政治大学文学院，2008。页 47–55。

黄维梁编。《璀璨的五采笔：余光中作品评论集（1979—1993）》。台北：九歌出版社有限公司，1994。

单德兴。《左右手之外的缪思——析论余光中的译论与译评》。《翻译与脉络》。台北：书林出版有限公司，2009。页 237–267。

——。《翠玉白菜的联想——余光中别解》。《边缘与中心》。台北：立绪文化事业有限公司，2007。页 29–35。

彭镜禧。"从含英吐华到含华吐英"。"四季阅读：春天阅读文学"讲座。台北市立图书馆总馆，2005 年 4 月 9 日。

杨牧。《诗关涉与翻译问题》。《隐喻与实现》。台北：洪范书店，2001。页 23–39。

刘思坊。《余光中创作年表》。《余光中六十年诗选》。余光中著，陈芳明选编。台北：印刻出版社，2008。页 358–367。

刘绍铭。《轮回转生：试论作者自译之得失》。《张爱玲的文字世界》。台北：九歌出版社有限公司，2007。页 157–181。

Benjamin, Walter. "The Task of the Translator." *Illuminations*. Ed.

Hannah Arendt. Trans. Harry Zohn. New York: Schocken, 1968. 69–82.

Brooks, Cleanth. "The Heresy of Paraphrase." *The Well Wrought Urn.* New York: Harcourt Brace Jovanovich, 1947. 192–214.

Chi, Pang-yuan（齐邦媛）, et al., eds. *An Anthology of Contemporary Chinese Literature: Taiwan 1949–1974. Vol. 1: Poems and Essays.* Seattle and London: University of Washington Press, 1975.

Hokenson, Jan Walsh, and Marcella Munson. *The Bilingual Text: History and Theory of Literary Self-Translation.* Manchester: St. Jerome, 2007.

Jakobson, Roman. "On Linguistic Aspects of Translation." *Roman Jakobson: Selected Writings. Vol. II: Word and Language.* Paris: Mouton, 1971. 260–266.

Miller, J. Hillis. "Border Crossings: Translating Theory." *New Starts: Performative Topographies in Literature and Criticism.* Taipei: Institute of European and American Studies, Academia Sinica, 1993. 1–26.

Pound, Ezra. *How to Read.* 1931. New York: Haskell House Publishers, 1971.

Shuttleworth, Mark, and Moira Cowie. *Dictionary of Translation Studies.* Manchester: St. Jerome, 1997.

Yip, Wai-lim（叶维廉）. "Double Bed." *Modern Chinese Poetry: Twenty Poets from the Republic of China, 1955–1965.* Selected and trans. Wai-lim Yip. Iowa City: University of Iowa Press, 1970. 127–128.

Yu, Kwang-chung（余光中）, trans. "The Double Bed." Chi Pang-yuan et al. 115.

——, ed. and trans. *New Chinese Poetry*（《中国新诗集锦》）. Taipei and Hong Kong: Heritage Press, 1960.

附篇
——余光中英文自译诗作之演变

在余光中的"译绩"中，独特且持久的一项就是将自己的中文诗作翻译为英文，以英中对照的《守夜人》(*The Night Watchman*)为代表。此书初版于 1992 年，前后有三个不同版本，均由台北的九歌出版社出版。前文根据 2004 年增订二版撰写而成。《守夜人》修订新版于 2017 年出版，笔者翻阅后发现无须修订前文论点，唯余光中对自己的创作与译作精益求精的态度令人敬佩。笔者于《在冷战的年代：英华焕发的译者余光中》一文中提到，他在 1960 年由台北的国粹出版社 (Heritage Press) 出版的 *New Chinese Poetry* (《中国新诗集锦》) 中收录了三首自译诗，1971 年由台北的美亚出版公司 (Mei Ya Publications, Inc.) 出版的 *Acres of Barbed Wire* (《满田的铁丝网》) 收录了四十八首自译诗。[1] 然而这些著作都因年代久远，早已绝版，而为人淡忘。

附篇旨在搜罗余光中的英文自译诗，以表格的方式依照年代顺

---

[1] 《在冷战的年代——英华焕发的译者余光中》，《中山人文学报》41（2016）：1–34；亦见本书61–83。

序呈现其演变。综言之，余光中的自译诗作可分为几个阶段。最早的三首自译 "Silo Bridge"（《西螺大桥》，1958［选自《钟乳石》]）、"Nostalgia"（《真空的感觉》，1959［选自《万圣节》]）与 "Starting from Thirty-Seven Degrees"（《自三十七度出发》，1957［选自《钟乳石》]）出现于《中国新诗集锦》。此书原为余光中在美国爱奥华州立大学的艺术硕士论文，译介了二十一位台湾现代诗人的五十四首诗作。为表重视，当时美国官员庄莱德（Everett F. Drumright）夫妇特于 1961 年 1 月 10 日在台北市中山北路宅邸举办茶会，介绍新书，款待作家。出席者除了译者、被译介的诗人之外，还有五四健将胡适与罗家伦，以示台湾现代诗上接五四新诗，承继中国文学的传统。

1971 年美亚出版公司的英译诗集《满田的铁丝网》共收录四十八首诗作，依主题分为两部：第一部 "The Shame and the Glory"（"羞耻与荣誉"）收录二十二首，第二部 "No Dove-Feeder"（"不是喂鸽人"）收录二十六首。

此外，齐邦媛任职于编译馆时，积极用英文译介台湾文学作品，组成的五人编译小组中，余光中是唯一的诗人。[2] 1975 年出版的 *An Anthology of Contemporary Chinese Literature: Taiwan 1949—1974*（《中国现代文学选集》）收录了余光中自译的 "Hsilo Bridge" 等九首诗作（收入此书时，"西螺" 改用韦氏拼音 [Wade-Giles System]）。[3]

以上的余光中自译诗作均出现于英文书。诗人／自译者于

[2] 齐邦媛在回忆录中写道："幸运的是邀请到名诗人兼中英译者余光中、师大教授吴奚真、政大教授何欣、台大外文系教授李达三（John J. Deeney），合组五人编译小组。"（《巨流河》，台北：远见天下文化出版社股份有限公司，2009，页 401）

[3] *An Anthology of Contemporary Chinese Literature: Taiwan 1949–1974, Vol. 1 Poems and Essays.* eds. by Chi Pang-yuan, et al.（Seattle and London: University of Washington Press, 1975），pp. 101–118.

1992 年编译、出版的《守夜人》首度以双语的方式呈现，英文在前，中文在后，增删的幅度很大，计删去《满田的铁丝网》中的二十一首，增加四十一首，总共收录六十八首。

2004 年修订再版的《守夜人》在编排上改为英、中对照，以便读者阅读、比对，较前版增加了十七首，总计收录八十五首（两组诗作《山中暑意七品》与《垦丁十一首》以两首计）。

2017 年增订新版的《守夜人》维持中英对照，增删各十三首（该书腰封与网络图书简介所谓"新增十四篇诗作"，实系重复计算《翠玉白菜》一诗），总数维持八十五首。

本表搜集并整理余光中所有自译诗作，体例如下：

（一）本表依余光中的中文诗集与英文自译结集之年代顺序排列；

（二）每部诗集内的诗作依年代顺序排列；

（三）各中文诗集之横向数字为该诗集英文自译诗作之篇数；

（四）《中国新诗集锦》《满田的铁丝网》与《中国现代文学选集》均未列出中文诗名，《守夜人》则列出，因此凡收录于前三者而未纳入《守夜人》者，附加中文诗名与创作年份；

（五）英文诗名之大小写悉照原书。

余光中英文自译诗作之演变

原作	自译						附注
	New Chinese Poetry (Taipei: Heritage Press, 1960) 英文 (《中国新诗集锦》)	Acres of Barbed Wire (Taipei: Mei Ya Publications, Inc., 1971) 英文 (《满田的铁丝网》)	An Anthology of Contemporary Chinese Literature: Taiwan 1949–1974 (Seattle and London: University of Washington Press, 1975 英文 (《中国现代文学选集》))	《守夜人》(台北: 九歌出版社有限公司, 1992) 前半为英文, 后半译为中文。	《守夜人》(台北: 九歌出版社有限公司, 2004) 英中对照	《守夜人》(台北: 九歌出版公司, 2017) 英中对照	
《钟乳石》(1960)(Stalactites) "Starting from Thirty-Seven Degrees" [《自三十七度出发》(1957)]	2	0 本书分 "The Shame and the Glory" 与 "No Dove-Feeder" 两部, 底下以 A 与 B 标示, 后之数字代表为该部第几首	1	1	1	1	

原作	自译					
	"Silo Bridge"	"Hsilo Bridge"	"Hsilo Bridge"《西螺大桥》（1958）	"Hsilo Bridge"《西螺大桥》（1958）	"Hsilo Bridge"《西螺大桥》（1958）	英译诗名最初为"Silo Bridge"，"Silo Bridge"收录于《中国现代文学选集》之后改为"Hsilo Bridge"。
《万圣节》（1960）	1	0	0	0	0	
"Nostalgia"〔《真空的感觉》（1959）〕	0	0	0	0		诗名采意译，原诗有别于底下英文同名的《乡愁》（1972）。
《莲的联想》（1964）（Associations of the Lotus）	B1 "Associations of the Lotus" 0	"Associations of the Lotus" 2	3	"Associations of the Lotus"《莲的联想》（1961） 3	"Associations of the Lotus"《莲的联想》（1961） 0	
		"Lost"	"Lost"《迷》（1962）	"Lost"《迷》（1962）		

续表

原作		自译			
《敲打乐》(1969)(Music Percussive)	B3 "Rondo"		"Rondo"《回旋曲》(1963)	"Rondo"《回旋曲》(1963)	"Rondo"《回旋曲》(1963)
	B2 "Exceeding Red Is the Lover's Blood" [《情人的血特别红》(1962)]				
0	11	2	8	8	8
	B5 "Seven Layers Beneath"		"Seven Layers Beneath"《七层下》(1965)	"Seven Layers Beneath"《七层下》(1965)	"Seven Layers Beneath"《七层下》(1965)
	B6 "Smoke Hole Cavern"		"Smoke Hole Cavern"《钟乳岩》(1965)	"Smoke Hole Cavern"《钟乳岩》(1965)	"Smoke Hole Cavern"《钟乳岩》(1965)
	A4 "When I Am Dead"	"When I Am Dead"	"When I Am Dead"《当我死时》(1966)	"When I Am Dead"《当我死时》(1966)	"When I Am Dead"《当我死时》(1966)

原作		自译		
B7 "Gray Pigeons"		"Gray Pigeons"《灰鸽子》(1966)	"Gray Pigeons"《灰鸽子》(1966)	"Gray Pigeons"《灰鸽子》(1966)
A2 "The Single Bed"		"The Single Bed"《单人床》(1966)	"The Single Bed"《单人床》(1966)	"The Single Bed"《单人床》(1966)
A3 "The Black Angel"		"The Black Angel"《黑天使》(1966)	"The Black Angel"《黑天使》(1966)	"The Black Angel"《黑天使》(1966)
A6 "There Was A Dead Bird"		"There Was a Dead Bird"《有一只死鸟》(1966)	"There Was a Dead Bird"《有一只死鸟》(1966)	"There Was a Dead Bird"《有一只死鸟》(1966)
A8 "Music Percussive"	"Music Percussive"	"Music Percussive"《敲打乐》(1966)	"Music Percussive"《敲打乐》(1966)	"Music Percussive"《敲打乐》(1966)

原作	自译				
0	34	2	17	18	16
《在冷战的年代》(1969)(In Time of Cold War)	B4 "Shenandoah Mountains"[《仙能渡》(1965)] A5 "Lament for the Dragon"[《哀龙》(1966)] A7 "Bronson Park"[《布朗森公园》(1966)]				
A1 "To the Reader"			"To the Reader"《致读者》(1966)	"To the Reader"《致读者》(1966)	"To the Reader"《致读者》(1966)
A10 "All That Have Wings"			"All That Have Wings"《凡有翅的》(1966)	"All That Have Wings"《凡有翅的》(1966)	"All That Have Wings"《凡有翅的》(1966)
A11 "The Double Bed"		"The Double Bed"	"The Double Bed"《双人床》(1966)	"The Double Bed"《双人床》(1966)	"The Double Bed"《双人床》(1966)

原作	自译				备注
A12 "The Field Gun"		"The Field Gun"《野炮》(1966)	"The Field Gun"《野炮》(1966)	"The Field Gun"《野炮》(1966)	
B10 "A Cat with Nine Lives"		"A Cat with Nine Lives"《九命猫》(1967)	"A Cat with Nine Lives"《九命猫》(1967)	"A Cat with Nine Lives"《九命猫》(1967)	
A14 "Self-Sculpture"		"Self-Sculpture"《自塑》(1967)	"Self-Sculpture"《自塑》(1967)	"Self-Sculpture"《自塑》(1967)	
			"Green Bristlegrass"《狗尾草》(1967)	"Green Bristlegrass"《狗尾草》(1967)	
A15 "If There's A War Rages Afar"	"If There's a War Rages Afar"	"If There's a War Raging Afar"《如果远方有战争》(1967)	"If There's a War Raging Afar"《如果远方有战争》(1967)	"If There's a War Raging Afar"《如果远方有战争》(1967)	英译诗名收录于《守夜人》时修正。
B15 "Early Snow"		"The White Curse"《白灾》(1967)	"The White Curse"《白灾》(1967)	"The White Curse"《白灾》(1967)	收录于《守夜人》时易名，皆为节译。
A17 "Sense of Security"		"Sense of Security"《安全感》(1967)	"Sense of Security"《安全感》(1967)	"Sense of Security"《安全感》(1967)	

续表

原作	自译		
B18 "So Lyrical Flows the Moonlight"	"So Lyrical Flows the Moonlight"《月光这样子流着》(1968)	"So Lyrical Flows the Moonlight"《月光这样子流着》(1968)	"So Lyrical Flows the Moonlight"《月光这样子流着》(1968)
A20 "Often I Find"	"Often I Find"《时常，我发现》(1968)	"Often I Find"《时常，我发现》(1968)	"Often I Find"《时常，我发现》(1968)
B19 "Chimney Smoke"	"Chimney Smoke"《炊烟》(1968)	"Chimney Smoke"《炊烟》(1968)	"Chimney Smoke"《炊烟》(1968)
B20 "A Coin"	"A Coin"《一枚铜币》(1968)	"A Coin"《一枚铜币》(1968)	"A Coin"《一枚铜币》(1968)
B21 "The Death of A Swordsman"	"The Death of a Swordsman"《一武士之死》(1968)	"The Death of a Swordsman"《一武士之死》(1968)	"The Death of a Swordsman"《一武士之死》(1968)
B24 "The Death of An Old Poet"	"The Death of an Old Poet"《老诗人之死》(1969)	"The Death of an Old Poet"《老诗人之死》(1969)	"The Death of an Old Poet"《老诗人之死》(1969)

续表

原作	自译		
B25 "I Dreamed of A King"	"I Dreamed of a King" 《我梦见一个王》（1969）	"I Dreamed of a King" 《我梦见一个王》（1969）	"I Dreamed of a King" 《我梦见一个王》（1969）
B26 "Pomegranate"	"Pomegranate" 《番石榴》（1969）	"Pomegranate" 《番石榴》（1969）	
A9 "Take A Handful of Clay" [《带一把泥土去》（1966）] B9 "Afternoon in A Cemetery" [《公墓的下午》（1966）] A13 "The Lunar Eclipse" [《月蚀夜》（1967）] A16 "After Seventy" [《七十岁以后》（1967）] A18 "Whenever the Question" [《每次想起》（1967）] B8 "Tobogganing" [《雪橇》（1967）]			

原作	自译				
B11 "Inscribed on My Mother's Grave" [《母亲的墓》(1967)] B12 "Thinking of Those Eyes" [《想起那些眼睛》(1967)] B13 "The Pianist in Yellow" [《弄琴人》(1967)] B14 "The Yin-Yang Dance" [《乾坤舞》(1967)] B16 "Beyond King Solomon" [《所罗门以外》(1967)] B17 "Death Is Not Everything" [《死亡，你不是一切》(1967)] A19 "Comes A Woman Big with Child" [《有一个孕妇》(1968)] A21 "The Face-Reader" [《读脸的人》(1968)]					

原作	自译				
0	0	2	11	12	11
《白玉苦瓜》（1974）（*The White Jade Bitter Gourd*）	B22 "Wherever I Go" [《凡我至处》（1968）] A22 "The Empty Bottle" [《空酒瓶》（1969）] B23 "Soliloquy of A Bear" [《熊的独白》（1969）]		"A Folk Song" 《民歌》（1971） "The Begonia Tattoo" 《海棠纹身》（1971）	"A Folk Song" 《民歌》（1971） "The Begonia Tattoo" 《海棠纹身》（1971）	"Alone On the Road" 《江湖上》（1970） "A Folk Song" 《民歌》（1971） "The Begonia Tattoo" 《海棠纹身》（1971）

原作	自译			
"Passing Fangliao"	"Passing Fangliao"《车过枋寮》(1972)	"Passing Fangliao"《车过枋寮》(1972)	"Passing Fangliao"《车过枋寮》(1972)	
	"Building Blocks"《积木》(1972)	"Building Blocks"《积木》(1972)	"Building Blocks"《积木》(1972)	
	"Nostalgia"《乡愁》(1972)	"Nostalgia"《乡愁》(1972)	"Nostalgia"《乡愁》(1972)	与收入 New Chinese Poetry 中的 "Nostalgia" 不同，该诗译自《真空的感觉》(1959)。
"The Telephone Booth"	"The Telephone Booth"《电话亭》(1972)	"The Telephone Booth"《电话亭》(1972)	"The Telephone Booth"《电话亭》(1972)	
	"The Mirror"《镜》(1972)	"The Mirror"《镜》(1972)		
		"The Call"《呼唤》(1972)	"The Call"《呼唤》(1972)	

续表

原作	自译						
	"The Night Watchman"《守夜人》(1973)	"Beethoven"《贝多芬》(1974)		"The White Jade Bitter Gourd"《白玉苦瓜》(1974)	7	"The Kite"《放风筝》(1974)	
	"The Night Watchman"《守夜人》(1973)	"Beethoven"《贝多芬》(1974)	"Time and Eternity"《小小天问》(1974)	"The White Jade Bitter Gourd"《白玉苦瓜》(1974)	8	"The Kite"《放风筝》(1974)	"The Hair-Tree"《发树》(1975)
	"The Night Watchman"《守夜人》(1973)	"Beethoven"《贝多芬》(1974)	"Time and Eternity"《小小天问》(1974)	"The White Jade Bitter Gourd"《白玉苦瓜》(1974)	7	"The Kite"《放风筝》(1974)	"The Hair-Tree"《发树》(1975)
					0		
					0		
《与永恒拔河》(1979)(Tug of War with Eternity)					0		

原作			自译		
			"The Pole-Vaulter"《撑竿跳选手》(1976)	"The Pole-Vaulter"《撑竿跳选手》(1976)	"The Pole-Vaulter"《撑竿跳选手》(1976)
				"The Power Failure"《大停电》(1977)	"The Power Failure"《大停电》(1977)
			"When Night Falls"《苍茫来时》(1977)	"When Night Falls"《苍茫来时》(1977)	"When Night Falls"《苍茫来时》(1977)
			"Listening to a Bottle"《听瓶记》(1977)	"Listening to a Bottle"《听瓶记》(1977)	"Listening to a Bottle"《听瓶记》(1977)
			"Tug of War with Eternity"《与永恒拔河》(1978)	"Tug of War with Eternity"《与永恒拔河》(1978)	"Tug of War with Eternity"《与永恒拔河》(1978)
			"The Crystal Prison"《水晶牢》(1978)	"The Crystal Prison"《水晶牢》(1978)	"The Crystal Prison"《水晶牢》(1978)

原作	自译				
	0	0	7	7	6
《隔水观音》（1983）（*Kannon Bodhisattva across the Sea*） 0			"A Tale on the Hill"《山中传奇》（1979）	"A Tale on the Hill"《山中传奇》（1979）	"A Tale on the Hill"《山中传奇》（1979）
			"Teasing Li Po"《戏李白》（1980）	"Teasing Li Po"《戏李白》（1980）	"Teasing Li Po"《戏李白》（1980）
			"Mosquito Net"《纱帐》（1980）	"Mosquito Net"《纱帐》（1980）	"Mosquito Net"《纱帐》（1980）
			"Autumn Equinox"《秋分》（1980）	"Autumn Equinox"《秋分》（1980）	"Autumn Equinox"《秋分》（1980）
			"The Umbrellas"《雨伞》（1981）	"The Umbrellas"《雨伞》（1981）	"The Umbrellas"《雨伞》（1981）

原作	自译						备注
《紫荆赋》(1986)（The Bauhinia）	0	0	0	"A Letter Through the Rain"《梅雨笺》(1981) "To Painter Shiy De Jinn"《寄给画家》(1981) "Summer Thoughts of a Mountaineer"《山中暑意七品》(1982)	"A Letter Through the Rain"《梅雨笺》(1981) "To Painter Shiy De Jinn"《寄给画家》(1981) "Evening"《黄昏》(1982) "Summer Thoughts of a Mountaineer"《山中暑意七品》(1982) "Tick Tick Tock"《踢踢踏》(1982)	"To Painter Shiy De Jinn"《寄给画家》(1981) "Evening"《黄昏》(1982) "Summer Thoughts of a Mountaineer"《山中暑意七品》(1982) "Tick Tick Tock"《踢踢踏》(1982)	组诗
				1	3	4	

原作	自译					
《梦与地理》(1990)(Dream and Geography)	0	0	0	8	9	8
				"Once upon a Candle"《问烛》(1985)	"The Spider Webs"《蛛网》(1984)	"The Spider Webs"《蛛网》(1984)
				"The Pearl Necklace"《珍珠项链》(1986)	"Once upon a Candle"《问烛》(1985)	"Once upon a Candle"《问烛》(1985)
				"The Swimmer"《泳者》(1986)	"The Pearl Necklace"《珍珠项链》(1986)	"The Pearl Necklace"《珍珠项链》(1986)
				"The Night-Blooming Cereus"《昙花》(1986)	"The Swimmer"《泳者》(1986)	"The Swimmer"《泳者》(1986)
					"The Night-Blooming Cereus"《昙花》(1986)	

	自译						原作
组诗	"What Is the Rain Saying Through the Night?"《雨声说些什么》(1986)	"What Is the Rain Saying Through the Night?"《雨声说些什么》(1986)					
	"Scenes of Kenting National Park"《垦丁十一首》(1986)	"Scenes of Kenting National Park"《垦丁十一首》(1986)	"Scenes of Kenting National Park"《垦丁十一首》(1986)				
	"Dream and Bladder"《梦与膀胱》(1987)	"Dream and Bladder"《梦与膀胱》(1987)	"Dream and Bladder"《梦与膀胱》(1987)				
	"The Gecko"《壁虎》(1987)	"The Gecko"《壁虎》(1987)	"The Gecko"《壁虎》(1987)				
	"The Sunflowers"《向日葵》(1988)	"The Sunflowers"《向日葵》(1988)	"The Sunflowers"《向日葵》(1988)				
	5 [*The Pomegranates*《安石榴》]	5 [*The Pomegranates*《安石榴》]	5 [尚未结集]	0	0	0	《安石榴》(1996)(*The Pomegranates*)

原作	自译					
				"The Diver"《跳水者》(1988)	"The Diver"《跳水者》(1988)	"The Diver"《跳水者》(1988)
				"Mother, I'm Hungry"《妈妈，我饿了》(1989)	"Mother, I'm Hungry"《妈妈，我饿了》(1989)	"Mother, I'm Hungry"《妈妈，我饿了》(1989)
				"In Praise of Hong Kong"《赞香港》(1989)	"In Praise of Hong Kong"《赞香港》(1989)	"In Praise of Hong Kong"《赞香港》(1989)
				"The Langlois Bridge"《荷兰吊桥》(1990)	"The Langlois Bridge"《荷兰吊桥》(1990)	"The Langlois Bridge"《荷兰吊桥》(1990)
				"By the Darkening Window"《在渐暗的窗口》(1990)	"By the Darkening Window"《在渐暗的窗口》(1990)	"By the Darkening Window"《在渐暗的窗口》(1990)
《五行无阻》(1998)(By All Five Elements)	0	0	0	0	3	3

原作				自译			
				0	0	0	"Holding My Grandson"《抱孙》（1993）
							"On Such a Windy Night"《在多风的夜晚》（1994）
							"No Lullaby"《非安眠曲》（1994）
《高楼对海》（2000）（*A High Window Overlooking the Sea*）	0	0	0	0	6	5	
					"All Throughout This My Life: To Mother"《母难日：今生今世》（1995）	"All Throughout This My Life: To Mother"《今生今世——母难日之一》（1995）	中文诗名略改

分类	自译	自译	原作
中文诗名略改	"Happy Was the World: To Mother"《齐盾世界——母难日之二》(1995)	"Happy Was the World: To Mother"《母难日：矛盾世界》(1995)	
中文诗名加副标题	"The Flying Sunflower — To Comet Hale-Bopp"《飞行的向日葵——致海尔·鲍普彗星》(1997)	"The Flying Sunflower — To Comet Hale-Bopp"《飞行的向日葵》(1997)	
	"On My Seventieth Birthday"《七十自喻》(1998)	"On My Seventieth Birthday"《七十自喻》(1998)	
		"Give the Stars a Chance"《给星光一点机会》(1998)	

原作	自译				
					"At the Twilight Hour"《苍茫时刻》（1998）
				"Because of Your Smile"《因你一笑》（1998）	
《藕神》（2008）（*The God of Lotus Root*）	0	0	0	2 [尚未结集]	8 [*The God of Lotus Root*《藕神》]
				"The Magic Mirror"《魔镜》（1999）	
					"In Memory of Chopin"《永念肖邦》（1999）
				"The Emerald White Cabbage"《翠玉白菜》（2004）	"The Emerald White Cabbage"《翠玉白菜》（2004）

自译					原作
"Aunt Ice, Aunt Snow,"《冰姑，雪姨》（2007）					
"Cirrus over Cape Cod"《鳕岬上空的卷云》（2008）					
"At the Dentist's"《牙关》（2008）					
"Arco Iris"《虹》（2008）					
"Tug of War with the River"《水草拔河》（2008）					
"Great Is a Mother's Love"《大哉母爱》（2008）					

续表

原作	自译					
《太阳点名》(2015)(The Sun Calling His Children)	0	0	0	0	0	1
						"A Visitor from Mongolia"《客从蒙古来》(2011)
尚未结集 (Uncollected Poems)	0	0	0	0	0	2
						"To Chris on His Going West from Denver"《送楼克礼自丹佛西行》(1971) "Midway"《半途》(2014)
总计	3	48	9	68	85	85

资料搜集与制表：张力行。修订：陈雪美。校正：单德兴。

左右手之外的缪思
——析论余光中的译论与译评

一、引　言

余光中的兴趣广泛，风格多变，在 1967 年出版的诗集《五陵少年》的《自序》中表示，秉性倾向于"无尽止的追求"，戏称自己是"艺术的多妻主义者"（3）。在他最为专注的文学领域中，经过数十年辛勤耕耘，在诗歌、散文、翻译、评论四方面都有丰硕的成果。他的第一本散文集取名《左手的缪思》，以示自己的创作"以诗为主，散文只能算是旁敲侧击"，而"'左手'这意象"既表示"副产，并寓自谦之意"（《自》9）。如此说来，翻译与评论则更在左右手之外了。

身为作者、学者与译者的余光中写过不少译论与译评，张锦忠更说"半个世纪以来，余光中翻译、论翻译、教翻译、编译诗选集、汉英兼译，可谓'五译'并进，绝非玩票"（47）。[1] 译论综合

---

[1]　其实，余光中多年大力提倡翻译，贡献良多，有目共睹，因此可谓"'六译'并进"，详见下文。

了他多年翻译、创作与教学的心得，累积了不少篇章，在台湾散见于他的评论集，并未以专著的形式出现。相关合集以下列两种较具代表性：1999年合肥的安徽教育出版社出版黄维梁与江弱水编选的五卷《余光中选集》，其中第四卷《语文及翻译论集》收录了十八篇文章；2002年中国对外翻译出版公司出版《余光中谈翻译》，收录了二十二篇文章，并由他的好友、身兼散文家与翻译家的思果写序。二书的选文有十一篇重叠。[2] 至于2002年由台北的九歌出版社出版的《含英吐华》一书，由副标题《梁实秋翻译奖评语集》及内文可知，收录的是他自1988年担任第一届梁实秋文学奖翻译类评审十二年来发表的评语（主要针对译诗，前两届也包括译文）。若说《余光中谈翻译》比较是有关中英翻译的原则性讨论，并佐以实例，那么《含英吐华》则是针对特定场合的特定翻译文本的品评，更不时出手示范，可谓典型的实际批评（practical criticism），时而从中引申出一些对于翻译的见解。

《余光中选集·语文及翻译论集》（左）与《余光中谈翻译》（右）。

---

[2] 为了方便起见，本文中有关余光中的翻译论述，若未特加注明，则系来自较后出版的《余光中谈翻译》。

然而在讨论余光中的译论与译评时，不宜只将目光局限于此，而必须体认到这些其实与他的文学创作及其他评论密切相关，才能有更通盘的认识与周全的评价。此外，由余光中与思果互为对方的翻译专著所写的序言来看，显然两人灵犀相通，惺惺相惜，呈现了一类具有相当代表性的译者／论者的看法。翻译论述中长久以来就存在着"归化"（naturalization）与"异化"（foreignization）之争，前者主张译文要像受语、译入语或目标语言（target language），后者主张译文要像施语、译出语或源始语言（source language）。主张中文翻译要像中文的余光中和思果，显然站在归化这一边。[3]

　　近来翻译学与翻译研究异军突起，各式各样的理论层出不穷，有些论述甚至深奥难解；相形之下，余光中有关归化的主张和讨论方式看似较为传统、保守，然而仔细探究并结合对其翻译策略的剖析便会发现未必如此。[4] 其实，任何理论或主张都不是凭空而生，也不必局限于抽象的研讨，翻译研究尤然。从这个角度来看，于诗歌、散文、翻译、评论都有亮丽表现的余光中之译论与译评，在翻

[3]　余光中与思果都曾为今日世界出版社翻译美国文学作品。相关讨论可参阅笔者《冷战时代的美国文学中译——今日世界出版社之文学翻译与文化政治》一文。思果的《翻译研究》相当程度代表了这批译者的意见。余光中在阅读此书之后所写的《变通的艺术》一文中明言（此文后来成为《翻译研究》简体字版的前序），虽然"在散文的风格上，我们可说是背道而驰。在创作的理论上，我们也许出入很大。但是在翻译的见解上，我们却非常接近。《翻译研究》的种种论点，除了极少数的例外，我全部赞同，并且支持"（60）。至于他不赞同的极少数"似乎矫枉过正、失之过严"的论点，则在于"作者为了矫正畸形欧化的流弊，处处为不懂英文的读者设想，有时未免太周到了"（63），所举的实例就是将美国内布拉斯加州大小的面积，在中译时转化为面积相当的江西省，对于如此"以夏代夷、期期以为不可，一笑"（64）。
[4]　如马耀民在《余光中的翻译论述试探》一文中，"企图把他（余光中）的'说法'放在欧美'翻译研究'的论述之中，并以《不可儿戏》为例，观察余氏'译论'所代表的意义及其应有的地位，让余氏论评之研究与国际接轨"（159）。该文结论指出，"余光中的翻译观念可说是非常'前卫'，不亚于当今翻译研究著名学者对翻译文本的看法"（173）。本文第二节则引用两位中外学者有关翻译研究的整体描绘与图表，试图为余光中在当代翻译研究脉络中加以定位。

译论述、实作、批评、教学、编辑甚至市场上都有着难以取代的特
色与作用，值得探讨与借镜。[5]

二、余光中翻译论述之定位

为了方便定位余光中的翻译论述，了解和其他翻译论述的关系
与区分，不妨将其置于翻译学及翻译研究的脉络。此处分别以两位
中外学者有关翻译研究的整体描绘与图表加以说明。描述翻译研究
（Descriptive Translation Studies）理论家图瑞（Gideon Toury）依照
霍姆斯（James S. Holmes）1972 年和 1988 年的相关论述，以树形
图来呈现翻译研究的内容与类别：[6]

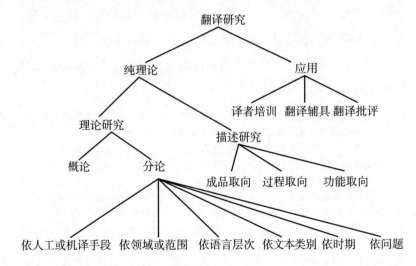

[5] 遗憾的是，相较于对余光中诗、文的研究，对其翻译的研究则少得多，因此黄
维樑撰于 1994 年的《余光中"英译中"之所得》一文副标题为"试论其翻译成果
与翻译理论"，并自许为"'余学'中'译学'的开始"（417）。
[6] 参阅 Toury（10）。此处为了方便呈现，将原图由横式改为直式，中译依据刘宓
庆（149），唯略有修订。

此图将翻译研究分为"纯理论"与应用两方面，而余光中的翻译论述虽有较为理论性的概论式说法，但这些并非抽象式的探索或系统性的建构，而系来自多年的观察与实践，在不同场合发表的批评文章。因此，依照图瑞的图解，余光中的翻译论述大致属于"应用"中的"翻译批评"。

此外，刘宓庆于 2003 年出版的《中国翻译理论研究的新里程》一文则提供了以下有关翻译学的图示（155）：

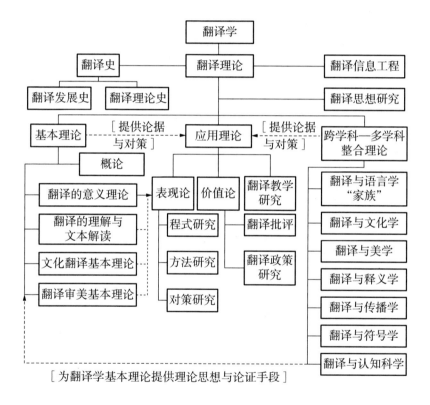

根据此图，余光中的翻译论述主要涉及"概论""翻译的理解与文本解读"以及"翻译批评"。

前二图所呈现的系统架构，有助于我们从整体学科的脉络来定位余光中的翻译论述。下文拟进一步探讨其相关论述，主要分为原则性的论述与实际批评，然而两者之间并非泾渭分明，实乃互为表里，并与余光中本人的创作、评论密切相关。

三、余光中之译论

翻译研究的议题甚多，更何况余光中多年来在不同场合针对不同议题发表过不少看法，下文集中于他对三项议题的看法：译者的地位，译者的条件，以及翻译的地位。

《余光中谈翻译》为他多年翻译论述的合集，值得注意的是，作者的扉页题词直指译者的处境与地位："译者未必有学者的权威，或是作家的声誉，但其影响未必较小，甚或更大。译者日与伟大的心灵为伍，见贤思齐，当其意会笔到，每能超凡入圣，成为神之巫师，天才之代言人。此乃寂寞之译者独享之特权。"余光中选择以这段文字作为自己多年翻译论集的扉页题词，可见译者在他心目中的地位。这段文字分别就权威、声誉、影响，将译者与学者、作家对比。此处虽未明言，但"伟大的心灵"一词即透露出所翻译的对象主要为文学、艺术等经典之作，这也是他一向翻译和评论的重点。余光中强调，译者若能到达"见贤思齐"的地步和"意会笔到"的理想时刻，就成为人与神、凡夫与天才之间的沟通者。此处我们或可挪用、转化近年来在台湾流行的"达人"一词：取其字面上的"传达者"和"通达者"，以及由此所引申的"专家"之意。[7] 因此，译者虽然寂寞、憔悴——余光中曾撰《译者独憔悴》一文——却享有此"达人"的特殊地位。

此处，余光中将译者与学者、作家并提，绝非巧合，而是他一贯的主张，这又与他自身的条件密切相关，最详细的阐释见于《作者，学者，译者》一文。余光中选择此题作为 1994 年于台湾地区举行的外国文学中译国际研讨会之主题演说，其深意不言可喻。在该文里，余光中对译者的形象有如下的描述：

> 译者其实是不写论文的学者，没有创作的作家。也就是说，译者必定相当饱学，也必定擅于运用语文，并且不只一种，而是两种以上：其一他要能尽窥其妙，其二他要能运用自如。造就一位译者，实非易事，所以译者虽然满街走，真正够格的译家并不多见。而究其遭遇，一般的译者往往名气不如作家，地位又不如学者，而且稿酬偏低，无利可图，又不算学术，无等可升，似乎只好为人作嫁，成人之美了。（169–170）

这段文字言简意赅地描绘出译者的形象，并区别"够格的译家"与"一般的译者"，兼顾了理想面与现实面。就理想的层次而言，译者兼具了学者的饱学与作者的文采，在不同语文之间扮演着"三'者'合一"的角色，以期将精彩的原作通过生花妙笔忠实地

---

[7] 　根据三民书局《大辞典》，"达人"一词有下列三解："能明德辨义、通达事理的人"（见于《左传·昭七年》）；"达观的人，行事不为世俗所拘束的人"（见于《文选·贾谊·鹏鸟赋》与《文选·嵇康·与山巨源绝交书》）；"使人通达事理"（见于《论语·雍也第六》）（4772–4773）。流传到日本后，引申、转化而有"高手""专家"之意，近来更成为台湾地区流行的语汇。此处特意再加转化、翻译以形容扮演"己达达人"角色的译者：自"己"对原文明晓通"达"，并有意愿与能力将其以另一语言传"达"给他"人"。

传达出来。[8] 然而，这毕竟是取法乎上的目标。就现实的层面而言，一般译者的学问固然难与学者相提并论，文采也难与作者并驾齐驱，以至于既无法与作者、学者般享有同等的名气与地位，实质的收入也乏善可陈，只能沦为原作者与译本读者之间的舌人或媒人。[9]

至于要"成就一位称职的译者"，余光中延续先前的论述，而有底下的三条件说：

> 首先当然是对于"施语"（"source language"）的体贴入微，还包括了解施语所属的文化与社会。同样必要的，是对于"受语"（"target language"）的运用自如，还得包括各种文体的掌握。这第一个条件近于学者，而第二个条件便近于作家了。至于第三个条件，则是在一般常识之外，对于"施语"原文所涉的学问，要有相当的熟悉，至少不能外行。这就更近于学者了。（172）

从这些阐释中可以进一步看出，他所关切的已不再仅限于语文本身，而扩及更宽广的"文化与社会"。换言之，翻译除了文字与特定的文本，还可能涉及文学（余光中谈论的绝大多数为文学文本），而且必然涉及文化。[10] 再加上熟悉"原文所涉的学问"，"至少不能

---

[8]　金圣华便据此撰写《余光中：三"者"合一的翻译家》一文，讨论他在翻译方面的见解与成就。她认为，余光中数十年来的翻译，"始终不脱'学者之译'的本色"，因为他"以传播文化、译介名著为己任。这样的译者，时常会在译文前后，加上序跋，或在译文每一章节或段落之后附系注解"（24）。另一方面，由于他是"能诗擅文的大作家"，译作中自然反映出写作风格，金圣华称之为"余译体"，并形容其为"声色俱全，神形兼备"（28–29）。
[9]　至于既无学问，又乏文采，甚至连两种语文的驾驭能力、基本的翻译技巧都嫌不足，对所译的文本懒于或不知下功夫之徒，则更等而下之，无足论矣。
[10]　可参阅笔者的《翻译·经典·文学——以 *Gulliver's Travels* 为例》，尤其有关"文字—文本—文学—文化"一节（《翻》45–57）。

外行"之说，这两个条件"近于学者"。其次，"各种文体的掌握"之说已经超越了简单的达意，有如对文体家（stylist）的要求，以至"近于作家"。至于"传神"与"移文"之说，则更是"极其高妙的艺术，译者自己虽然不创作，却不能没有这么一枝妙笔"（174）。

总之，在余光中看来，"够格的译家"——称为"理想的译者"似乎也不为过——必须是作者/学者/译者的三合一化身，有意愿和能力深入了解原文的文字、文本、文化，并以严谨、忠实的态度，经由通达的妙笔，将原作传神、移文，引入受语的语境与文化，不仅为受语增添一个文本，更希望能借此来丰富受语的表达与思维方式，使其文化更为繁复、丰饶、多元。

上述有关译家的说法实为夫子自道，而身为作家、学者的余光中在谈论翻译和译者的地位或定位时，比起一般学者或译者的论述（作家则很少讨论翻译），有着更独特的立场，以及相应而生的权威与劲道。一般人印象中的翻译总是屈居于原作之下，是其附属、衍生或拷贝，译者则是原作者的传声筒甚或寄生虫，至于调侃翻译或译者的说法也所在多有，如"翻译即叛逆""翻译者，反逆者也"（"Traduttore, traditore"），而"翻译如女人，美丽则不忠实，忠实则不美丽"之说更带有明显的性别歧视。流风所及，以致众人眼中的译者非但不是左右逢源、得心应手的"达人"，反而沦为左支右绌、动辄得咎的中间人，翻译则成为只要粗通两种语文、抱着一本双语字典就可率尔操觚的"玩意儿"。[11] 近年来翻译研究固然试图为翻译与译者"平反"，而有"原作与译作互补"或"翻译者的转向"（"the translator's turn"）之说，[12] 也有相当扎实的理论基础、历

---

[11] 此处兼采"小把戏"与"'玩'弄文'意'"二义。

[12] 前者可见于本雅明（Walter Benjamin）、德曼（Paul de Man）、德里达（Jacques Derrida）等人的论述，后者为罗宾逊（Douglas Robinson）的用语，而韦纳蒂（Lawrence Venuti）也为"译者隐而未现"（"the translator's invisibility"）深感不平。

史根据与文本例证，但这类见解似乎只限于翻译研究的领域，未能有效改变长久以来的成见。

多年来"'六译'并进"的余光中对此自然有着深切的领会，在《翻译乃大道》的短文中，他明白表示"我这一生对翻译的态度，是认真追求，而非逢场作戏"（147），而篇名本身更表达了他的鲜明立场。除了他"'六译'并进"的丰厚资历之外，与其他译者或学者的论述不同之处，他出入于诗歌、散文、翻译与评论之间的多重才艺和具体成绩，以及"三'者'合一"的身份，使得他在为翻译及译者发言时更具说服力，并乐于运用这个优势时时为译者发出不平之鸣。

在收入《余光中谈翻译》最早的一篇文章《翻译与批评》中，面对当时荒芜的台湾文坛，他强调翻译与批评的重要，指出，"要介绍西洋文艺，尤其是文学，翻译是最直接可靠的手段。翻译对文学的贡献，远比我们想象的为大"（2）。在他看来，"翻译是一种很苦的工作，也是一种很难的艺术。大翻译家都是高明的'文字的媒婆'，他得具有一种能力，将两种并非一见钟情甚至是冤家的文字，配成情投意合的一对佳偶"（2）。当时台湾的文坛与文化情境使得他对批评有着更高的期许，并明列出"一个够资格的批评家"应有的四个"起码的条件"："必须精通（至少一种）外文"，"必须精通该国的文学史"，"必须学有专精"，"必须是个相当出色的散文家"（3）。这些条件与他多年后有关作者／学者／译者三合一的角色之描述高度吻合，见解相当一贯。准此，翻译家与批评家最大的区别就在所选择从事的工作。他于结论中指出，"要提高我们的文学创作水平和作家一般的修养，我们需要大量而优秀的翻译家和批评家"（3）。[13] 换言之，在当时台湾的文学与文化情境下，翻译与批评具有提升创作水平和作家修养的作用，这种抬高翻译与批评，针砭创作与作家的论调，明显有别于一般的看法，固然有其特殊的时空背景与文化情境，但可以看出他的用心。此外，该文也对创作与翻译做了如下的区分："创作的高下，容有见仁见智之差。翻译则除了高下之差，尚有正误之分，苟无充分把握，实在不必自误误人。"（2）

余光中虽在不少地方谈到翻译与创作的关系，但主题性的专文探讨主要见于 1969 年的《翻译和创作》一文。[14] 此文开宗明义便对古今中外贬低翻译深表不以为然，"希腊神话的九缪思之中，竟无一位专司翻译，真是令人不平"，在他看来，"翻译之为艺术，应该可以取代司天文的第九位缪思尤瑞尼亚（Urania）；至少至少，应该称为第十位缪思吧"。接着他又以当时台湾文坛的作为与教育部的规定为例，说明"今日的文坛和学界如何低估翻译"（30）。此处明显可见余光中力图为翻译重新定位，并将译者与作者、学者对比。

另一方面，身为译者与作者的余光中，对翻译与创作的关系体会甚深，看出彼此相通之处，因而有意纠正世俗的成见：

流行观念的错误，在于视翻译为创作的反义词。事实上，创作

---

[13]　在《几块试金石——如何识别假洋学者》一文中，他担心读者为一些挟洋自重的学者所迷惑，以致"西洋文学的译介工作，真要变成洋学者的租界地了"（25）。他教导读者的"一些实用的防身术"中（29），花最多篇幅讨论的"如何处理专有名词"（25）便与翻译有关。底下有关语言驾驭能力和写作态度的说法，也涉及翻译："不幸的是，我们的洋学者写起中文来恍若英文，写起英文来又像地道的中文，创作时扭捏如翻译，翻译时潇洒如创作，真是自由极了。"（29）
[14]　余光中于 2000 年《创作与翻译——淡江大学五十周年校庆演讲》一文中对两者的关系重申先前的看法，尤其见该文第三节（98—100，106）。

的反义词是模仿，甚或抄袭，而不是翻译。流行的观念，总以为所谓翻译也者，不过是逐字逐词的换成另一种文字……可是翻译，我是指文学性质的，尤其是诗的翻译，不折不扣是一门艺术。……真有灵感的译文，像投胎重生的灵魂一般，令人觉得是一种"再创造"。直译，甚至硬译，死译，充其量只能成为剥制的标本：一根羽毛也不少，可惜是一只死鸟，徒有形貌，没有飞翔。（30）

翻译论述中长久存在着翻译是科学或艺术之辩，而余光中认为翻译不是单纯的以字换字、以词换词般的"科学化"（30），而一向视其为艺术，并以文学翻译为基础，铺陈出他的论述。身兼作家与译者的他，体认到不论创作或翻译都涉及文字的运用，如果说创作是作者本人感思的抒发与表达，那么翻译便涉及对原作的了解、诠释与感思，并将此了解、诠释与感思以另一种语文传达出来。因此，翻译绝非"模仿"或"抄袭"，而是"再创造"，其复杂程度较单纯的创作有过之而无不及，故有"投胎重生的灵魂"之说。至于此处所批评的直译，应是指文中所说的逐字之替换，有如"解电文"或"演算代数习题"，遂有"硬译""死译"之斥。[15]

值得一提的是兼具创作与翻译之长的余光中对于二者的比较与

---

[15] 直译 / 意译（literal translation/free translation）之辩也是翻译论述中另一个久远的争议。此处所谈的当然是比较极端的例子，其实，真正从事翻译时却往往因文而译 / 异，彼此夹杂，以至有"运用之妙，存乎一心"的说法。就某个意义而言，由于欠缺明确的定义与评断，二者之辩往往沦为"假议题"。余光中在为 1968 年版的《英美现代诗选》所写的《译者序》中即指出，"翻译久有意译直译之说，对于一位有经验的译者而言，这种区别是没有意义的"（23）。而他在为彭镜禧、夏燕生编译的《好诗大家读》所写的序中也指出，"翻译向有直译意译之说，强为二分，令人困惑"（《井》326）。前者撰于 1968 年，后者撰于 1989 年，虽相隔长达二十一年，但看法如一。而余光中在生前最后一本著作，即 2017 年增订新版的《英美现代诗选》，并未加以修订（30），因此可说毕生抱持此论点。

汇通。他指出："所谓'最佳字句排最佳次序'的要求，不但可以用于创作，抑且必须期之翻译。这样看来，翻译也是一种创作，至少是一种'有限的创作'。同样，创作也可能视为一种'不拘的翻译'或'自我的翻译'。在这种意义下，作家在创作时，可以说是将自己的经验'翻译'成文字。"（34）如此说来，同为文字艺术的创作与翻译，具有相似之处。不同的是，作家在创作时，其"'翻译'的过程，是一种虽甚强烈但混沌而游移的经验，透过作者的匠心，接受选择、修正、重组，甚或蜕变的过程。也可以说，这样子的'翻译'是一面改一面译的，而且，最奇怪的是，一直要到'译'完，才会看见整个'原文'"（34）。相反地，译者则身兼读者与作者，在阅读时"将文字'翻译'回去，还原成经验"，在翻译时再将自己的经验转化为另一种文字表达出来。因此，翻译是有所本的，"一开始就面对一清二楚的原文"，了解、领会他人已"文字化了的经验"，并以另一种文字传达，"不容译者擅加变更"。因此，"译者的创造性所以有限，是因为一方面他要将那种精确的经验'传真'过来，另一方面，在可能的范围内，还要保留那种经验赖以表现的原文。这种心智活动，似乎比创作更繁复些"（34）。为了阐明创作、欣赏、批评、翻译之间的关系与差别，余光中更难得一见地加以图解（35）：

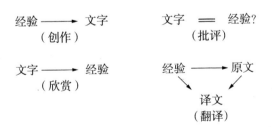

此外，对于身兼译者与作者的人而言，翻译与创作"在普通的情形下，两者相互间的影响是极其重大的。我的意思是指文体而

言。一位作家如果兼事翻译，则他的译文体，多多少少会受自己原来创作文体的影响。反之，一位作家如果在某类译文中沉浸日久，则他的文体也不免要接受那种文体的影响"（35）。虽然此处只提到文体，其实未必仅限于此，而且这种影响可能是无意的，也可能是有意的。前者见于他在1966年发表的《黑天使》诗后的"自注"："写成后，才发现这首《黑天使》是首尾相衔的联锁体，段与段间不可能读断。Emily Dickinson 的 I Like to See It Lap the Miles 近于此体。"（《守》51）后者见于他所创作的民歌，其风格深受美国民歌的影响，已是众所周知的事实。[16]

此处余光中以作者和译者的身份来谈论创作与翻译，进而以翻译与创作来形容这两种文字表现方式，指出创作是作者将自身的经验"翻译"为文字，因此属于一种"不拘的翻译"或"自我的翻译"；翻译则是译者将施语的文本"再创作"为受语的文本，而且因为有原本为根据，表面上似乎较容易，但这种"有限的创作"必须面对两种语文，其实限制更多，涉及的层面更广，其中的"心智活动"也更复杂。余光中这种"存异求同"的讨论方式，打破了常见的创作／翻译的二元对立论述模式，其中有关创作的说法固然让人更了解作者在写作时的"翻译"活动，而有关翻译的说法更强调其中涉及"创作"或"再创作"的一面，试图打破翻译只是原文的拷贝、复本之成见。更重要的是，由于他在创作与翻译两方面的杰

---

[16] 余光中在《翻译和创作》一文中也指出，"说到我自己的经验，十几年前，应林以亮先生之邀为《美国诗选》译狄瑾荪作品的那一段时间，我自己写的诗竟也采用起狄瑾荪那种歌谣体来。及至前年初，因为翻译叶慈的诗，也着实影响了自己作品的风格"（36）。

出表现，使得他的论述成为现身说法，更具说服力。[17]

此外，翻译也有其特色，如因为"有所本"，使得它有着另一种方便或实用之处，译者只要有心便能稳定从事，不像创作那般不确定。但也因为"有所本"，读者或评者可以比对原文，使得翻译成为一种硬碰硬的功夫，从中看出译者处理原文疑难之处的态度与方法。闪躲、回避当然不可取，如何面对并转化则不断考验着译者，其挑战在此，乐趣与成就感也在此。因此余光中说："翻译仍然是最从容、最精细、最亲切的读书之道，不但所读皆为杰作，而且成绩指日可期。"（177）[18] 这也说明了为什么余光中在创作与评论之外还从事翻译，将精读细品的文艺杰作化为一篇篇译作，开创出自己文字艺术中的另一面向与志业，经年累月，乐此不疲，累积了令人赞叹的成绩。

---

[17] 就文类而言，余光中早期的译作为大学时代翻译的海明威名著小说《老人和大海》（Ernest Hemingway, *The Old Man and the Sea*），1952 年 12 月 1 日至 1953 年 1 月 23 日连载于《大华晚报》，为此书最早的中译之一。多年来他的译作涵盖各种文类，相关的论述大多来自个人的亲身体验，其中尤以有关诗和戏剧的翻译论述最具特色，本文因篇幅之限，无法细述。部分讨论可参阅本书《含华吐英：自译者余光中》。简言之，译诗时意义及意象较易传达，典故及音乐性则不易处理。至于翻译剧本，"不仅是为读者，更是为演员与观众"（《一笑百年扇底风》27），因此对白要能朗朗上口，除了是可供阅读的书斋剧，还要是能上演的舞台剧。正如他在 1983 年初次翻译剧本（王尔德的《不可儿戏》[*The Importance of Being Earnest*]）时所指出的，"这一次我的翻译原则是：读者顺眼，观众入耳，演员上口"（127）。一般而言，戏剧中以喜剧最难欣赏与翻译，因其中不少涉及文字游戏。王尔德素以机智及文采著称，要翻译他的喜剧可谓难上加难。余光中艺高胆大，择难而译，可谓"剧"逢对手，将遇"译/异"才。他的译本在香港、台湾地区被搬上舞台，演出时笑声连连，足证其翻译及转化之功力。余光中本人对于演出的描述，参阅《王尔德讲广东话》和《一笑人间万事》。有关此剧的讨论，可参阅马耀民之文。

[18] 至于翻译（研究）中长久存在的可译/不可译（translatability/untranslatability）的问题，余光中在《英美现代诗选》和《守夜人》等处都已触及，详见本书《含华吐英：自译者余光中》一文相关讨论。

四、余光中之译评

本文的副标题虽然名为"译论与译评",但实为一体的两面,难以区分,因为余光中的译论来自他对中英翻译的仔细品评与亲身体验,与他的译评和翻译志业密不可分,而且为自己的译评与翻译提供了强有力的论述与基础。如《翻译和创作》固然根据自己的经验对于两者之间的关系有如前文的汇通与区隔,但该文也列举许多中英翻译实例加以评析,既批评英美大诗人庞德(Ezra Pound)的诸多翻译"与其称为翻译,不如称为'改写','重组',或是'剽窃的创造'……英雄欺人,不足为训"(31),也对"非驴非马不中不西的'译文体'""加以当头棒喝"(38),揭举许多"公式化的翻译体"(39)示众,一一针砭,并示范解决之道。

余光中的译评包括了中译英与英译中两方面,前者如《翻译和创作》中对庞德的评论,而《庐山面目纵横看——评丛树版〈中国文学选集〉》(1974)更是针对1965年由白芝主编的《中国文学选集》(Cyril Birch, *Anthology of Chinese Literature: From Early Times to the Fourteenth Century*)所撰写的深度书评。[19] 此书为美国大学普遍使用的中国古典文学教科书,影响之深远可想而知。余光中逐一品评部分具有代表性的译者,如海涛尔(J. R. Hightower)、艾克尔(William Acker)、格瑞安(A. C. Graham)、宾纳(Witter Bynner)、郭长城(C. H. Kwock)、麦克休(Vincent McHugh)、白芝等(70–81),指出其中若干佳译,但更多的是批评。[20] 面对这些汉学家的中国古典文学英译,要品头论足,抉疵摘谬,若非熟谙中国古典诗文、作家及文学史,并仔细阅读英译,恐怕很难下手,遑

---

[19] Birch 本人所使用的中文名为"白之"(感谢陈东荣提供信息)。

[20] 此处采用余光中的译名,至于前四位译者,其本人所使用的中文名则为海陶玮、艾惟廉、葛瑞汉、彬诺。

论写出有分量的评论。余光中胆大心细，举重若轻，娓娓道来，在品评的同时也为译者／读者上了一门翻译批评与比较文学的课。[21]

他的译评更多在于英译中，为其实际批评之重心。这方面有一般的翻译评论，为别人所写的书序，[22] 但更长久而持续的则是他自1988年起为每届梁实秋翻译奖所写的评语，经年累月，于2002年出版为逾三百页的《含英吐华：梁实秋翻译奖评语集》，收录了他为前十二届所撰写的评语。以下的讨论集中于此书。

前文提到，余光中多年来为译者地位之低落深表不平，曾提到"奖金满台湾，译者独憔悴"（150），因此在1988年筹设纪念他的老师梁实秋的文学奖时，为了显扬梁氏对翻译的贡献，特地设立翻译奖。此类奖项在台湾虽非首创（余光中提到1952年赵丽莲主编的《学生英语文摘》便曾两度征奖，他还获奖），但"评审委员之多，奖额之高，应征者之众，原文之难，［梁实秋翻译奖］都是后来居上"（《含》20）。此奖之设立，"身为梁门弟子"的余光中厥功至伟，前二十余年，每年都由他负责命题和评审，深受海内外华文世界瞩目。此翻译奖与其他文学奖不同，"可为文坛开一风气，并为译界提高士气"（《含》20），对于提高翻译的可见度，提升译者的地位，发挥了相当的作用。[23] 因此，以余光中对翻译之投入，若

---

[21] 比较文学与翻译研究一向关系密切。余光中的译论与译评以文学为主，在行文中也提到要以比较文学的观点来探讨。他写作的年代是比较文学在中文世界建制化之初，甚至更早（如《中西文学之比较》一文发表于1967年），呈现的是当时对比较文学的一些看法。

[22] 《观弈者言——序彭、夏译诗集〈好诗大家读〉》和《锈锁难开的金钥匙——序梁宗岱译〈莎士比亚十四行诗〉》分别见于《井然有序——余光中序文集》，页323–333, 334–365。

[23] 为了鼓励中文英译，一度设立中译英的奖项，但不久便取消。

再加上"提倡翻译",则不愧是"'六译'并进"了。[24]

翻译奖分为诗、文两类,前二十多年均由余光中命题,每类两题,诗则往往古典与现代各一,文则理性与感性各一,有意以风格迥异的文本,"测探译者处理不同文体的能耐"(《含》21),"务求主题与诗体不拘一格,好从各方面来考验译者"(《含》134)。为了公平起见,所有投稿均采匿名评审。就笔者三度参与评审所目睹,余光中事先细读每篇译作,圈点,评分,用心至极。[25]评审会议时,三位评审委员以一整天的时间详细讨论,分析优劣,议定高下。[26]决审后由评审委员撰写评语,品评良窳,行之有年,已成为该奖的特色与优良传统。余光中除了第一、二届包办诗、文的评论之外,其余各届都专事于英诗中译的评论,这些"逐篇评析的详细报告,短则六七千字,长则超过万言"(《含》3),堪称余光中最持久的"实际批评"。在该书序言《含英吐华译家事》中,余光中除了交代该奖设立的缘起之外,对于出题之不易及评审之困难也有所着墨,最主要的是归结多年的评审心得,辑为一册,"希望对于有志翻译英诗或欣赏英诗的人,能有帮助"(《含》3)。[27]

---

[24]　其实余光中提倡翻译之功更早于此。如他在 1972 年担任政治大学西洋语文学系系主任时,便以一系之经费举办全校翻译比赛,内容包括中翻英与英翻中,即使他在两年后赴香港中文大学任教,该奖仍持续办理。笔者就是因为自大二起参加该项比赛而对翻译产生浓厚兴趣,至今译著与研究不辍。谨以此个人事例,见证余光中提倡翻译的众多影响。可参阅本书《既开风气又为师——指南山下忆往》。

[25]　可参阅笔者《疑／译意相与析——第二十二届梁实秋文学奖翻译类译文组综合评析》与《译者的星光舞台——第二十五届梁实秋文学奖翻译类译文组综合评析》,收录于《翻译与评介》,页 103–120,121–134。

[26]　余光中曾说明评审时解决困难的两种方法:"定位法"和"记分法"(《含》2)。

[27]　该书封底有一段言简意赅的描述:"1987 年梁实秋在台逝世后,晚辈为彰他对文坛的贡献,乃设立'梁实秋文学奖',分为散文及翻译二类。余光中主持翻译类的评审,更逐年发表评语,详论得奖译作的得失,更指点改进之道,往往亲自出手示范。历届他所撰的评语,动辄八九千字,不但展示了翻译的功力,也可窥见他诗学之精、诗艺之高,值得有志研究英诗或从事翻译的人,认真学习。书名《含英吐华》正是把英诗化为中译之意。"

他对英诗中译的综合看法主要在于句长、句法、文法、用韵和语言的掌握：

英诗中译的起码功夫，该是控制句长，以免前后各行参差太多。(《含》3)

至于句法或文法，也应尽量贴合原诗。(《含》4)

遇到古典的格律诗，就考验译者用韵的功力。用韵之道，首先要来得自然。……其次韵脚之间，四声应有变化。(《含》5)

译诗的另一考验在语言的把握。原诗若是平淡，就不能译成深峭；若是俚俗，就不能译成高雅；若是言轻，就不能译得言重；反之亦莫不皆然。同时，如果原诗的语气简洁而老练，也不见得不能用文言来译。(《含》6)

这些说法看似平淡无奇，却是多年译诗、教学与评论的心得，也是用来品评译诗高下的准则。

如果说上述是他的归纳性看法，那么具体例证就分见于各年的评语。与余光中其他译评不同的是，该书纳入征得同意的历届得奖人之译文，而以余光中的评语为主体。之所以有这些评语，原因在于："译稿为何得奖，有何优点，有何缺失，应该如何改进，评审诸公有责任向读者说明，更应该向译者交代。所以交出一篇详尽的评析，实有必要，否则有奖无评，或者有评而草率空泛，就不能达到设奖的社会教育功能。"(《含》2–3)由此可见余光中提升翻译的地位与可见度之心意与努力。余光中评审过的各类文学奖难以胜数，却坦言评审翻译奖最为费时、费心，因为"还要不断与原文核对，花费的精神真是数倍于评审创作奖"(《含》35)。而评语的撰写，与其他文学奖项相较，也成为该奖的特色。不同于评审创作奖，"翻译奖的评审不但应该'眼高'，能分高下，还得'手高'，才能出手示范"(《含》3)。换言之，这些评语针对篇幅短小的相同原文之数篇得奖译文仔细评论，分析各自的优劣，指出佳译与败笔，区别高下，有时不免技痒，亲自下场示范（如《含》136, 144, 167)，若非"眼高""手高"之人，实难担当如此重任。[28]

余光中在评译诗时，通常先分析原诗的内容与特色，有时兼及诗人和诗风。对原诗的解说充分发挥了细读和文本分析的功力，尤其对今人（包括英美人士）不重视或不熟悉的格律更是加以说明，这当然和他多年讲授英诗有关。如面对"英国式十四行 ［诗］，我们当然盼望译者能译出 abab，cdcd，efef，gg 的韵式，和它音节整齐的行式"(《含》21)；在说明第二届所命题的英文诗体时指出，"一是格律工整的英雄体偶句，另一则是开阖吞吐而错落有致的无韵诗"(《含》36)，寥寥数语即点出要处。至于无韵体的特色，他在第七届的评语中详述如下："此诗的诗体是便于叙事兼且沉思的'无韵体'(blank verse)，特色是无韵，却必须遵守'抑扬五步格'(iambic pentameter)的行式，通常颇多回行，亦屡见在行中断句，而且由于没有韵脚呼应，节奏常比押韵的格律诗沉缓。中国诗的传统里没有此体，所以译时更应注意，否则易堕散文化的困境"

---

[28] 余光中在《翻译之教育与反教育》一文中认为，翻译教师应有此"二高"，并申论如下："眼高包括有学问、有见解、有理论，正是学者之长。手高则指自己真能出手翻译，甚至拿得出'译绩'，就是作家之功了。如果翻译是一门艺术，则它不仅是'学科'，也该算'术科'。若以战争为喻，则翻译教师不但是军事学家，最好还是名将。" (111)此处不仅再度将译者与学者、作家并论，更引入教师/教育者的角色。这也说明了为什么他在《含英吐华》的序言中会提到梁实秋翻译奖的"社会教育功能" (3)。

（《含》190）。[29] 又如在谈到自由诗时，他指出虽然自由诗比格律诗好译，"因为译者无须照顾韵脚，也不用裁齐诗行。不过自由诗也不易译，正如自由诗不容易写一样，若是处理不当，不能掌握自然起伏的节奏和富于弹性的句法，就会陷入拖沓而冗赘的散文化"（《含》24）。至于第五届偶尔一现的打油诗，余光中则认为，"通常说来，打油诗难写，更难翻译，因为其中谐趣，常在文字本身，难以他语传达"（《含》139）。凡此种种都显示他对原诗格律与特色的了解与重视。至于原诗的内容，尤其是幽微或用典之处，他也如同英诗教授般，极尽说明之能事，在全书中比比皆是，此处不列。简言之，他分析原诗时兼重形式与内容，出入于文本、作家与文学史之间，得心应手，游刃有余，并指出翻译时该留意之处，力图将金针度人，甚至在有人质疑所选用的版本时加以响应、解惑（《含》85）。

评论文字固然以其他文本为跳板，但见解精辟、文采斐然的评论则跳脱寄托或附属的角色，取得独立的地位，余光中的译评也如此。正如他为人所撰写的书序超越一般的应酬文字，经常在评介剖析中抒发己见，结果反客为主，自成一格，遂有《井然有序》一书。[30] 因此，与一般文学奖评语或译评较不同的，是这些译评中所显露的文采与见解。如在介绍第五届译诗组的译题 "The Listeners" 的作者德拉梅尔（Walter de la Mare）时，指出他"不但是名诗人，也是儿童文学的健将，因此他的风格在神秘、恐怖之外，兼有童稚的惊奇与幻想"（《含》135）。该诗"写幽明相隔，阴阳难通之恨，疑真疑幻，若实若虚，十分祟人。值得注意的是：诗人的妙笔出入

---

[29]　他在另一处也提到无韵体的特色是"行式整齐，却无脚韵，回行不少，也屡见行中断句；至于节奏，则比脚韵铿锵、分段整齐的格律诗来得悠缓，宜于叙事与玄思。这种诗体为中国传统所无，因此中国人的'诗耳'不易欣赏，翻成中文也不容易讨好"（《含》321–322）。

[30]　详见该书自序《为人作序——写在〈井然有序〉之前》。

于虚实之间。时而实写，时而虚拟，暗示这人鬼之隔，在于阳间对阴间，能够发言而不能收听，阴间对阳间呢，正好相反，能够收听却不能回答。诗从阳间的来客写起，但诗末的意识却以众鬼的听觉收篇。诗篇叫 the listeners 而不叫 the speaker 或者 the traveller，正有以虚证实，由虚入实之意"（《含》135）。余光中进一步指出，"至于诗中的来客究竟有何象征，他和众魂之间的关系又是如何，学者见仁见智，诠释不一。……细论起来，就进入文学批评了，当非译论的本旨。其实本诗之妙，正在没有说尽，读者的想象大有驰骋的余地，一旦详析坐实，恐怕反成索然。诗有真味，却无达诂，正是此意"（《含》135）。此处不仅点出译论与文学批评之不同，更令人印象深刻的是字里行间所展现的文采与见解，本身就是一流的散文，也呼应了他以往所提到的批评家应有的条件。译评至此境界已超越一般评论文字，本身成为兼具说理与美感的欣赏对象。

在介绍过诗人和原诗的特色之后，其进一步的剖析则见于对句长、句法、文法、用韵、用字的评论，针对一篇译作逐字逐行分析，见到讹误加以指正，见到佳译不吝赞赏，见到美中不足之处不免如观弈者般热心献策，甚至亲自登场，示范演练，下起指导棋，夹叙夹评夹译，一身兼扮数角。

除了针对特定文本精细微妙之处加以评析，这些文字中有时还指出英诗中译的若干通则以及品评的标准，如"对于文学作品的译者，尊重原文形式该是起码的职业道德，亦即江湖上所谓的'帮规'"，尽量遵守原文的"句法和行式"，"才能让未读或不谙原诗的中国读者尽量接近原诗的真象"（《含》24）。有趣的是，余光中固然注重原诗的形式，却并未主张完全的复制，不仅不强调以方方正正的齐整格式来翻译类似十四行诗的诗体，以防生硬拘谨之弊，有时甚至建议译者不必太拘泥于原诗的音律，可在译文里适度变通，以求中文之自然顺达。例如有些译者以"十字一行的译文"

来翻译"十音节一行的原文",以期忠实于"原文的节奏与句法"。然而余光中却对此种译法存疑,自言"会稍稍打破'僵局',把每行字数弹性处理",但也不是漫无章法的放宽,而是"定在十字与十二字之间",因为"如果十字律能稍稍松绑,就较有'转肘的余地'(elbowroom)",目标则在"回转自如的空间,和起伏自然的句法"(《含》37)。如此说来,又回归"翻译是艺术"与"运用之妙,存乎一心"的论调。因此,就余光中有关翻译的实际批评中,归化与异化之辩可归纳如下:在文学翻译,尤其诗歌翻译中,除了意义的掌握是基本要求之外,宜尽量维持原文的格式(即异化),但若因此导致中文生硬拘谨,则宜加以变通,以求自如与自然(即归化);略言之,即在格式上异化,文字上归化,尽可能兼顾两者,但若无法兼顾,则以归化为要。[31]

此外,对于"诗人译诗",余光中也有相当持平的看法。他指出,"诗人译诗,通常要比纯学者译诗来得灵活,而且更有诗味,也就是说,较能免于散文化"(《含》162-163)。因此,"译诗者未必要先做诗人,但是不能没有写诗的适度训练,尤其是古典的格律诗"(《含》115)。然而,他也根据自己的创作与翻译的经验及观察,质疑"唯诗人始能译诗"的说法,并区分诗人与译家:

> "唯诗人始能译诗"的高调,由来已久,未必是普遍的真理。这全看译诗的是怎样的诗人。诗人之长在于创造力,译家之长却在适应力(adaptability)。诗人只管写自己最擅长的诗便可,译家却必须去适应他人的创意与他人的表达方式,他必须成人

---

[31] 有趣的是,余光中在译评和翻译英美诗时固然如此,但在英译自己的诗作时,有时却"不得不看开一点,遗其面貌,保其精神",并说:"好在译者就是作者,这么'因文制宜',总不会有'第三者'来抗议吧?"(《守》15)相关讨论详见本书《含华吐英:自译者余光中》。

之美，使用另一种语言来重现他人的独特经验。他得学做一个千面演员：千面演员演什么就像什么，译家则要能译什么就像什么。这特技，绝非任何诗人都修炼得成。何况今日的诗人大半都写了一辈子的所谓"自由诗"，自由惯了，一旦坐下来，怎么就能够译出古典的格律诗？古典诗寓自由于格律的那种气象，是要努力锻炼得来的。怪不得有些诗人所译的诗，不是句长失控，便是韵脚蹒跚，或者语法生硬。(《含》6)[32]

这种论调挑战由来已久的迷思，若非论者本身即为杰出的诗人和译家，并具有丰富的学养、经验与译绩，复佐以实际的例证，恐怕只会落得"酸葡萄心理"之讥。这又回到"三'者'合一"的条件，也更肯定了译家的地位。

前已述及，余光中的译论与译评无法抽刀断水似地截然划分，因此在他对翻译的实际批评中，不时出现有关翻译的通论，也就不足为奇了。如：

我对于文学翻译的要求，是形义兼顾，所谓"形"，就是原文的形式，以人相喻，犹如体格。……翻译非文学的作品，达意即可。称得上文学的作品，其价值不但在"说什么"，也在"怎么说"。文学作品的译者，若是不在乎原文"怎么说"，恐怕是交不了差的。所谓"义"，就是原文的意思，也就是"说

---

[32] 后来他体认到许多人之所以误译，是因为文法不清，以致误读，因此回归到基本面，于2007年3月的《文法与诗意》一文结论指出："译界常有'唯诗人始可译诗'之说，未必正确。诗人创作，'独赢'便可，若奢言译诗，却必具'双赢'的功力。姿态降低一点，说法平实一点，我们倒不妨说：'未入文法之门，莫闯译诗之宫'。"而他在该年5月12日台湾翻译学学会年会的主题演讲中，更以"从看清文法到看透文法"为题，举出若干实例，详加解说，结论时指出："要看懂、看透文法，必要时则脱胎换骨，器官移植。"

什么"。原文的意思必须恰如其分地正确译出，不可扭曲，更不可任意增删。(《含》36)

理想的译者正如理想的演员，必须投入他的角色，到忘我无我之境，角色需要什么，他就变成什么，而不是坚持自我，把个性强加于角色上。(《含》36)

一首译诗或一篇译文，能够做到形义兼顾，既非以形害义，也非重义轻形，或者得意忘形，才算尽了译者的能事。(《含》36–37)

若非必要，不得擅改原文，那怕是标点之细，也应尊重，这原是译者之天职。何况标点绝非小事。(《含》112)

一位认真的译者，必须接受原作在形式上的挑战。(《含》145)

译诗，不但要译其神采，也要译其形式，因为那神采不能遗形式而独立，必须赖形式以传。(《含》159)

译评至此不仅与译论相互辉映，甚至已合而为一。而接下来的警句——"翻译如政治，复如婚姻，常是妥协的结果"(《含》75)，更是善以妙喻取譬，为诗人撰写译评下一注脚，也为以说理为主的译评生色不少。

总之，即使有关在得奖之作的评语中，他也力求发挥实际批评的效用，狮子搏兔般全力以赴，有如批改学生作业加以圈点品评，辨优劣，判高下，这些当然与他三合一的身份以及多年担任教授的经验密切相关。

五、结　语

余光中在《守夜人》一诗中写道：

五千年的这一头还亮着一盏灯
四十岁后还挺着一枝笔
已经，这是最后的武器
即使围我三重
困我在墨黑无光的核心
缴械，那绝不可能
…………

最后的守夜人守最后一盏灯
只为撑一幢倾斜的巨影
作梦，我没有空
更没有酣睡的权利（《守》139）[33]

此诗写于 1973 年，余光中当时年逾不惑，在往后的四十多年，他
在诗、散文、评论和翻译上依然努力不懈，继续施展"四臂观音"
的功力，挥舞"五采笔"，单单在翻译方面也成为"三者合一""六
译并进"的表率，充分展现出"欢喜甘愿"（"labor of love"）[34] 的

---

[33]　2008 年 5 月 24 日台湾政治大学颁发余光中名誉文学博士学位，诗歌朗诵队
在典礼中所朗诵的作品中便包括余光中自选的《守夜人》，足证此诗在他心目中的
分量。

[34]　何文敬（Wen-ching Ho）以此来形容好的翻译，并引证德里达有关"翻译过
程中爱之存在"的说法（189–190），以及本雅明下列的主张：译作"必须带着爱，
细致入微地吸纳原作的表意模式"（78）；再者，本身从事翻译的文学批评家斯皮瓦
克（Gayatri Chakravorty Spivak）也提到，"译者的职责是促成原本和其影子之间的
爱"以及"译者对文本的爱"（181）。笔者以为，除此之外，还包括译者有意与读
者分享之心，以及丰富自己的文学与文化之意。

情怀与风范。若以他少壮时期提出的大诗人、批评家、翻译家的条件来评量，他都当之无愧，至于其散文，也将在华文文学史上占有重要的地位。

再单就译论与译评而言，余光中以作者／学者／译者三合一的身份，结合了理论与实践，说之以事理，益之以文采，而且与他在诗歌、散文、评论方面的表现息息相关。值得一提的是，不论是《余光中谈翻译》或《语文与翻译论集》，都把他谈论翻译的文章和讨论中国文学／语文的文章同收一册，可见彼此关系之密切。

其实，谈论余光中的翻译志业时，不宜仅就翻译论翻译，也该置于余光中本人的创作脉络，以及中国语文、文学甚至文化的脉络。如他对中国语文的关怀，见于他对五四及20世纪30年代作家散文的重估，从60年代的《剪掉散文的辫子》《下五四半旗》，到70年代对一些名家散文的批评。收入《余光中谈翻译》一书的文章中，《论的的不休》批评的是白话文的写作与翻译（178–192）；《哀中文之式微》感叹"纯正简洁的中文语法眼看就要慢慢失传了"（83）；《论中文之西化》以历史的眼光探讨中国新文化运动以来的西化，以及对中文的影响；《早期作家笔下的西化中文》和《从西而不化到西而化之》则讨论自中国新文学运动以来，纯正中文的式微现象。这些有关中国新文学、新文化与代表性作家的讨论，都涉及西化与译文体的问题，也涉及余光中对中国新文学史与若干代表性作家的重新评估。这说明了为什么他对佶屈聱牙、纠缠不清的译文体耿耿于怀，不时批判，唯恐这种文体随着劣译本和大众传媒而流行，污染、破坏了优美、纯正的中国语文。[35]

余光中虽未针对翻译撰写专著，但数十年来在不同场合写出了

---

[35] 本文因主题与篇幅之限，只能点出余光中的翻译与他的创作密切相关，并涉及他对中国语文、文学与文化的深切关怀，相关议题值得深入探讨。

多篇的译论与译评，这些配合他在翻译上的具体成果或"译绩"，以及在文学创作上的杰出成就，成为他的另一重要面向。1972年，余光中任教于政大西语系时发表《外文系这一行》一文，对台湾的外文系做了一番省思。该文如此结语："'我为中国的新文学做了些什么？'各说各话，自说自话的结果，我只能提出这么一个问题，献给同行，也用以质问我自己。"（《含》48）自问当然可以，但自答却很可能陷入自谦自抑或自吹自擂的两难。如今已过了四十余年，应是省思、评价的恰当时机，本文便是针对余光中的翻译与批评事业中的特定面向——译论与译评——之探讨。*

引用资料

三民书局大辞典编纂委员会。《大辞典》。下册。台北：三民书局，1985。

余光中。《一笑人间万事》。《凭一张地图》。台北：九歌出版社有限公司，1988。页91–94。

——。《一笑百年扇底风——〈温夫人的扇子〉百年纪念》。《温夫人的扇子》。余光中译。台北：九歌出版社有限公司，2013。页13–31。

——。《井然有序——余光中序文集》。台北：九歌出版社有限公司，1996。

——。《文法与诗意》。《举杯向天笑》。台北：九歌出版社有限公司，

* 本文初稿宣读于2008年5月24日至25日台湾政治大学举行之"余光中先生八十大寿学术研讨会"，感谢陈芳明教授邀稿。后收入笔者《翻译与脉络》（台北：书林出版有限公司，2009）。

2008。页 257–261。

——。《王尔德讲广东话》。《凭一张地图》。台北：九歌出版社有限公司，1988。页 81–84。

——。《自序》。《五陵少年》。台北：文星书店，1967。页 1–5。

——。《自序》。《左手的缪思》。台北：九歌出版社有限公司，2015。页 9–10。

——。《守夜人》(*The Night Watchman*)。1992。增订二版。台北：九歌出版社有限公司，2004。

——。《余光中谈翻译》。北京：中国对外翻译出版公司，2002。

——。《含英吐华：梁实秋翻译奖评语集》。台北：九歌出版社有限公司，2002。

——。《从看清文法到看透文法》。台湾翻译学学会年会主题演讲。台北：台湾大学文学院，2007 年 5 月 12 日。

——。《创作与翻译——淡江大学五十周年校庆演讲》。《举杯向天笑》。台北：九歌出版社有限公司，2008。页 89–107。

——。《语文及翻译论集》。《余光中选集》卷四。黄维梁、江弱水编选。合肥：安徽教育出版社，1999。

——。《译者序》。《英美现代诗选》。余光中编译。台北：大林出版社，1968。页 1–23。

——。《译者序》。《英美现代诗选》修订新版。余光中编译。台北：九歌出版社有限公司，2017。页 11–30。

——。《翻译之教育与反教育》。《举杯向天笑》。台北：九歌出版社有限公司，2008。页 108–119。

金圣华。《余光中：三"者"合一的翻译家》。《结网与诗风：余光中先生七十寿庆论文集》。苏其康编。台北：九歌出版社有限公司，1999。页 15–42。

马耀民。《余光中的翻译论述试探——以〈不可儿戏〉为例》。《第

七届中国近代文化的解构与重建国际会议：余光中先生八十大
寿学术研讨会》。台北：政治大学文学院，2008。页 159–173。

张锦忠。《"强势作者"之为译者：以余光中为例》。第七届中国近
代文化的解构与重建国际会议：余光中先生八十大寿学术研讨
会》。台北：政治大学文学院，2008。页 47–55。

黄维梁。《余光中"英译中"之所得——试论其翻译成果与翻译理
论》。《璀璨的五采笔：余光中作品评论集（1979—1993）》。
黄维梁编。台北：九歌出版社有限公司，1994。页 415–444。

单德兴。《冷战时代的美国文学中译——今日世界出版社之文学翻
译与文化政治》。《翻译与脉络》。台北：书林出版有限公司，
2009。页 117–157。

——。《含华吐英：自译者余光中——析论余光中的中诗英文自译》。
《翻译与脉络》。台北：书林出版有限公司，2009。页 205–236。

——。《疑／译意相与析——第二十二届梁实秋文学奖翻译类译文组
综合评析》。《翻译与脉络》。台北：书林出版有限公司，2009。
页 103–120。

——。《译者的星光舞台——第二十五届梁实秋文学奖翻译类译文组
综合评析》。《翻译与脉络》。台北：书林出版有限公司，2009。
页 121–134。

——。《翻译·经典·文学——以 *Gulliver's Travels* 为例》。《翻译与
脉络》。台北：书林出版有限公司，2009。页 33–66。

刘宓庆。《中国翻译理论研究的新里程》。《翻译新焦点》。刘靖之编。
香港：商务印书馆，2003。页 113–159。

Benjamin, Walter. "The Task of the Translator." *Illuminations*. Ed.
Hannah Arendt. Trans. Harry Zohn. New York: Schocken, 1968.
69–82.

De Man, Paul. "Conclusions: Walter Benjamin's 'The Task of the

Translator.'" *The Resistance to Theory*. Minneapolis: University of Minnesota Press, 1986. 73–105.

Derrida, Jacques. "Des Tours de Babel." *Difference in Translation*. Ed. Joseph F. Graham. Ithaca: Cornell University Press, 1985. 165–248.

Ho, Wen-ching（何文敬）. "The Task of Translating Toni Morrison's *Beloved* into Chinese." *Guang Yi: Lingual, Literary and Cultural Translation* (《广译》) 9（2013）：1–35.

Robinson, Douglas. *The Translator's Turn*. Baltimore and London: Johns Hopkins University Press, 1991.

Spivak, Gayatri Chakravorty. "The Politics of Translation." *Outside in the Teaching Machine*. London and New York: Routledge, 1993. 179–200.

Toury, Gideon. *Descriptive Translation Studies and Beyond*. Amsterdam: John Benjamins, 1995.

Venuti, Lawrence. *The Translator's Invisibility: A History of Translation*. London and New York: Routledge, 1995.

访谈

第十位缪思
——余光中访谈录

主访人：单德兴

时间：2012年12月7日

地点：高雄中山大学文学院余光中教授研究室

余光中与单德兴摄于高雄中山大学外文系。

前　言

　　余光中教授是华文文坛耆老，在诗歌、散文、评论、翻译四方面都有耀眼的表现，曾称其为自己"写作生命的四度空间"。单就翻译而言，自 1957 年迄今完成了十五部作品，绝大多数为英译中，但也有中译英与自译，内容遍及诗歌、小说、戏剧、传记等文类，影响深远。他与翻译结缘甚早，一向重视翻译，在 1969 年的《翻译与创作》一文甚至独创翻译为"第十位缪思"之说。

　　余老师是我 20 世纪 70 年代初就读台湾政治大学西洋语文学系时在文学与翻译方面的启蒙师，长久以来便有意与他进行访谈，但也深知要访谈在多方面表现如此杰出的文坛大老和学界前辈殊为不易，以致迟迟未能进行。悬念多年，终于决定将范围锁定在翻译，因为这个主题我较为熟悉，而且在他八十大寿时写过两篇论文讨论他的译论、译评与自译。经黄心雅教授居间联系，获得余老师首肯。

　　高龄八十四岁的余老师才刚结束北京大学几个月的客座讲学，返台后又参加台湾大学外文系的文学翻译奖颁奖典礼并发表专题演说，此次访谈之后又将前往香港和广东访问和演讲，精神之健旺与体力之充沛令人佩服。更令人感动的是那份对文艺的敬谨热忱，以及对读者与年轻学子的爱护关切，急切于贡献自己多年的心得与智慧。

　　这次访谈就在余老师位于高雄西子湾中山大学文学院面海的研究室里进行，师生二人各持一份我拟就的题目与资料。即使访谈内容已集中于翻译，然而由于余老师多年来丰硕的"译绩"与论述，值得请教的事情非常之多，从早年与翻译结缘，到翻译的成果与经验，批评与论述，教学与提倡，往事与轶闻，未来翻译计划……内容颇为广泛。访谈于上午十一点开始，中间与外文系同仁一道外出用餐，下午两点回到研究室继续进行。精神矍铄的他记忆甚佳，诚恳坦率，针对问题一一作答。访谈总共进行了大约三小时，到后来他的声音甚至已经稍微沙哑，但仍热心响应。我一方面不愿如此劳动老师，觉得于心不忍，另一方面却又深知机不可失，许多问题必须当面询问，因此直到约定的装修工人前来才结束。录音档由黄碧仪小姐缮打出来，由我稍加整理后，送请余老师本人过目。

余老师在百忙中拨冗校订，于一周左右就寄回，效率之高令人惊讶。他在所附的信中说，全稿"仔细校核了一遍。有些事实上的出入我都改正了。……不少地方的来龙去脉，你额外去查资料，加以澄清，颇有贯彻之功"。细看校订稿，只见改正之处都以典型的余氏字体用红笔标示，有几处连一个英文字母都不放过。信中也提到"'爱荷华'乃 Iowa 的误音，怎么也不该有 h 的音"，正文里则改为"爱'奥'华"。凡此种种无疑又是一次绝佳的身教。

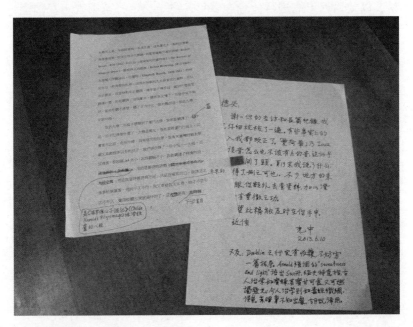

余光中来函与修订手稿。

正　文

一、与翻译结缘

单德兴（以下简称"单"）：能不能谈谈你最早跟翻译结缘的方式？

余光中（以下简称"余"）：我跟翻译结缘得很早。开始的时候是在高中，读翻译的书，印象最深刻的就是曹禺翻译的 *Romeo and Juliet*，他译为《柔蜜欧与幽丽叶》，这是最早看到的比较好的翻译。后来读到林琴南的《巴黎茶花女遗事》，用文言翻译的，好得不得了，看了非常沉醉其中。那时高中的国文课本和现在的不一样，比如说，里面选的课文有拜伦的长诗《唐·璜》（George Gordon Byron, *Don Juan*）里的一段，名为《哀希腊》（"The Isles of Greece"），三种翻译分别出自马君武、苏曼殊、胡适之手，各用不同的诗体：马君武用七言古诗（1905），苏曼殊用五言古诗（1907），胡适用离骚体（1914）。真是各有特色。我后来看胡适自己创作的白话诗，觉得没有一篇比他的翻译好，这算是很少有的现象。

至于我自己开始动笔翻译，完全是出于一种冲动。我在金陵大学外文系一年级时看到一本英文书，这本书在大一点的文学辞典里会提到，但现在很少人谈论，就是英国剧作家贝西尔的《温坡街的巴蕾特家》（Rudolf Besier, *The Barretts of Wimpole Street*），描写诗人布朗宁（Robert Browning, 1812—1889）怎么闯入伊莉萨白·巴蕾特（Elizabeth Barrett, 1806—1861）的病居生活，然后带她私奔。因为布朗宁的太太娘家姓巴蕾特，所以有此剧名。我当时热衷于翻译，几乎是"不择手段"，碰到什么就想翻译什么，于是翻译了这个剧本。虽然英文懂了，可是中文不够好，当然是翻不清楚，翻了才六分之一就知难而退。那是大学一年级的事。

等到大学二年级下学期到了厦门大学，我倒是翻译了一篇作品，但不记得是什么了，大概是杂文，登在当时厦门的报上。其实更早之前，在高中时，我有个同班同学，是后来台湾师范大学中文系教授李辰冬的儿子，我们俩合办了一份小报，一大张，正反两面，有四张 A4 纸大小，因为篇幅不小，我就翻译了拜伦的诗，是《海罗德公子游记》（*Childe Harold's Pilgrimage*）咏滑铁卢的八段，用的是旧诗的诗体。可是我当时旧诗写不好，只是在摸索而已。我译完之后拿给舅舅看，他说平仄不行。我又寄给我未来的太太看，她才不管平仄不平仄，觉得能翻出来就蛮好的了。这是高三下学期的事。

单：你跟师母范我存女士是表兄妹？

余：是。这就是我最早的 clumsy attempt（笨拙的尝试）。真正翻得比较好、上轨道，而且刊出来大家也觉得不错，是在台大四年级。那时吴炳钟教我们翻译，他在赵丽莲编的《学生英语文摘》有个专栏，我就翻了一些短诗刊在上面。

单：是用本名发表吗？

余：就用"光中译"。陆陆续续翻了好多诗，所以我最早的译诗集就叫《英诗译注》，里面的翻译大部分就是之前刊登在《学生英语文摘》上的。

单：《英诗译注》是 1960 年出版的。

余：里面许多诗是我在台大最后一年，也就是 1952 年就翻译的。[1]

单：你曾提过在学生时代参加《学生英语文摘》主办的翻译奖，还得过奖。

余：对，《学生英语文摘》举办翻译奖，第一届是我得奖，奖金五十元台币，大约等于现在的五千元，还不少。

---

[1] 参阅本书《一位年轻译诗家的画像——析论余光中的〈英诗译注〉》。

单：当时多少人参加比赛？多少人得奖？

余：细节我不记得了。当时台港之间有一件大事，就是《今日世界》提供了一个翻译奖，是翻译诗人麦克里希的《诗的艺术》（Archibald MacLeish，"Ars Poetica"），很多人参加，但我没有。[2]

单：但你后来也译了这首诗。

余：对，那是后来译的。[3]麦克里希是美国诗人，跟官方很有关系，曾经是美国国会图书馆馆长（1939—1944），非常显赫。

单：你是在台大时由吴炳钟正式教翻译？

余：对，听他讲课，在班上也做过练习。

单：上他的课有没有什么启发？

余：他快人快语，有很多有趣的 original thinking（创意），常会批评别人翻错了。

他第一堂课就说罗家伦翻错了什么等等，细节很多。当时（1950 年）麦克阿瑟将军（Douglas MacArthur, 1880—1964）来台，临走时蒋介石送机，麦克阿瑟在机场发表了一番话。吴炳钟说新闻里译错了一处，罗家伦更正，反而错了三处。他第一堂课就讲了这一段话，讲得非常得意。

单：你们会不会觉得很震撼？

---

[2]　香港出版的《今日世界》为了纪念发行一周年，举办译诗比赛，于 1953 年 3 月 15 日第 25 期刊出启事，并公布两首诗（John Greenleaf Whittier 的 "Snow-Bound"［《雪封》］与麦克里希的诗），与赛者可以任选一首或两首，每首分别计奖，各首前三名的奖金分别为 150 港币、100 港币与 50 港币。得奖名单与译诗刊登于该年 8 月 1 日第 34 期、8 月 15 日第 35 期。前者计 492 人参赛，10 人上榜；后者计 221 人参赛，11 人上榜。上榜者分别来自台湾地区（12 人）、香港地区（5 人）、澳门地区（1 人），以及菲律宾（1 人）、印度尼西亚（1 人）、越南（1 人）。

[3]　后来余光中为林以亮编选的《美国诗选》（香港：今日世界出版社，1961）翻译麦克里希三首诗，其中包括《诗的艺术》（269–271），并撰写《麦克里希的生平和著作》（263–267）。参阅本书《在冷战的年代——英华焕发的译者余光中》"《美国诗选》（1961）"一节。

余：这没有什么好震撼的。他当时只比我们大六七岁，我们大概二十二三岁，他大概刚满三十岁，担任上校，雄赳赳气昂昂，跟美国人站在一起毫不逊色。

单：他的英文是怎么训练出来的？

余：他在辅仁大学只读了两年，没有毕业，他父亲跟梁实秋和辅仁大学的创办人英敛之，也就是英若诚的祖父，都是好朋友。[4]所以他出身世家，是一个怪才。他大学没毕业，但帮别人写了一篇论文，别人却大学毕业了。当时台湾的口译他是第一把交椅，蒋介石跟美军在一起时都由他翻译，可是他非常潇洒不羁，不拘小节。有一次他帮蒋介石口译时，美军哄堂大笑，蒋介石觉得很奇怪，心想我没有讲什么好笑的啊，但蒋夫人听出来了，原来是吴炳钟自己奉送了一个笑话。这个很不妥，因为他是军职人员，怎么可以这样子胡闹。他升不上去，因为常常顶撞上司。后来他就去编字典了。

单：他曾在台湾电视公司主持《认识世界》《台视英语》等节目。我中学时住在南投中寮乡下，是看电视知道他的。

余：他当时非常出名，对于音乐、文学都很爱好。他对我相当鼓励，每次到班上，一看我不在，就找我："Where is the poet?"他喜欢古典音乐，我也受到他的影响。我正式开始翻译的作品刊登在《学生英语文摘》，梁实秋、赵丽莲、吴炳钟都很鼓励我。1960年我出了第一本译诗《英诗译注》，其实里面的译诗在这之前几年就陆续发表了。至于《老人和大海》(*The Old Man and the Sea*, 1952) 是海明威（Ernest Hemingway）的小说，最早刊登于《生活杂志》(*Life Magazine*)，我一看到就着手翻了。这部小说在出版当年就得

---

[4] 从编译馆 1950 年档案可知，孙立人将军致函清华大学同窗、编译馆馆长梁实秋，商量借调吴炳钟，以利与美方的互动。之所以任上校，一方面以示尊重，在与美方交涉时也比较方便，另一方面可能与薪给有关。

到普利策奖，第二年就得到诺贝尔奖。[5]

二、《梵谷传》的前世今生

单：你好像是在大四时翻译这篇小说当作毕业论文的一部分……

余：不，我是台大一毕业翻的。台湾的大学生设军训是从我们那一届开始的，1952 年。当时学生一涌而至，到凤山受训，可是如果英文好，可以考翻译官留在台北。军方总共录取了一百名翻译官，我是第一名，所以就留在台北。而且我们受训只有四个月，不像到凤山要一年，在受训四个月后我被派去做翻译官，一做就是三年。

单：那时的役期是三年？

余：只两年，是我自愿留营一年，因为其实并不忙，而我的《梵谷传》(Irving Stone, *Lust for Life*) 就是在办公桌上翻好的。

单：张晓风在特载于新版《梵谷传》后面的《护井的人——写范我存女士》[6]一文中特别提到这一段翻译的经过，能不能请你稍微说说？

余：那时候我翻译《梵谷传》，原文是她的书，梵谷画册也是她家里的。我就借来翻译，稿子译好就寄到中坜，因为当时她在中坜幼儿园当老师，让她抄稿，她抄好之后寄回来给我，我就拿去

---

[5] 余光中翻译的《老人和大海》1952 年 12 月 1 日至 1953 年 1 月 23 日在台北《大华晚报》连载，1957 年 12 月由重光文艺出版社印行；五十多年后，他花了两个月仔细修订，2010 年 10 月由南京译林出版社推出新版，易名为《老人与海》。

[6] 该文刊登于 2009 年 12 月 1 日至 2 日《联合报》副刊，D3 版，收入新版《梵谷传》(台北：九歌出版社有限公司，2009)，页 648–659。

《大华晚报》连载。就这样子把这本书译出，1957年由陈纪滢的重光文艺出版社出版。大概过了二十年，我在香港中文大学的时候，姚宜瑛的大地出版社有意重新出版，于是我花了十个月的时间，改了一万多处——三十几万字的翻译，我改了一万多处。

单：改的重点是什么？

余：其实在英文了解上并没有什么错误，主要因为我不满意自己早年的中文。

单：听说你随时随地把握时间改稿。

余：是，有时候我开车载太太去大埔菜市场，她去买菜时，我就坐在车的后座改稿。

单：是直接在书上改？还是影印放大后在复印件上改？

余：影印放大再改。

单：那份修订版的原稿现在在哪里？

余：大概没有了。

《梵谷传》先在《大华晚报》连载（左），1956年至1957年由台北的重光文艺出版社分两册出版（中上），继而在1978年由大地出版社出修订版（右上），2009年再由九歌出版社修订新版（中下），余老师并题赠笔者，语多勉励（右下）。

单：那很可惜。

余：再找一找，也许还找得到。

单：将来如果有人要研究你的修改，有原稿会比较清楚。

余：先前有一篇东海大学的硕士论文就是比较《梵谷传》前后版本的不同。[7]

三、出国进修，中英译诗

单：你大学毕业后，出国进修的情形如何？

余：我台大毕业六年后去美国爱奥华州立大学（State University of Iowa）的写作坊（Writers' Workshop）进修，在那里大家都得把英文作品交给安格尔（Paul Engle）。我不知道白先勇他们是怎么样，我是把自己的中文诗翻成英文交出。我从来不曾动念头要用英文写诗，都是用翻译去抵，后来我在爱奥华攻读艺术硕士（Master of Fine Arts, MFA），也要求写论文，结果就是我那一本 *New Chinese Poetry*。

单：《中国新诗集锦》。

余：对，算是我的硕士论文。

单：1960 年由 Heritage Press（国粹出版社）出版。

余：当时台湾的印刷条件不如香港，因此是台北"美新处"委托香港的 Heritage Press 出版，薄薄的一册。

单：那本书的序言特别引用了惠特曼《自我之歌》（Walt Whitman, "Song of Myself"）中的诗句"I too am untranslatable"，以示译事

---

[7] 张嘉伦《以余译〈梵谷传〉为例论白话文语法的欧化问题》（东海大学中国文学研究所硕士论文，1993）。

之难。就我所知，新书发表会时，庄莱德（Everett F. Drumright, 1906—1993，在台北工作期间 1958—1962）以及胡适、罗家伦等五四时代的代表人物都到场。

余：对。［走到门旁书架，从自己的作品专区找出《青铜一梦》，翻到书前的照片］这张照片非常珍贵，[8] 而且还蛮清楚的。这张上面有胡适、罗家伦，还有庄莱德夫妇。出席的诗人有郑愁予、夏菁、钟鼎文、覃子豪、纪弦、罗门、蓉子、我、杨牧［当时笔名叶珊］、周梦蝶、洛夫。入选的诗人差不多有一半都出席了，很可惜痖弦没能出席，几乎半个台湾现代诗坛的人都在那里了。这对这些诗人是很大的鼓舞。

单：所以在当时这不单单是台湾文坛的盛事，也是文化交流的大事。

余：那倒说不上，不过对于新诗人是很大的鼓舞，因为当时台湾文坛还不接受我们，我们饱受批评。

单：那也是你第一本中译英的作品。[9]

余：对。后来齐邦媛编的《中国现代文学选集》[10] 我也翻了不少诗。[11] 我翻译台湾 fellow poets（同道诗人）的诗应该有七八十首。不过，it's a thankless job（这是吃力不讨好的工作），这些诗的作者有些甚至没有向我道一声谢。

还有一张照片，是我跟美国诗人佛洛斯特（Robert Frost）合拍的，

---

[8]　见本书 64。

[9]　参阅本书《在冷战的年代——英华焕发的译者余光中》"*New Chinese Poetry*（1960）"一节（61–71）。

[10]　Chi Pang-yuan, et al., eds., *An Anthology of Contemporary Literature: Taiwan 1949–1974, Vol. 1 Poems and Essays* (Seattle and London: University of Washington Press, 1975).

[11]　共收录九首，参阅本书《含华吐英：自译者余光中——析论余光中的中诗英文自译》附篇《余光中英文自译诗作之演变》。

当时我三十一岁，他大概八十多岁。我还买了他的诗集请他签名。

余光中与美国诗人佛洛斯特合影。
﹝资料来源：高雄中山大学余光中数位文学馆﹞

爱奥华大学的艺术硕士要修满六十个学分。所以安格尔就跟我说，你在台湾已经是讲师了，又翻译了《梵谷传》《老人和大海》，而且那时候我已经在为林以亮（本名宋淇）编的《美国诗选》译诗了，译了狄瑾荪（Emily Dickinson）等诗人的许多诗。他说，你这些已经算三十个学分了，我们这个创作班算二十四个学分，所以你还差六个学分就可以拿到艺术硕士。于是我就去选了American Literature（美国文学）和Modern Art（现代艺术）两门课，这对我后来讨论艺术非常有帮助。

单：所以《中国新诗集锦》是你的硕士论文，而且那本书出版时，美方郑重其事地举办新书发表会。

余：我1958年去，1959年回来，就在台湾师范大学当讲师。上海帮的吴鲁芹、夏济安、宋淇都是好朋友。宋淇正受香港"美新处"之托，要编一本美国诗选，找人分头来翻译。吴鲁芹极力推荐我，寄了些样品给他看，他觉得可以，从此我就跟宋淇交往很多，他对我的翻译多所鼓励。那本《美国诗选》共列了六位译者，其实全书几乎有一半都是我翻的，张爱玲翻得很少，夏菁很少，梁实秋很少，邢光祖也不多。

单：那本书上挂名的是四位：你、张爱玲、林以亮、邢光祖。梁实秋和夏菁出现于目录。挂名的四人中领衔的是张爱玲，其次是林以亮，第三位是你，其实你译的最多。

余：至于《中国新诗集锦》也是吴鲁芹推荐的。1959年我回师大教书，吴鲁芹打电话给我，跟我要硕士论文，拿去看了之后就推荐给"美新处"，当时他是台北"美新处"职位最高的华籍人士，而领导又喜好文艺。

单：当时的领导是麦加锡（Richard M. McCarthy, 1920—2008）吗？

余：是。他对白先勇等人创办的《现代文学》也很支持，对画家席德进也很鼓励。于是"美新处"就把这本书拿到香港去印，当时给我的稿费是一万块。

单：那么多！

余：多到什么程度呢？当时我在师大当讲师一个月的薪水是一千二，而他们一下子给我一万，几乎是一年的薪水了，那还得了。后来我进一步跟香港"美新处"签约要翻译梅尔维尔（Herman Melville）的 Typee（《泰比》）跟 Billy Budd（《比利·包德》），结果没翻出来。《比利·包德》很难翻，翻了一部分就卡住了。

单：已经翻译了一部分的《比利·包德》？我1980年在台湾大学外文所的硕士论文写的就是梅尔维尔这部晚年遗作。

余：翻了一两万字，大概不到三分之一。[12]

单：我念大学时读到你翻译梅尔维尔的作品是《录事巴托比》（*Bartleby the Scrivener*）。

余：那是中篇小说，比较短，出版时采用中英对照的方式。[13]我也翻了另一本书，有十几万字，但是没出版，那是梁实秋介绍的。当时大同公司董事长林挺生很礼遇梁实秋，给他房子住，请他到他的学校（大同工专）教课，而且主编协志工业丛书。

单：就是那一套绿皮书。

余光中翻译的《比利·包德》手稿，可见留白的"注"与涂改的痕迹。（余幼珊提供）

---

[12] 笔者于2018年4月26日参加高雄中山大学举办的余光中教授追思会时，余幼珊女士提供了三十五页的译稿，译至第八节主角（名字尚未译出）目睹同船一个新兵遭到鞭笞后的"骇然"，并"下定决心"绝不"使自己遭受这种惩罚"甚或"口头上的责备"。

[13] 参阅本书《在冷战的年代——英华焕发的译者余光中》"《录事巴托比》（1972）"一节（83–88）。

余：对。梁老师要我翻什么呢？是我很不喜欢的一本书：《阙思特菲尔德勋爵示子书》(*Letters Written by Lord Chesterfield to His Son*)，非常 Machiavellian（讲究权谋），非常功利主义，而且是贵族教育。我当时醉心于浪漫主义，怎么会喜欢新古典主义的东西呢？我勉强翻了，也拿了稿费，结果书却从来没出版。

单：稿子也不在了？

余：稿子在协志出版社那里。你看他们出了钱，却不怎么推广。梁实秋用中文编写的《英国文学史》他们也不推广，就摆在那里。像台大外文系办了两届的中国古典诗英译竞赛也是一样。他们的系友很有钱，出了钱，结果我们评审完了之后，他们要我写评语，我也写了，写了之后他们也不问我要，也没想要发表，我就寄给《印刻》发表。

单：就是发表在今年（2012）年 8 月号的那篇《嚼华吐英》。[14] 这届的梁实秋文学奖颁奖典礼中，有一位得奖人特别提到，他当初得到《中国时报》的创作奖，但《中国时报》只是颁奖，没有出版得奖作品专集，不像梁实秋文学奖这样，由九歌出版社出书，广为流传。

余：对，对。大概台大外文系的这个奖会出一个小册子，不会像九歌那样出书。

其实九歌的印刷很好，而且书的一头由中文开始，另一头由英文开始，除了原文和得奖译作之外，你和彭镜禧的综评都写得很好。所以我们梁实秋文学奖很有公信力，不但颁了奖，还等于做了社会教育，对不对？就像社会大学翻译研究。

---

[14] 《嚼华吐英》刊登于《印刻文学生活志》8.12（2012.8），186–191，五年后收入《嚼华吐英：台大文学翻译奖得奖作品集（2011—2015）》（台北：书林出版有限公司，2017），47–53。

单：因为你把梁实秋文学奖的名声树立起来，我们不能砸了招牌。

四、"六译"并进

单：你不仅翻译，而且在不同场合也提到自己的"四窟""四张王牌""写作生命的四度空间"，我也曾以"四臂观音"来形容你在诗歌、散文、翻译、评论方面的耀眼成就。张锦忠说你是"五译"并进：做翻译、论翻译、教翻译、编译诗选集、汉英兼译。我认为若是加上提倡翻译，就是"六译"并进。

余：其实，我还有一些译稿没有发表，也有些没译完就摆在那里。在文星的时代，我还译过画家克利（Paul Klee）的传记，但也是译了一个开头就摆在那里。我年轻时非常有雄心，having too many fingers in too many pies（太多东西都想沾一点）。至于《英美现代诗选》，过了这么多年，已经不能算很现代了。其实在那之后我又翻译了一些英美诗，至少四五十首是有的。

单：那本译诗选是 1968 年出版的。

余：可是我后来又翻译了不少诗。同时，我在写评论文章的时候，for illustration（为了示范），常常就把一首诗翻过来了。比如说，我写文章讨论到雪莱（Percy Bysshe Shelley），就翻译了不少他的诗。这些后来翻译的英美现代诗加起来不少，所以我很需要时间来重新修订《英美现代诗选》，至少可以把它扩大成现在的一倍半的分量，先前没入选的诗人要写评介，诸如此类的事。很可惜，假设我这些事情没做就去世的话……

单：不要这么说……

余：……那就太可惜了。

单：不单单是对台湾，对华文世界，《英美现代诗选》都是蛮重要的启蒙书。

余：对了，前天的《中华日报》副刊还提到这件事，这算是给翻译者的一个安慰。新诗人李进文在《我不伦不类的文学启蒙》那篇文章中提到，他"最早拥有的译诗选集《美国诗选》，由林以亮先生编选，译者都是一时之选，包括林以亮本人、梁实秋、夏菁、张爱玲、余光中、邢光祖等人，共选译了十七位美国重要诗人的作品。每一位诗人作品前都有译者用心写的诗人生平和著作。……这本书是最早对我启蒙的翻译诗选"。他写道："从这本有系统的翻译诗选，我第一次读到爱蜜莉·狄瑾荪，透过余光中精彩的译笔给我极大的震撼，爱蜜莉形容'报纸像松鼠赛跑'、她看到蛇感到'骨髓里降为零度'、写殉美则是'直到青苔爬到了唇际，／将我们的名字遮掩。'，多么新颖迷人的比喻。"文中也说："另一本也对我影响很多，余光中于1972年（初版于1968年）译著的《英美现代诗选》。准确而有系统的译诗，可以让人上天堂，年少懵懂，一开始遇见的是这两本书，算是好运。"另外，他还提到了诗人陈黎的相同经验："陈黎在《当代世界诗抄》的译诗杂记中也提到：'上大学时读余光中先生译的《英美现代诗选》，觉得受益匪浅。'"[15]

单：的确，那时候很多人，包括我个人在内，都靠你译介的英美诗歌启蒙，因为你不只译诗，而且介绍诗人的生平与特色。甚至后来我到大陆访问时，都看到《美国诗选》的简体字版，得知这本书在大陆也有相当的影响。

余：那时候这种书不多，现在则每年都很多。

---

[15] 《我不伦不类的文学启蒙》刊登于2012年12月5日《中华日报》副刊，B7版。感谢羊忆玫主编提供。《英美现代诗选》新版于2017年7月出版，是余光中生前出版的最后一部作品，增加了七十九首译诗。

单：你曾有"译绩"一说，也就是"翻译的成绩"，我算了一下你的"译绩"，到目前为止你总共译了十五本书，其中包括诗歌八种，戏剧四种，小说两种，传记一种，几乎囊括了所有的文类。[16] 请问你在翻译不同的文类时，有什么不同的要求？

余：翻译诗歌当然下的功夫比较多，因为跟我自己的创作有关，相互影响。也就是说，我翻译哪一类的诗多了，那类诗就会影响到我的诗体。当然，我自己运用文字的方式也会带到翻译里面来，那是一定的。至于戏剧，因为是要上演的，所以要顾及演员跟听众。我翻译的戏剧就是王尔德（Oscar Wilde）的四部喜剧，他写的台词很单纯，不会多用"complex sentence"（复杂句），比较多的是"simple sentence"（简单句）或"compound sentence"（复合句），所以对我的中文反而是另外一种挑战，也就是要怎么样翻得像口语，却又不流俗，因为他用的是伦敦上流社会的口语，所以译成中文也应该比较文雅。

余光中将王尔德的四部喜剧全部翻译成中文。

---

[16]　参阅本书附录。

五、翻译策略与技巧

单：我今年（2012）10月访问爱尔兰，发现当地出版了一些经典语录（quotations）选集，其中入选最多的是王尔德，就是因为他的妙语（witticism）。请问你是如何把他的作品汉化的？

余：汉化当然有各种方式，如果可能的话，我尽量贴近原文，有少数典故我就把它化开了。比如说，在《不可儿戏》（*The Importance of Being Earnest*）中，两个年轻人在一起，忽然有人大按门铃，其中一位就对另外一位说：这一定是欧姨妈来了，因为"只有亲戚或者债主上门，才会把电铃揿得这么惊天动地"。其实原文是："Only relatives, or creditors, ever ring in that Wagnerian manner."我没有直译成："按门铃按得像华格纳的音乐一样。"因为这个典故中文读者未必能够了解。另外一个例子就是，一个女孩对刚刚向她求婚成功的男孩说："It is rather Quixotic of you."我就没把这句翻成："啊！你多像堂吉诃德啊！"而是翻成："你真是痴情浪漫！"

不过除了少数这种例子，我都尽量贴近原文。原文雅一点或俗一点，直接一点或间接一点，我都尽量配合。当然王尔德的游戏文字很多，都是挑战。有的时候不得已，他的双声我就用叠韵来翻，叠韵就用双声来翻，译得比较自由、写意一点。有的地方当然也得迁就中文的习惯，像有个地方是个劳小姐（一位老处女）对蔡牧师说："A misanthrope I can understand."若直译应该是："一个厌世者我可以了解。"她接着说，"[But] a womanthrope, never!"这里"womanthrope"是王尔德发明的字，根据"misanthrope"而来，表示是"厌恶女人的人"。所以我就翻译成："一个人恨人类而要独善其身，我可以了解——一个人恨女人而要独抱其身，就完全莫名其妙！""独抱其身"就是抱独身主义嘛，跟前面的"独善其身"还有点……

单：对仗……

余：……pattern（句式）相仿。所以他的文字有的地方我就朝另一个方向发展，这样中文才比较有味道。

单：《不可儿戏》前一阵子在台北的戏剧院重新上演，我特别前往观赏，之前香港也曾用粤语演出。你刚刚提到翻译剧本时会特别留意演出的效果，这方面能不能多加说明？

余：那个剧曾在香港演出两年，也就是 1984 年、1985 年，第一年演出十三场，其中八场是用粤语，五场是用普通话。因为是在香港，所以广东话的效果更好。即使是以广东话演出，我的译文也不需要改多少。这是很好的考验，也就是你的译本要能通过导演、演员，看他们欢不欢迎，最后当然是落实在观众身上。

单：是的，演出时稍纵即逝，不像读剧本那样可以一读再读。

余：对，没有 second chance（第二次机会）。读的话可以慢慢想，那是另一种语境。

单：你对演出的结果满意吗？

余：我觉得还蛮受欢迎的，因为一路听到笑声，大、小笑声加起来有二三十次。所以《不可儿戏》在香港演出之后，1985 年还到广州演了三场，用的是广东话。然后 1990 年在台北的戏剧院演了十二场，1991 年高雄也演过三场，其他像《理想丈夫》（*An Ideal Husband*）在台北也演过。

单：会觉得自己翻译王尔德是棋逢对手、将遇良才吗？

余：王尔德很会讲俏皮话。《不可儿戏》只花了三个星期就写出，我则花了六个星期译出。他只要把他的妙语分配给这几个角色就可以了，所以很快就写了出来。当然，另一方面，他也有戏剧家的 stage craft（舞台技巧），这个就不光是语言的造诣了。也就是说：一个秘密要在什么时候泄露？向谁泄露？这个穿来插去是戏剧技巧、舞台技巧，而不是语言技巧，而他的戏剧技巧也很不错。

单：据我所知，其实你在着手翻译王尔德之前，已经做了很多年的准备功夫。我听周英雄老师说过，几十年前你在师大英语研究所教他们翻译的时候就用王尔德……

余：……作为教材。我要他们班上，像是周英雄、余玉照等，五六个人轮流翻译。一方面王尔德的剧本情节很有趣味，另一方面也是让学生练习，彼此观摩，尤其里面是浪漫的 courtship（求爱），大学生或研究生正处于这个阶段，所以他们都很喜欢这种教法。[17]

单：是的，这等于是把翻译、戏剧、表演、教学、生活……都结合到一块。那你翻译小说的要求呢？因为小说还涉及叙事和描述。

余：小说跟戏剧相同的地方是也有对话，可是小说的对话不一定是针锋相对，并不是耍嘴皮子那么俏皮。我翻译的小说各有不同。《梵谷传》的对话很多；《录事巴托比》的对话很少，因为巴托比本来就不大讲话；而《老人和大海》几乎没有对话，除了开头和结尾，老人跟海只讲了几句话，中间都是他喃喃自语，跟想象中的大鱼对话，所以情况很不一样。这是小说跟戏剧交叠的地方。当然，小说有写景，有叙事，写景要感性，叙事要生动，这些也都是考验。不过，译诗译惯了，对于写景就一点也不怕了。至于叙事，因为国人一般翻译抒情诗比较多，叙事诗因为长，很少人翻译，所以叙事也是一个考验。我的位置是中间偏右一点，这个右就是文言，我可能多用一点文言来翻，白话与文言在理论上似乎是 incompatible（不相容），可是有时候用文言来应付英文的拐弯抹角

---

[17]　根据周英雄教授 2013 年 1 月 15 日的电子邮件，这是 1966 年至 1967 年台湾师范大学英语研究所的翻译课，试译王尔德的《不可儿戏》，班上除了他之外，还有余玉照、许长庚、何进丁与蔡进松。参阅笔者《却顾所来径——周英雄访谈录》(《却顾所来径——当代名家访谈录》[台北：允晨文化实业股份有限公司])，页 422。

比白话方便一点，像是碰到一句很长的英文，用文言往往比较容易处理。

单：你对于白话与文言有"常变"之说。

余：是的，"白以为常，文以应变"，也就是以白话为常态，以文言来应变。此外，文言也有 relative pronoun（关系代名词），比如说"者"，像"迟到者"等等，倒是很有用，英译就是"whoever"，你要是用白话来翻，反而显得很啰唆。所以中文筹码愈多的人，翻译起来愈方便。要是能把握文言、俚语、colloquialism（口语），都是有帮助的。当然，有些困难是很难克服的，像是翻译美国小说时，黑人讲话要怎么翻译？因为在中文里没有对应的，诸如此类的问题。还有律师讲话，属于专业用语，这些都是困难之处。不过，翻译者也就像数学家一样，碰到一些难题，像世界三大难题，给你破解了，也算是了不起。

单：刚刚谈的是你的部分"译绩"，而你针对翻译以及翻译体或欧化文字的议题也写过许多文章，像 1999 年合肥的安徽教育出版社出版了黄维梁与江弱水编选的五卷《余光中选集》，其中第四卷《语文及翻译论集》收录了十八篇文章；2002 年北京的中国对外翻译出版公司出版了《余光中谈翻译》，收录了二十二篇文章，并由你的好友散文家、翻译家思果写序。在那之后你还陆陆续续发表了不少相关的文章。在这些论述中，你表达了一些对于翻译的基本看法，比如说，你比较倾向于译文要像译入语（target language），而对译文体有一些批评。

余：译文体就是所谓的 translationese，大部分是负面的字眼，也就是叫人一眼看出来就是翻译，另一种翻译是一眼看来就像创作，这两个极端都不好。因为翻译不单是翻译内容，也翻译表达的方式，如果能多介绍一点到中文里来，也可以 enrich（丰富）中文的语法。所以翻译应该在内容上、形式上都有贡献。如果太迁就译文的读者，就会太油滑，too facile, too easy；如果太迁就原文，又会和读者格格不入。这两个极端都要避免。所以一方面要让译文读者觉得你的文字很好，另一方面又要看得出你的译文里有一点原文的长处，那是最理想的。

单：你自己是散文名家，曾说自己想拿散文做实验，"尝试把中国的文字压缩，捶扁，拉长，磨利，把它拆开又拼拢，折来且叠去，为了试验它的速度、密度和弹性"。[18] 身兼作者和译者的你，会觉得自己在创作时比较放得开，而在翻译时比较拘谨吗？

余：作者遇到自己不了解的东西可以绕道而过，或者根本不碰。身为译者呢，原文已经在那里了，得要交代出来。我的原则是：不要跳过去，原文有的我都翻过来，至于翻得够不够好是另外一件事。前些日子我就问张淑英，某某人翻译的 *Don Quixote* 好不好？她说："很好，very readable（很容易读），可是有些段落跳过去了。"我觉得这个不足为训，因为跳过去就等于是改写，adaptation，就不能 claim to be translation（宣称是翻译）。当初我翻译《梵谷传》时，梁实秋老师说："光中啊，那本书很长啊，你就节译好了。"我心想："你翻译莎士比亚都没有节译，为什么劝我节译？"当然，《梵谷传》的作者史东（Irving Stone）比不上莎士比亚，可是我还是要对得起他啊，对不对？我可不愿意一开头就做一个 adapter（改写者）。

其实，我还有一篇翻译很多人没有注意到，因为那一篇《论披头的音乐》出现在我的散文集《听听那冷雨》，大概是一万字的译文。那是翻译罗伦（Ned Rorem）一篇讨论披头四（The Beatles）的文章，文章写得很好，我也很花气力去翻译，当中有一些地方不好译，因为乐队的名字形形色色。比如说，美国有一些由几个人组

---

[18] 引自《逍遥游》的《后记》（台北：大林出版社，1969），页208。

成的乐团，其中之一叫 The Association，这很难翻，我就把它翻得江湖一点——"大结义"，从桃园三结义联想起，这样好像跟江湖歌手比较接近一点。[19]

六、翻译教学

单：你除了论翻译，也教翻译。请问你在哪些学校教过翻译？

余：台湾师范大学，还有香港中文大学。中文大学有翻译系，而且学生可以翻译一本书代替论文。好像中文系也可以用翻译来代替论文，因为我指导过中文系的学生翻译《杜甫传》。我在中山大学也教过翻译。

单：你在不同的地方教翻译，会用不同的方法吗？

余：倒没有不同，大概都用同一个标准，当然香港的学生有时候会用粤式中文。我也在美国教过中文，那是很基本的中文，不过就可以看出中英文很大的不同。比如说，有一次我考试时出翻译题，题目是："It was raining, wasn't it?"那些美国学生就翻成："它是雨了，它不是吗？"诸如此类面目全非的翻译。

单：有人说翻译是艺术，没办法教。也有人说，翻译可学，但不可教。请问你是怎么教翻译的？

余：实在是不太好教。我在中山大学至少教了七八次翻译。

---

[19]《论披头的音乐》刊登于 1971 年 8 月 14 日至 15 日《中国时报·人间》，18 版，收入《听听那冷雨》（台北：九歌出版社有限公司，2008），页 229–246。文末注明是 1971 年春译于丹佛，附注指出"本文曾经收入 1969 年的文选《作家与问题》（*Writers & Issues*, edited by Theodore Solotaroff, Signet Books, New York.）"。有兴趣的读者可参阅 Ned Rorem, "The Music of the Beatles," *New York Review of Books*（January 18, 1968），http://www.nybooks.com/articles/archives/1968/jan/18/the-music-of-the-beatles/。编注：披头、披头四均为台湾对 The Beatles 的译法。

单：在硕士班还是大学部高年级？

余：在硕士班，也有些博士生来选。教翻译的过程，我在《翻译之教育与反教育》那篇文章中讲得很详细。[20] 一学期如果是十五个星期，我可能前面九个星期教英译中，后面六个星期教中译英。这是每星期三小时的课，两小时是笔译，一小时是口译，译王尔德。

单：口译除了王尔德之外，有没有教 simultaneous interpretation（同步口译）？

余：没有。

单：你在军中当翻译官时有没有口译？

余：就是笔译，翻译公文，因为那时候还有美军顾问团，但从未口译。

单：你在《翻译之教育与反教育》中特别提到"眼高"与"手高"，能不能稍加阐释？

余：很多教翻译的老师自己未必翻得好，就像教创作的老师自己的创作也不见得一定很好。因为学者运用的能力是 analytical（分析的），而创作者的能力是 synthetic（综合的）。比如说，诗中用的比喻很多是综合的，因为牵涉两样东西。教学则还是分析比较多。

单：是的。另外，批改翻译是很花时间、费气力的。

余：我曾经对学生说：翻译题如果是英译中，我等于是在改你的中文；题目如果是中译英，我等于是在改你的英文。但他们的中文往往不够好。我要他们很认真地写在有格子的稿纸上，一个萝卜一个坑，方便我修改，而且跟学生说："这可能是你们一生中最后一次认真学习如何写中文、如何用标点的机会了。"凡是有错，我

---

[20]《翻译之教育与反教育》刊登于 1999 年 7 月 17 日至 19 日《联合报》副刊，37 版，收入《举杯向天笑》（台北：九歌出版社有限公司，2008），页 108–119。

都要改过来，如果是用字不当，那还简单一点，改句法就比较复杂，要勾来勾去，或者重写一遍，这最麻烦了。也有人整个句子漏掉，那就要扣分。我的等级分为A、B、C、D，C就是警告了，D就是不及格，大部分是给B-，偶尔有A-，那已经是很好的了。

单：你做事总是一笔不苟，包括批改学生作业和担任翻译评审，因为我曾三度参与梁实秋文学奖翻译类的评审，亲眼看见你对每篇投稿都仔细阅读并且评分。请问台湾和香港的学生的中文能力有差别吗？

余：两边都有好有坏。英文的了解，大概香港的学生好一点。我在《翻译之教育与反教育》那篇文章里讲到整个教学的过程：第一个星期由我出题，第二个星期学生交作业，第三个星期我把改好的作业发还给他们，第四个星期他们把我改的重抄一遍交来，第五个星期我把重抄的改好发还给他们，没有错的当然就不改了。所以一个轮回要五次。一般的教学情况是老师改了、批了个分数之后，学生就不看了。为了避免出现这种情形，我就强迫学生再抄一遍。

余光中多年担任梁实秋文学奖翻译类的选题与评审，从笔记本可看出他逐一仔细评分。（单德兴摄影）

而且我告诉他们，如果重抄的时候想到更好的译法，就用自己想到的，不一定要完全抄我改的。经过这番学习，有些学生看得出有进步，但遇到中文很差的学生，那就没办法了。不过我觉得一个学期的时间不够，一学年可能会好一点。

单：有老师亲自示范，教学效果应该满不错的。

余：希望如此。还有，中山大学外文所硕士论文也可以用翻译代替，译文至少要八十页，前面要有 critical introduction（绪论）。

单：绪论是用英文撰写吗？

余：对。英文绪论至少四十页，加上中文翻译，分量也蛮重的。这样的论文我指导过三个人：林为正翻译吴尔芙的《心屋魅影》（Virginia Woolf, *A Haunted House*），何瑞莲翻译莱斯贞的《黑暗中的旅行》（Jean Rhys, *Voyage in the Dark*），以及傅钰雯翻译贝娄的《可翠娜的一天》（Saul Bellow, *What Kind of Day Did You Have?*）。最后那本译得很好，应该拿去出版，因为我改过了，应该还 presentable（上得了台面），而且贝娄的作品是不错的。

七、翻译评论

单：除了教翻译之外，你还评论翻译，尤其是 2002 年出版的《含英吐华：梁实秋翻译奖评语集》，最近一篇译评则是刊登在 8 月号《印刻》有关台大文学翻译奖的评析。

余：梁实秋翻译奖我从开头便参加，前后有二十几次，花了不少功夫。

单：《含英吐华》这本书收录了这些年的评语，一年一篇，其中又评翻译、又改翻译、又示范翻译，看怎么样能把原作翻译得更好，是很具特色的 practical criticism（实际批评）。

余：我在别的场合也有这样的实际批评，比如说，我评过美国汉学家白之主编的《中国文学选集》（Cyril Birch, *Anthology of Chinese Literature*），指出他们有些中文翻译不对。

单：是的，那是你很早之前写的书评。

余：是在政大担任西语系主任的时候写的。

单：是在什么场合之下写的？是谁邀请你写的？

余：我不记得登在哪里了，因为这种文章里的原文太多，报纸上不方便刊登，所以应该是刊登在期刊。[21] 至于是在什么场合，我已经不记得了。有些时候汉学家实在是……中国古典文学好像是他们的殖民地。艾略特（T. S. Eliot）甚至鼓吹说，庞德（Ezra Pound）发明了中国古诗。我常常批评庞德，不管他的英文诗写得多好，但他随随便便翻译东方文学实在不应该。这些都是明显的错误。穆旦（本名查良铮）的错误也多得很，像是有名的《夜莺颂》的最后一段："Forlorn! the very word is like a bell / To toll me back from thee to my sole self!" 原意是："寂寞啊！这字眼像一记钟声，／敲醒我回到自身的孤影。"他翻译成："啊，失掉了！这句话好比一声钟／使我猛省到我站脚的地方！"[22] 他以为这里的"sole"是"脚掌"的意思，这个就是英文不好。翻译得不对的地方，是无可抵赖的，你要去提醒他；如果是见仁见智的地方，就不必了。要抓就抓这种绝对的错误。

单：证据确凿。

余：白之就有这样的错误。

---

[21]　余光中于 1972 年至 1974 年曾担任台湾政治大家西洋语文学系主任。《庐山面目纵横看——评丛树版英译〈中国文学选集〉》（*Anthology of Chinese Literature: From Early Times to the Fourteenth Century*, ed. Cyril Birch [New York: Grove Press, 1965]），刊登于《书评书目》14（1974.6），页 38–53，收入《青青边愁》（台北：九歌出版社有限公司，2010），页 247–267。余文中用的名字是"白芝"，陈东荣表示该汉学家本人用"白之"。
[22]　余光中与穆旦两人译诗之对照，参阅《联合文学》302（2009.12），页 131。

单：即使是汉学家，在翻译中国古典诗词时，格律、韵脚……

余：……完全不管。我给学生中译英大半都是陶渊明的《桃花源记》、韩愈的《杂说》等等，他们看到这些都很怕，我就安慰他们说："不要怕。汉学家也只不过走在你们前面几步而已。"

单：以你评审诗歌的标准——这里主要来自你有关英诗中译的要点，像是句长或行长、句法、文法、用韵、语言的掌握、抑扬顿挫——来评论那些汉学家的翻译，恐怕都不及格了。

余：至于英诗中译最大的缺失就是句长往往失控，不是翻得太短，就是翻得太长，或者前后长短差别太大，这就给人不像诗的感觉。当然，如果翻译的是自由诗，句子本来就有长有短，那就无所谓。如果原文是格律诗，句长的控制就很要紧。如果原文实在很复杂，中文十个字就是交代不了，那就只好牺牲意义最轻、可有可无的字。我不愿意把这一行的意思在第二行补足，因为这样子又侵犯了第二行文本的意思。所以句长往往是一般人最大的缺点。至于句法，要顾及中文的习惯，太离谱的也不行。很多地方在翻译时被动可以变成主动，自己要斟酌，但如果一律变成主动，就又太油滑、太屈就于读者了，还是失真了。文法当然也包括句法，两者不太好分。比如说，我翻济慈（John Keats）的十四行诗，有些诗句必须倒过来译才行。我常常举的一个例子就是莎士比亚的诗"Let me not to the marriage of true minds / Admit impediments"，英文可以这样表达，但中文不行。因此，我最强调的翻译的问题就是句法的问题。另一个我觉得比较次要的问题就是名词的译法，而苏正隆就很强调这些，像是"maple"不该译为"枫树"诸如此类的事。我主要要解决的是文法、句法的问题，因为这是最大的问题，其次才是单独的字眼该怎么翻。

用韵是一大考验，很多人用得不好——或者是不会用韵，或者用的韵太走音。像浙江大学的江弱水指出，穆旦是用浙江话来押韵，那就不行。徐志摩也有这个问题。像"寒酸"，他们讲"寒碜"，穆旦译成"寒仓"，其实"寒仓"也不像浙江话，追根究底就是他自己中文不好，译了别字，拿"寒碜"来押 ang 的韵，那就糟糕了。用韵对诗人是一大学问，用得太油滑，就变成好莱坞的歌曲，像是"I love you. I love you. I hope you love me, too. Yes, it's true. It's true."这种是很小儿科的。语言的掌握包括雅与俗的问题、平易与深奥的问题，当然这也是另一种考验。至于节奏方面，如果原文起起伏伏，译文也要跟着起起伏伏。原文是高潮，译文也要跟着高潮。

单：你在《文法与诗意》一文挑战"唯诗人始可译诗"的迷思。[23] 一般人自认没资格批评这个长久以来的说法，但你是诗人，又是翻译家，有本钱来批评这个迷思。

余：因为很多诗人写的是自由诗，没有格律诗的警觉，没有格律诗的 practice（实作），一旦要他翻译格律诗就没有办法了。格律诗就是在一个小的空间里面要能够回旋天地，要能够 maneuver in a limited space，这就是一大技巧了。

单：刚才讲用韵，是指注音符号的韵、古代诗词的韵，还是中华新韵？

余：我觉得应该用现代人说话的音。古代人是按照词谱来，我们不是写旧诗，就不需要采用那种韵。像古诗一东、二冬还有差别，对不对？白话诗在听觉上是一种和谐的呼应就够了。偶尔出现押得不正也无所谓，但如果经常押得不正就很不好。其实英诗本身也常不协韵，例如 love, move; heaven, given; glee, quickly。

单：我看你翻译济慈，他有很多押韵的诗，但要完全符合好像

---

[23]《文法与诗意》刊登于 2007 年 3 月 20 日《联合报》副刊，E7 版，收入《举杯向天笑》（台北：九歌出版社有限公司，2008），页 257–261。

也有困难。

余：有时候济慈是用 Spenserian stanza，也就是 ababbcbcc。有时翻译没有办法完全照着他的用韵来押韵，可是至少要让读者在读译文的时候看得出这是一首押韵的诗。至于韵的次序是不是完全正确，这倒可以稍微通融，不过只要有可能，我总是追随原诗的用韵。

八、编译与转译

单：会不会觉得译诗比自己写诗还辛苦？

余：可是译诗比较不需要有 original idea（创意），因为你面对的是已经完成的艺术品，只要尽量去接近它就好了，翻译是 an art of approximation（逼近的艺术）。至于自己写诗，你写的主题就是原文，你的诗反而是译文，要把你的 idea 翻译出来，那又是另外一回事了。

单：根据我手边的资料，你总共编译了八种诗选集：

1960 《英诗译注》[*Translations from English Poetry (with notes)*]

1961 《美国诗选》[*Anthology of American Poetry*]

1961 *New Chinese Poetry*（《中国新诗集锦》）

1968 《英美现代诗选》[*Anthology of Modern English and American Poetry*]

1971 *Acres of Barbed Wire*（《满田的铁丝网》）

1984 《土耳其现代诗选》[*Anthology of Modern Turkish Poetry*]

1992 《守夜人》(*The Night Watchman*；增订二版，2004；增订三版，2017）

2012 《济慈名著译述》

余：不过《美国诗选》不能算，因为我大概译了其中的五分之二。[24]

单：但也是六位译者中译得最多的一位了。

余：对。《满田的铁丝网》后来变成《守夜人》，所以也不能算两本。[25]《土耳其现代诗选》则是从英文转译的。

单：能不能谈谈转译？

余：因为你不懂第一手的原文，而英文本已经是译文了，所以会觉得 you have more freedom to improvise（有更大的挥洒空间），因为谁晓得英译是不是忠于原文，当然也不能轻视它。所以我花了一个夏天把《企鹅版土耳其诗集》（*The Penguin Book of Turkish Verse*）中的现代诗选译成中文，觉得也很值得，因为这种少数民族的文学应该有人介绍。当然我不能拿这个作为主要的译绩。《英美现代诗选》等于有点是在编，不过不是如自己的意愿在编，而是就自己已经翻译的诗来编。

单：不过就像李进文那篇文章所说的，由于以往信息普遍不发达，《英美现代诗选》在当时是开风气之先，你的译作，包括对作者的生平简介、诗风介绍、艺术观、文学观等等，发挥了蛮大的译介功效。

余：我只有在自己对诗有特殊看法时才敢下一些断语，一般都是根据已有的书上的意见，把它介绍过来而已。也就是说，除了一般的介绍之外，只有 poetic critic（诗评家）才能做这种事，这时就

---

[24] 该诗选由林以亮编选，挂名的四位译者依序为张爱玲、林以亮、余光中、邢光祖，其他还有梁实秋与夏菁。全书收录了十七位美国诗人，一百一十首诗，余光中一人就译了五十一首诗，并撰写十一位作家的生平与作品介绍。参阅本书《在冷战的年代——英华焕发的译者余光中》中"《美国诗选》（1961）"一节（69–77）。

[25] 参阅本书《含华吐英：自译者余光中——析论余光中的中诗英文自译》附篇《余光中英文自译诗作之演变》。

不只是介绍，而是评介了。

单：所以你参考了一些英文资料……

余：我是尽量看。有时候我选择性地转述他们的意见，有时候则是我自己的断语。

单：《土耳其现代诗选》和你从英文翻译过来的其他诗相较，会不会更有异国风味？

余：这要看专有名词，像是地名和人名。比如其中有一首一百多行的长诗，我觉得他们那种写法相当灵活。有些诗看不出是不是格律诗，也许原来是格律诗，但英译本把它自由化了，这就很难判断。甚至有的诗我还引用到自己的散文里，像是《记忆像铁轨一样长》最后就是用土耳其诗人写火车的那八行诗。[26]

九、自译与他译

单：除了转译以外，你还有自译，像《守夜人》就是你"译绩"中比较特殊的自译诗。

余：是，很少人自译。西方成名的诗人比较少做这种事情，一时想不到有什么先例。在当前全球化的浪潮下，非主流语言的作家往往会翻译自己的东西。若你是小说家，通常就有很多人会帮你翻译，相形之下，诗人就比较少。

单：有关自译，你为《守夜人》所写的序言很有意思：翻译自己的诗时是作者兼译者，总不会有"第三者"来干涉，品评译得对或错。

---

[26] 该文引用了土耳其诗人塔朗吉（Cahit Sitki Taranci）的《火车》（"The Train"）一诗："去什么地方呢？这么晚了，/美丽的火车，孤独的火车？/凄苦是你汽笛的声音，/令人记起了许多事情。/为什么我不该挥舞手巾呢？/乘客多少都跟我有亲。/去吧，但愿你一路平安。/桥都坚固，隧道都光明。"

余：这本自译诗集我最近会再改编，拿掉两三首，再增加十几首。

单：请问拿掉和增加的标准是什么？

余：拿掉的是自认译得不好的，或者也有其他考虑，增加的则是一些新译。[27]

单：我曾经比较《双人床》的两个英译，一个是你的自译，另一个是叶维廉的翻译，结果发现不管在节奏、行数或句型上，他的英译都比你的自译更忠实于中文原诗。而你因为是 author（作者），反而觉得更有 authority（权威）针对英文读者放手去翻译或改写。[28]

余：叶维廉有他自己的诗观，像是认为诗最好没有主观的判断，只有客观景物的呈现，并举王维为例。但王维因景生情，只是唐诗的一种写法，像杜甫和李白就有很多主观判断的句子。因此他的诗观当然也是一种说法，可是未必 generally applicable［普遍适用］。他比较强调直译，可能也是因为这个关系。

单：请问你的诗有多少外语译本？

余：很少，德文本（1971 年《莲的联想》）算是例外，另外最近还有一个韩文本，此外都是和别人一起收录的选集，有一个日文本收录了我、郑愁予、杨牧、白萩四个人的诗。我最近在杭州碰到一位旅日中国诗人田原，[29] 他在日文界是翻译中文的一个名家，他

---

[27]　有关余光中自译诗的特色、意义与流变，参阅本书《含华吐英：自译者余光中——析论余光中的中诗英文自译》正文与附篇。2017 年的修订新版《守夜人》各增删十三首。

[28]　参阅本书《含华吐英：自译者余光中——析论余光中的中诗英文自译》"双语者译：自译与他译"一节（118—125）。

[29]　田原于 20 世纪 90 年代初留学日本并获得文学博士学位，现于日本的大学任教，日语诗集《石的记忆》获得日本现代诗人协会主办之 2010 年第六十届 H 氏奖最高奖项。H 氏奖由协荣产业创办人及诗人平泽贞二郎（Teijirō Hirasawa, 1904—1991）于 1950 年成立，取其姓氏的第一个英文字母为名。

《莲的联想》德译本（左）与余光中诗集韩译本（右）。（资料来源：网络）

就发现有很多台湾诗人的专集有日译本，但没有我的，所以他说要帮我翻译。我的诗作外译的很少，其中恐怕有一个原因，就是那些译者认为你自己都会译嘛，我何必来翻译，免得译出来之后你会不接受，可能有这层关系。

单：你懂韩文吗？

余：不懂，但我还是看得出译得是不是很忠实。因为我知道原文题目是什么之后，再看行数是一样的，长短也和我原诗差不多，至少在形式上是比较忠实的，没有用 free hand（信手）来译。

单：这样身为被译者，会不会稍微感受到被你翻译的英文诗人那种高兴、焦虑或期盼？

余：我想这个有差别。西方主流语言的那些作家被人家翻译，未必会那么高兴，因为他们被译的机会太多了。反过来说，像我们亚洲作家被翻译成西方主流语言，会是比较难得，因为全球化基本上只是西方化而已。

单：确实如此。

十、翻译推广

单：你另一个重要角色是推广翻译。记得你多年前在政大担任西语系系主任时，就以一系的经费来举办全校中英翻译比赛，我就是从那个比赛开始尝试翻译，培养出浓厚的兴趣，后来多年从事翻译，近年又投入翻译研究。你在这方面更大的影响就是这二十五年来的梁实秋文学奖翻译类，以及这两年的台大文学翻译奖。身为翻译的推广者，你的动机如何？实际的作为和成效又如何？

余：音乐、绘画比较有国际性，但语言本来就是民族性的，为了促进世界文化交流，我想每个国家都需要翻译。既然要翻译的场合很多，所以就需要推广。比如所有的宗教推广，像是佛经、《圣经》、《古兰经》等等，都要靠翻译。翻译根本就是文化传播的一大宗，这是很自然的事情，因为世界上不能读原文的人太多了，即使学问好的人，也不能通晓所有的文字，总要靠翻译。因此，纪德（André Gide）有句名言："每一位优秀的作家在一生中至少该为祖国翻译一部优秀的文学名著。"

单：你提倡翻译奖，跟当初参加《学生英语文摘》翻译比赛得奖的经验有关吗？

余：那当然也是一种鼓励。

单：你当初参加翻译比赛，之后也借由奖项来提倡翻译，像是梁实秋文学奖翻译类，这二十五年来你一直都扮演着最关键的角色。

余：是的，以梁实秋文学奖翻译类为例，其中就包括选题与评审。而且，除了颁奖之外，还要写评语，这个评语不是三五句而已，而是很深入的，甚至要告诉他们要怎么样翻才会更好，像这些都跟一般的奖不太一样，应该是对社会有相当的作用。

单：梁实秋文学奖至今已经举办了二十五届，整整四分之一个

梁实秋文学奖第二十二届赠奖典礼合照（2009 年）。前排左起：陈东荣、谢鹏雄、朱炎、余光中、蔡文甫、张晓风、阿盛、李瑞腾；后排左起：陈耿雄、（不详）、连育德、单德兴、许裕全、陈济民、愚溪、顾燕翎、吴思薇、冯杰、林育靖、（不详）、（不详）、李云颢、薛好熏。（九歌出版社有限公司提供）

世纪，回顾起来，你对这个奖有什么看法？

余：恐怕世界上，至少在华文世界，我不记得有哪个翻译奖办这么久的，普通大概是三五年。尤其在早年，抗战一来或是内战一来就没有了。而且这跟翻译的内容也很有关系，必须是在政治变化少的地方，否则政权变来变去，翻译的内容都会受影响。这二十几年来相当安定，这个奖能维持这么久不容易，我希望能够一直办下去。

单：经过二十五年之后，接下来要由台湾师范大学接办，等于梁实秋回归到他曾经任教多年的学校，在这方面独具意义。

余：要看他们请谁来评审了，关键在这儿。

单：你曾在文章中提到翻译的"三合一"身份：作者—学者—译者。记得金圣华有一篇文章专从这三个角度来讨论你。[30]

---

[30]　金圣华，《余光中：三"者"合一的翻译家》，收入《结网与诗风：余光中先生七十寿庆论文集》，苏其康编（台北：九歌出版社有限公司，1999），页 15–42。

余：这个"三合一"的现象恐怕在台湾多一点，大陆少一点，所以王蒙曾经说过：作家应该学者化，也就是多读书，甚至于多读翻译评论，这些都是对创作有帮助的。[31]

单：如果回到基本的问题，你认为翻译的本质与作用是什么？译者的角色如何？

余：译者的角色是普及者，促进文化的交流。

单：有没有所谓理想的译者？如果没有的话，好的译者有没有什么基本条件？

余：我们只能说更好的译者，而不能说完美的译者。这个很难说，译文可能比原文好，或者比原文差，因为译者可能把难的地方跳过去或边缘化了等等。如果译得不够好，当然不理想，译得太好了也不行，就是要跟原文很接近。原文比较粗，译文也得粗一点，原文比较细，译文就要细一点，是不是？所以我觉得译者并不一定是把译入语运用得最好的人。

单：能不能比较一下台湾、香港、大陆的翻译？

余：大陆的翻译我看得比较少，因为我宁愿去看原文，除非担任评审，才会去比较译文跟原文。另外有一种现象就是，我看三地的文章，许多在文体上根本就是翻译。

单：有没有哪个地方的翻译体特别严重？

余：这个祸害香港和台湾都难免，不过大陆比较严重。因为马列经典是翻译过来的，而且他们所推崇的鲁迅提倡直译。[32]

单：你回想起来，有没有代表译作，或者心目中比较好的翻译计划？

---

[31] 王蒙,《一个值得探讨的问题——谈我国作家的非学者化》,《读书》11（1982），页 17–24。

[32] 参阅笔者《寂寞翻译事——刘绍铭访谈录》(《却顾所来径——当代名家访谈录》[台北：允晨文化实业股份有限公司，2014]），页 288。

余：我有的翻译是被动的，有的是主动的。像翻译《美国诗选》就是被动受邀，主动翻译的有《梵谷传》《老人和大海》，还有诗选，并没有所谓的代表译作。创作可能江郎才尽，翻译却应该是会愈老愈好，因为有经验的累积，译者大概不大容易江郎才尽。

另一方面，我觉得翻译这件事，"国科会"介入是对的。[33]应该更重视翻译，不管是在预算或升等方面，如果翻译也能作为升等的重要参考，很多学者就不会完全不从事翻译。

单：今年（2012）"国科会"争取到经典译注计划的绪论和注释可以作为升等的参考著作，但还不能列为主要著作，因此还在继续努力中。请问你对翻译的未来有何看法或期许？

余：因为全球化的缘故，翻译在未来应该是会愈来愈普及，但翻译可能是没有办法完全国际化的，因为翻译的本身就是局部化，把外文作品翻译成本国语文，所以将来会更需要翻译，甚至于最流行、最普遍的电视节目的访问、对话，还有电影的说明等等，都是翻译，这些有的时候还翻译得蛮好的。

十一、翻译策略与译者地位

单：翻译中长久存在着有关直译与意译的争辩，但你对这种二分法好像不太同意？

余：是的，我早在《英美现代诗选》中就表示过："对于一位

---

[33] 此处指的是经典译注计划，自 1997 年开始推动，除了出版译注的经典之外，并在全台进行系列讲座，参阅《为时代译经典——人文社会经典译注系列计划》，收入《闪亮 50 科研路——50 科学成就》（台北：二鱼文化事业股份有限公司，2010），页 223–227。笔者的《格列弗游记》经典译注版与普及版（台北：联经出版事业股份有限公司，2004，2013）为此经典译注计划的成果。

有经验的译者而言，这种区别是没有意义的。一首诗，无论多么奥秘，也不能自绝于'意义'。'达'（intelligibility）仍然是翻译的重大目标；意译自有其存在的理由。然而文学作品不能遗形式而求抽象的内容，此点诗较散文为尤然。因此所谓直译，在对应原文形式的情形下，也就成为必需。在可能的情形下，我曾努力保持原文的形式，诸如韵脚、句法、顿（caesura）的位置、语言俚雅的程度等等，皆尽量比照原文。"我现在还是维持这样的看法。

单：另一方面，就异化与归化这两种翻译策略而言，你在多篇文章中指出欧化语法的不妥，主张译文要像译入语，要避免翻译体。所以在这两者之间，你是比较偏向于归化？

余：是的。这是现在翻译理论上的一个焦点。比如我刚才讲的，王尔德的剧里按电铃像华格纳那一句台词，我就把它改了，这在人家看来就是归化。不过也要看情形，看设定的读者是谁，是要给行家看的呢？还是要普及、要启蒙？那可能决定不同的做法。

单：像今日世界出版社那套美国文学译丛以及流行的《读者文摘》，基本上是以一般中文读者为对象，所以倾向于归化，要求译文要像中文。有这个背景的思果就倾向于归化。

余：那是因为其目标是一般读者。这中间还有一个问题，就是文学批评该怎么翻？文学批评的对象当然都是 high brow（上层读者），像《中外文学》就充满了那样的翻译与术语连篇的表达方式。

单：此外还有可译与不可译的问题。

余：大致上来说，诗歌的意象比较可译，音调比较不可译。因为语言基本上是比较民族性的，所以像音调这种具有民族性的东西就比较不可译。意象则不一定，因为一个突出的意象，换成另外一种语言时，可能还是很突出。

单：翻译还牵涉很多实务方面的问题。

余：理论应该落实到实务上，以我而言，如果我自己有什么理论、什么基本的看法，都是我经验的归纳而已。

单：是的。再就译者的地位来说，你多年前就为译者鸣不平，指出一般人认为译者在创意上不如作家，在研究上不如学者，以致译者的地位低落，酬劳菲薄，也未能获得学术上的肯定。你觉得这个情况如今有改善吗？译者的地位提升了吗？

余：这里还牵涉另一个问题，像经典译注计划针对的是经典之作，而跟当代潮流有关的作品，像村上春树啦，则不包含在内。当然潮流可以变成经典，但这要由时间来决定。简单地说，流行与否，由市场决定，可是权威与否，应该由文化与学术当局出面。比如说，给学者足够的时间与报酬，让学者能皓首穷经，十年磨一剑。如果要他在三个月内翻译一本村上春树的作品，那是可能的，但要翻译但丁（Dante）或绥夫特（Jonathan Swift），那当然就没办法。我觉得涉及经典或快要失传的东西，像昆曲，政府应当介入，予以适当的关照。

单：翻译与学术建制的关系是你几十年前就关切的议题。现在以你身为翻译大家、文坛大老的身份，有没有什么呼吁？

余：编译馆现在并入了教育研究院。应该要有机关用足够的经费来赞助翻译，让译者能够放下其他的工作，专心于翻译。如果翻译的待遇够好的话，花三五年甚至更长的时间来翻译外国的经典，这是很正面的事。

十二、未来翻译计划

单：如果时间和体力允许，还想翻译哪些作品？

余：我希望至少再翻译两本书。

单：哪两本？

余：其中一本就是希腊裔西班牙画家葛雷柯（El Greco, 1541—1614）的传记。[34]

单：为什么想翻译这本书？

余：因为《梵谷传》的影响不错，我想再翻译一本画家的传记。相关的学术研究比较枯燥，但画家传记一般读者会比较有兴趣，对画家也有鼓励作用。因为我对画知道得多一点，对音乐则比较外行。另外想再翻译一本小说，不过有名的小说大概都被翻译了，也许就翻译诗，一些长一点的诗，比如苏格兰诗人彭斯的《汤姆遇鬼记》（Robert Burns, "Tam o' Shanter"），这是一个幽默的苏格兰民俗故事。类似这种一两百行，甚至三百行的诗，至少再翻译三五篇吧。

单：像你翻译济慈的长篇叙事诗，就很不简单。

余：济慈的好诗，我几乎全译了。而他比较长的诗，像 *Endymion*（《恩迪米安》）之类的，并不是很成功。济慈这位经典诗人，我已经翻译得差不多了，或者我再翻译一点丁尼生（Lord Alfred Tennyson）或者哈代（Thomas Hardy）的诗。[35] 我想要选些比较叙事的诗，因为中国的新诗、现代诗大多是抒情的，所以多翻一些叙事诗，让我们的诗人可以借鉴，应该会有一点帮助。

---

[34]　根据张淑英教授 2013 年 1 月 15 日的电子邮件，"葛雷柯"在西班牙文的字义是"希腊人"。此人原名 Doménikos Theotokópoulos, 希腊文为 Δομήνικος Θεοτοκόπουλος, 自希腊前来西班牙，起初并未受到国王腓力二世（Felipe II, 1527—1598）重用，有些不得志，西班牙人不知如何称呼他，干脆称他为"那个希腊人"。

[35]　修订新版的《英美现代诗选》收录了哈代的七首译诗，其中《冬晚的画眉》（"The Darkling Thrush"）来自先前的《英诗译注》。

十三、翻译与创作

单：你提到翻译可提供创作者借镜，这又牵涉翻译和创作的关系。一般人认为从事翻译的人欠缺创意，不过你很早之前就反驳过这种看法了。

余：创作、翻译、抄袭，这三者之间的关系很吊诡。整段都一样，当然是抄袭；如果部分相同，部分不太一样，或者是一种improvement（改进），那就不全然是抄袭，也不全然是模仿，而是受到启发。还有，一篇东西三个人翻译得都不一样，可见个性和修养还是有区分的，对不对？否则忠实的翻译应该三个人翻出来是一样的，结果却不一样，可见这中间多多少少就有创作的成分。

我觉得我的翻译可以倒过来影响我的创作。比如我有一个时期翻译狄瑾荪的诗，那个时期我就写了不少类似句法的诗，有点受她的启发。所以翻译可以倒过来影响译者创作的风格。同样地，作家从事翻译时也自然会把自己的风格带入译作中。因此，彼此之间是互相影响的，甚至于我的英文都会倒过来影响我的中文，但我的中文当然不会去影响英文，因为英文是学来的。

单：你先前提到翻译可以达到enrich（丰富）的效果，对你来讲，创作和翻译其实就是mutual enrichment（彼此丰富）？

余：应该是这样。现在还有一种理论，认为应该以作者当时代的语言来翻译，像莎士比亚是四百多年前的人，中译时就该以四百年前的中文表达方式来翻译。用一种很假的archaism（古语）来翻译外国几百年前的经典之作是不是好呢？这个都是可以讨论的。当然，现在很多改编把莎士比亚的台词变得像当代的嬉皮，类似的情形也是有的。所以翻译实在是讨论不完的有趣议题。

单：你对翻译或译者有什么期许？

余：译者往往是学者，甚至也是位作家。我觉得学者如果能认真翻译，对于做学问是很有帮助的，因为可以使学问落实。作家若是能分出精力来翻译，不但对他的社会有帮助，对个人的文体也一定有帮助。所以学者也好，作家也好，就算自己不出手翻译，能够选几本好的翻译来看，对自己也是有帮助的。

单：你曾说过自己"写作生命的四度空间"和"四张王牌"：诗、散文、翻译、评论。如果以这四项而言，你会如何看待自己将来在文学史上的地位？

余：文学史大概会注意作家的创作，翻译可能是次要的考虑，譬如雪莱也翻译过不少东西，可是人家研究的大多是他的创作，详尽一点的文学史才会提到他的翻译成就，一般的就不提了。

单：外文系的老师经常会主张外文系的学生应该读原文，不要读翻译。但是就台湾的外文系学生而言，要他们用原文来读经典之作，有时会有困难。所以你觉得外文系的学生应该完全看原文，还是可以参考译本？如果参考的话，要参考到哪个程度才不致妨碍他们学外文，而是有助于他们更了解原文？

余：为了应急，比如说要考试了，或是要一个 quick reference（快速的参考），看翻译比较快，看原文到底比较慢一点。美国学生往往考试到了就找译本，甚至找电影来放一放。这个当然是不正当的代用品，不很可靠。我觉得可靠的、踏实的翻译比二三流的创作更重要、更有启发。如果那个翻译前面有序，后面有注解，交代得很清楚，那么这个译者同时也就是个研究者。最糟糕的是前面没有序，后面又没有注解，没来由的就出现翻译，像是电影脚本或说明书，这是很不负责任的，多少都要有一点交代才行。翻译是要做功课的，像是林为正，他不错，蛮聪明的，我指导过他翻译 *Platero y yo*（《小毛驴与我》）……

单：他是从西班牙文翻译，还是从英文转译？

余：从英文转译的。书中的韦尔瓦（Huelva）位于西班牙西南部海边。我先前问他，这个地方在西班牙哪里？他说不出来。我说，你至少要看一看地图，了解地理位置，可以帮助你了解文中为什么会出现这些事情。所以译者应该是做了很多功课才下笔的。像我翻译《梵谷传》，里面出现了许多跟梵谷有来往的画家，就应该多少了解那些画家是做什么的，他们跟梵谷的互动如何，那对翻译一定有帮助。

单：是的，我看你最近由九歌出版社重新出版的《梵谷传》，后面附了许多画家的信息，比较有名的画家附了很长的注。你还特地画了一张梵谷行程图附在书里。

余：这多少是个 scholarly attempt（学者式的尝试），试着以地图来说明。而且那本书后面的画家条目等于是一个小词库，按照姓氏字母次序排列，是我看了很多书之后才下笔的。

单：回到先前有关译本使用的问题：如果外文系学生的英文普普通通，但要读王尔德，那你觉得他们应该怎么办？是读你的译本？还是把你的译本跟原文对照着读？

余：如果为了应急，或是纯欣赏的话，读我的译本就可以。但是如果是主修外文的学生，对照原文才能得到更多的益处。

单：如果是学翻译的呢？

余：那就更要中英对照了，应该会有点收获。另外，像是《济慈名著译述》里有大概五六页专门告诉读者该怎么读济慈的诗，这就比较是学者的方式了。

单：是的，那也就是为什么今年（2012）4月中旬在那本书的新书发表会上，我特别提到你想借着绪论与翻译把金针度与人，一方面我当然知道能不能学到，其实要看读者的努力与悟性，但另一方面，我们看得出你苦口婆心，使出浑身解数，希望能把自己的心得传授给读者。

余：你当时也问到要不要为济慈诗中的典故加注解，其实他诗中的典故实在是太多了，而且我当时在时间上也来不及，就留给读者自己去翻辞典、参考书了。

单：令爱幼珊是英国浪漫诗的专家，能不能帮忙？

余：她自己够忙的了。

单：若你时间不够，又不容易找到专人注解，另一种方式也许就像维基百科那样，在网络上开放让有兴趣的人参与。

我们师生结缘四十年，都没有像今天这么深入交谈，从各方面了解你对翻译的看法。非常谢谢你今天接受访谈，分享多年的宝贵经验与心得。

《济慈名著译述》新书发表会。左起：单德兴、余光中、彭镜禧。（九歌出版社有限公司提供）

后　记

　　余老师在访谈中提到，他就读金陵大学外文系一年级时曾翻译贝西尔的剧作《温坡街的巴蕾特家》，场景就是伊莉萨白·巴蕾特（即后来著名女诗人布朗宁夫人）的故居。我于次年（2013）6月访问伦敦时，特地走访其位于西敏市（City of Westminster）温坡街五十号的故居，高墙上有一赭红色匾牌标示女诗人 1838 年至 1846 年居住于此，但现已成为伦敦大学学院（University College London）心脏科医院，不对外开放。至于两人秘密结婚的教堂（St Marylebone Parish Church），特辟一布朗宁室（The Browning Room），彩色玻璃缤纷鲜艳，上有文字标示两人"1846 年 9 月 12 日在此教堂庄严成婚"（此彩色玻璃成为《伦敦文学行脚》[*Walking*

温坡街的伊丽莎白·巴蕾特（后来的布朗宁夫人）的故居（左），墙上的赭红色匾牌（右上），以及她与布朗宁秘密结婚的教堂内的布朗宁室彩色玻璃（右下）。（单德兴摄影）

Literary London] 导游书的封底照片）。我在两地拍照留念，返回台湾后趁赴高雄中山大学参加余光中人文讲座咨询委员会议时，将照片当面赠送给余老师，令他颇为惊喜。[*]

---

[*]　原载于笔者《却顾所来径——当代名家访谈录》（台北：允晨文化实业股份有限公司，2014），页 184–230。

勤耕与丰收
——余光中访谈录

主访人：单德兴

时间：2010 年 6 月 11 日

地点：高雄中山大学文学院外文系

余光中教授与单德兴合影。（李有成摄影）

前　言

我多年来进行台湾地区的英美文学与比较文学学者访谈，上溯至朱立民、齐邦媛与周英雄三位教授。[1] 前两位在大陆时期已完成大学教育，并未在台湾就学，周教授早年师事余光中教授，较晚一辈。而余光中老师不仅在海峡两岸接受大学教育，其身兼作者／学者／译者的身份也使得此一访谈具有独特意义。此访谈在于了解早期台湾的外文学门生态，两年半后我又与余老师进行翻译方面的访谈，并经他本人修订后出版。[2] 余老师于 2017 年 12 月过世后，我整理手边的录音资料，发现此访谈有不少珍贵的第一手信息，其中不少涉及翻译，特别整理出来，虽无法再请余老师本人校正，但努力查证相关资料，并感谢张锦忠博士提供高见。

正　文

一、青青子衿，台大岁月

单德兴（以下简称"单"）：请问你哪一年进入台大外文系？

余光中（以下简称"余"）：1950 年，插班外三。我在大陆读

---

[1]　参阅笔者与李有成、张力主访的《朱立民先生访问纪录》（台北："中研院"近代史研究所，1996）；笔者的《翻译面面观——齐邦媛访谈录》《曲终人不散，江上数峰青——齐邦媛访谈录》与《却顾所来径——周英雄访谈录》，分别收录于《却顾所来径——当代名家访谈录》（台北：允晨文化实业股份有限公司，2014），页 231–267、309–340、409–441。此外，齐邦媛的回忆录《巨流河》是笔者与赵绮娜博士近二十次访谈的基础上改写而成。

[2]　参阅本书《第十位缪思——余光中访谈录》。

过两个大学，先是在金陵大学（后来并入南京大学），读了一年半。之后在厦门大学读了半年，一学期。后来插班考进台大外三，用的是厦门大学的转学证书。

单：你觉得那时候的台大外文系，跟金陵大学、厦门大学的外文系相较有什么不同，尤其是课程方面？

余：这个很难比。为什么呢？我读金陵大学的时候，外文系是一个小系，大一的时候班上只有七个 full-time students（全修生），其中还包括名教授吕叔湘（语言学家）的女儿吕霞。外文系其他年级的学生也不多，非常奇怪。后来因为战争的关系就去了南方，所以我在金大读到大二上学期，二下是在厦门大学读的。那时候因为战争的关系，经常罢课、罢教、罢工，所以一学期大概有三分之一被罢掉了，非常动荡。金陵大学是一所教会学校，我们觉得师资不好，当然吕叔湘是很了不起，不过没有教到我们，不晓得怎么搞的，那里的师资相当空洞。厦门大学因为没有上什么课，跟老师也没有多少接触。系主任叫李庆云，是澳洲回去的华侨，教得不错，他改我们作文是把我们叫到身边，直接改给我们看。我后来离开厦门大学，考进了台大外文系三年级。其实当时我的心中认为最了不起的大学是北大。我在 1947 年考取了北大，是从南京的考区考进去的。我接到了北大的入学通知书，可是当时北方已经围城，所以就不去了。我到了台大一听，喔！有梁实秋，那很不错，因为以前对他很有印象。可是他是师院（省立师范学院，现台湾师范大学）的教授，只是来台大兼课。台大的老师中最让我受益的是英千里。当然当时他的名气不是很大，我没听说过他，可是一上他的课就觉得很好。

单：他教什么课？

余：英国文学史和英诗，这两门课对我的益处非常之大。他的好处在哪里呢？他的法文比英文更好，所以 My impression on him was more European than merely English（我对他的印象更为欧式，而不只是英式），他的这种 perspective（观点）就了不起了。他跟那些修女教我们《圣经》是不一样的。他是比较 European perspective（欧洲观点）。他本人是罗马教廷册封的爵士，父亲英敛之是北京辅仁大学创办人，儿子英若诚也是个不凡的人。以他这样的背景讲起中世纪文学，讲起骑士文学（Chivalry），讲起《高文爵士与绿骑士》（*Sir Gawain and the Green Knight*），就是头头是道，我们听得非常入迷。

那时候梁实秋也到台大来教莎士比亚，可是我没有选他的课，因为我知道自己的缺点，如果选了他的课一定不会好好读，成绩会不好，为了预防这点，我反而不修他的课。不过我倒是去他家里，把我的作品拿给他看，他立刻回信，说你的诗太浪漫了，无论从创作或评论的角度来看，你都太浪漫了。他说你应该要知道还有现代诗这回事，于是他就开药方，说你应该多读点叶慈（W. B. Yeats），多读点哈代（Thomas Hardy），但没讲到艾略特（T. S. Eliot）。他的药方当然不是很新，不过对我还是有用的，仅仅指出不能浪漫到底已经是一个 antidote（解方）了。

单：你可以说是他的私淑弟子吗？

余：对、对。其实当时台大的教授阵容还不错，也都蛮负责任。教戏剧的黄琼玖，她丈夫是大法官。黄琼玖对我们非常客气，循循善诱。教我们散文的是修女，只教圣经，不教别的，这点让我们觉得闷闷不乐。赵丽莲也教我们，她的发音当然是很优美。

单：她教什么？

余：也是教我们《圣经》，没有讲到什么文学。有一个老师真正教我们古典文学，就是曾约农，他后来创办东海大学。他总是教希腊、罗马的一些观念。他上课提到希腊最早的柏拉图（Plato）、亚里士多德（Aristotle），说这些圣人长得很丑，我也长得很丑，所以我可能是个圣人，我们就觉得很有趣。还有黎烈文教法文。

单：《冰岛渔夫》的译者。

余：他的大名我倒是听过的，法国文学的翻译者，而且我知道他是鲁迅的门人。鲁迅出殡时，他是十二个执绋人之一，可见关系之亲密。当时除了外文系老师，还有中文系的台静农，我那时不清楚，后来发现他也是鲁迅的传人。还有一个许寿裳，也是鲁迅的follower（传人），在台静农之前担任中文系主任，所以这些人都有一点韬光养晦，尤其是台静农。

单：那时候外文系还有吴炳钟跟钱歌川？

余：我进台大时，钱歌川已经离开了，他以前在台大当文学院院长。有一说钱锺书来过又回上海去了，没有进台大。

单：是你念书的阶段，还是更早？

余：在那之前，大概1949年。甚至朱光潜也来过又走了。

单：吴炳钟呢？

余：吴炳钟老师我接触最多了，因为他比较年轻。其实我在大陆读大学耽误了一些时间，所以进台大时已经22岁了，应该是一般人毕业的年纪我才进台大。他教我们时大概才28岁，比我只大6岁。

我们很崇拜他，因为他英文讲得非常流利，purely Yankee accent（纯纽约腔）。他是当时的number one interpreter（口译第一把交椅），在国际场合他不是"数一数二"，而就是"数一"了，当然也做书面的翻译。当时赵丽莲办了一个《学生英语文摘》，这在当时的英语教学是一个台柱，何况她还在电台不断推广英语教学，所以她是在彭蒙惠（Doris M. Brougham）之前最有影响力的英语教师。吴炳钟就帮着赵丽莲的杂志编其中翻译的一个section（部分）。那个杂志办了很多年，读者很多，跟赵丽莲亲自在电台上教英语很有关系，可说是相得益彰。还有间接、没有教过我们但也起了一点作用的夏济安。夏济安就在《学生英语文摘》上开了一个专栏，我只记得他介绍的作家大都很新。[3] 吴炳钟在《学生英语文摘》上也开专栏，并主持英翻中比赛，我得到了第一名，奖金五十块钱，可能等于现在的五千"新台币"，所以他很欣赏我。他对于英诗的了解有点 haphazard（随意），很喜欢拜伦（George Gordon Byron），会背几行诗给我听。他对古典音乐的欣赏也影响了我，我常常跟他在咖啡馆听古典音乐，他会指指点点说怎么好怎么好。我积极翻译跟他也很有关系，他就等于是我的 model［模范］，不过他毕竟是口译多，笔译比较少。

单：刚刚提到外籍修女，除了神职人员之外，有没有其他外籍教授？

余：就是修女跟一些神父，神父没有教到我们。倒是后来我在师大教书的时候，我的同事是傅良圃神父（Rev. Fred Foley）这一班人。而且 Father Deeney（李达三神父，John J. Deeney）直接介入我们年轻这一代的现代文学运动。

早年外文系的教授、老师，跟文学有关系的，差不多都给梁实秋的大名罩住了。梁实秋身为英语老师，终身从事翻译，再加上他在小品文上的贡献，他几乎……He nearly overshadowed every other teacher of English（他几乎盖过其他所有英文老师的风采），何况师大的英语系统大概都是他的学生辈，张芳杰、杨景迈等人都把他奉为大师。当时我这一代还没有成熟，中间有一个断层，就只是梁实秋的形象。

至于夏济安，他的声望接不上梁实秋。夏济安其实是一个先

---

[3] 夏济安的专栏为 "Grammar Road, Rhetoric Street"（"文法路，修辞街"），以新批评（New Criticism）的手法，仔细分析文本，其中大多为当代英美小说，总计四十六篇，后来结集为《现代英文选评注》（*Grammar Road, Rhetoric Street*），1959年6月由台湾商务印书馆出版，为《学生英语文摘》各专栏中名声最响亮、影响最持久的结集。

知啦，对现代化、现代主义等等是个先知。尽管夏济安对于白先勇这班有影响，但对我的影响就比较少，我毕业之后他才跟我有了交集。还有就是，他虽然这么的杰出，可是英文大概讲得不那么流畅，当时有学生反映到傅斯年校长那边去，傅校长还去旁听，听说夏济安非常紧张。傅校长听过以后觉得这个人学问不错，所以他的做法还是有一点五四余风，就像傅斯年这帮人当年去旁听胡适的课，觉得这个人学问还不错，就不要反对他。

单：你毕业的时候修了多少学分？

余：不记得了，要去查数据。其实说来我很惭愧，我是学分不足，到了1952年我已经应届毕业，可是没有拿到文凭，一直到1954年，我做翻译官之后两年才拿到。为什么？因为还有中国文学史没有读。

单：那是必修的吗？

余：必修。好像台大的规定跟我在金陵大学的学制不一样，所以出现了一个误差。当时我已经做翻译官了，不能老是去听课，所以我就跟台静农说，我恐怕不能老来听课，不过我来考试行不行？当然台静农不大高兴，他当时不置可否，最后就勉强给我六十分。

单：你将来可是要进入中国文学史的人……

余：这是一大 irony（讽刺）了。

单：还记得当时上课用的一些教科书吗？

余：那个时候根本离 Norton 还很远，大概一直到颜元叔回来台湾，才把 Norton 介绍进来。[4]

单：20世纪60年代后期。

---

[4]　此处指的是 The Norton Anthology of English Literature（《诺顿英国文学选集》）。当时台湾的外文系／英文系在台大朱立民、颜元叔的倡导下，大幅修订课程，遵循新批评重视文本的作风，文学史由以往重视史实，改为重视文本，基本上英国文学史必修两年，美国文学史必修一年。

余：对，将近二十年后的事情。我外三、外四班上成绩最好的是几个女生，标准的模范生。我去借书时就发现我借的书，她们从来没有借过；她们借的书，我也不会去借。甚至老师指定要看的书，我也没去看，因为那时我想做一个新诗人，大半精力花在这上面。

单：大学这个阶段对你将来作为文学创作者的养成是很关键的。

余：在台大两年我就不断投稿到"中央日报"副刊，也就出了点名。当时有一些现在的名学者跟我一起发表，之后我才认识夏菁、覃子豪这一班人。

二、年轻热情的译介者

单：你毕业后当三年翻译官，当时的役期是三年吗？

余：大概两年半，其实我做一年应该就期满了，但我自动留下来，前后快要三年的样子。

公务不忙时，我就翻译《梵谷传》（Irvine Stone, *Lust for Life*），因此那本书大半是我在办公室里翻译出来的。当时我甚至还在《学生英语文摘》上维持过一年的专栏，每个月翻一两首英文短诗，后来我的第一本译诗集《英诗译注》收录的有不少就是那时翻译的诗，其中第一次大都发表在《学生英语文摘》，那也是在吴炳钟的鼓励下。

单：译注英诗时有没有一些基本原则，比方说怎么选诗、注诗？设定的是哪些读者？

余：我当然主要是选短的诗，不过偶尔也有长的，像诺易斯的《强盗》（Alfred Noyes, "The Highwayman"）就上百行。我翻译兴趣相近的诗，愈翻愈多。所有这些东西——写新诗，最早翻译英文诗，然后信心满满地去翻译《老人和大海》(Ernest Hemingway, *The Old Man and the Sea*)与《梵谷传》——都是在大学毕业三年内做的事情。1952年我从台大毕业，1953年我翻译的《老人和大海》就在《大华晚报》上连载。当时晚报的发行人是耿修业，竟然接受一个大学刚毕业第二年的年轻人的翻译在他的晚报上连载了两个月。可能是因为我投稿的"中央日报"副刊也是他编的，孙如陵是他的继任者。他对我身为诗人的印象已经很好，竟然相信我可以翻译海明威。

大陆有三大翻译出版社，其中之一就是南京的译林出版社。今年(2010)那家出版社看中了我早年翻译的《老人和大海》，想要重新出版，我答应了。答应之后，我把以前的译稿拿出来准备修改，一看，发现自己以前的翻译实在是差得很远，并不是因为误解英文，而是中文根本不搭衬。海明威的风格简直就是 anti-Victorian(反维多利亚)，很少用有学问的 periodic sentence(掉尾句，把重要信息放在句子末尾)，很少用 compound-complex sentence(复合句)。他大半都是用 simple sentence(简单句)，中间用 and 连起来，偶尔所加的 subordinate clause(从属子句)都很短。你不会把他的句法跟詹姆斯(Henry James)或乔伊斯(James Joyce)联想在一起。我当时还没有准备好翻译这种风格，反而翻得太文了，所以我花了一个半月重译，最近才交件。

单：因此，修订本在风格上更贴近原文。

余：更接近海明威的风格。海明威写的是老头子啊，一个古巴的老渔夫，跟那个小孩子。他在岸上的时间不多，大多一个人在海上自言自语，心里面想的事情占了绝大篇幅。像这样一个教育背景的人，能动员的 vocabulary(词汇)是有限的。尤其海明威是新闻记者出身，新闻记者一定是要快，要简洁，第二句就要知道发生什么事情。当时我的译笔跟不上，我也知道翻得太文，所以最近花了一个半月改得比较像口语，而且像打鱼的人，没有受高等教育所讲的话。

单：如果研究这两个先后的译本会很有意思。

余：两个译本差别很大。新译本差不多修改了一千多处。

单：有写新的序言吗？

余：有，我写了新的序言。

单：新的版本书名还是《老人和大海》吗？

余：不是。大陆要我改成《老人与海》，我就跟着改了，我原先的作者译名"汉明威"也改成"海明威"。

单：关于这本书的翻译，我有两个问题。第一，这是不是跟你的台大毕业论文有关？第二，你的译本与张爱玲的译本孰先孰后？

余：我连载的译文绝对在她前面，不过我连载是在1953年，出书是在1957年，中间这个空当，张爱玲出了书。至于我翻译这本书是不是为了毕业论文，台大当时有一个不明不白的规定，大学部毕业也要有毕业论文，那我到哪里去写什么论文呢？恰好那时正在翻译，我就把这个翻译交给我的指导教授曾约农，他也没有改，就大而化之给了一个八十分就算了。

单：所以你连载时的《老人和大海》应该是华文世界第一个译本？

余：我想是，我是直接从 *Life Magazine*（《生活杂志》）翻译过来的，也就是海明威最先发表的园地，当时还没成书，插图都是《生活杂志》的配图。我在我未来太太的家里看到这个，很兴奋哪，不假思索就来翻了，真是莫名其妙！

单：有慧眼哪！

余：我第一年翻，他第二年得普利策奖，第三年得诺贝尔奖。

单：张爱玲的译本在香港初次出版的时候，是用"范思平"的

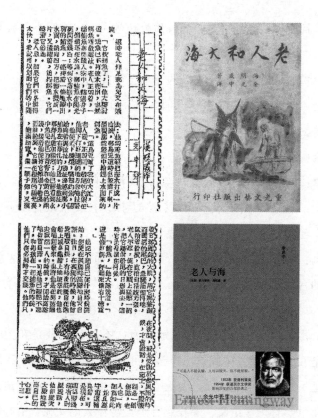

余译《老人和大海》最早于《大华晚报》连载（左），1957 年出版单行本右上，2010
年出版简体字版，易名《老人与海》（右下）。（单德兴提供）

笔名，后来海明威得奖，此书再版，张爱玲加个序，这次才用她的
本名。后来才是由今日世界出版社出版。[5]

---

[5] 张译《老人与海》最早于 1952 年 12 月由香港的中一出版社出版，译者署名
"范思平"；1954 年 11 月的版本中译者改用本名张爱玲，并增加两页的序，其中提
到她对该年度诺贝尔文学奖得主海明威的喜爱；1962 年由香港的今日世界出版社出
版的版本删去张爱玲的序，改用李欧梵翻译的贝克（Carlos Baker）的长文为序。

三、任教师大，赴美求学与讲学

单：你是什么时候开始到大学教书的？

余：我教书也是很暧昧的。大学毕业后，我做了三年翻译官，后来是夏济安在东吴大学兼课忙不过来，叫我去代他，因此我一开始教大学是在东吴大学兼课。东吴的课兼了一学期，教的是很离奇的一本书：辜鸿铭翻译的《中庸》，*The Conduct of Life*，我备课备得很辛苦。当时蒋经国的女儿也在我班上。后来梁实秋就讲，你不如来师大教，于是我就到师大，那是第二年，应该是 1956 年，我才在师大教大一英文，名义上是助教。这样教了一年大一英文，梁实秋问我愿不愿意接受 Asia Foundation（亚洲基金会）资助去美国读书。但是如果去的话，读哪方面呢？夏济安就出主意了，他说你想做一个诗人，不如去爱奥华，这是他建议的。

然后爱奥华一年回来，1959 年就正式做师大英语系的讲师，一直到 1964 年，担任专任讲师五年。1964 年我又去美国，这次是去教书，而且是博尔布莱特计划（the Fulbright Program）的访问学者。当时规定，到美国教书至少副教授才有资格。当时的"国际文教处"张隆延说，这个人不同，他有资格，也就让我去了。去了之后的第一年，我同时是教育主管部门有案的助教、师大人事室有案的讲师，也是美国一所大学的副教授（associate professor），就是这么很奇怪的一个过渡。无论如何，在师大这五年的讲师生涯，还有备课的经验，对于我日后成为一个英诗的学者是非常重要的。

单：你是怎么个备课法？

余：地毯式的准备，反正不认识的字一定要去查，背后的意义一定要揣摩。当时也没有多少参考书可以看，开头一两年光是备课几乎都是到晚上一点钟才睡觉。以前自命喜欢读英诗，是用一种欣赏诗的态度，这下你要负责教了，就得很认真地学，因此我真正认真读英诗是在教的时候，就那么五年打下了基础。

单：你到美国是教中国文学吗？

余：对，反而是教中国文学，在那里掉过头来用英文准备如何讲中国文学，那也是很辛苦的。

单：在哪一个学校？

余：名义上是 Fulbright visiting lecturer（傅尔布莱特访问讲者），一开始都是一些小学校，像伊利诺伊州的布莱德利大学（Bradley University），然后是一些师范学校改成的大学，像中央密歇根大学（Central Michigan University），第一年还包括第二学期的盖提兹堡大学（Gettysburg College），那个学校比较有点地位，也算是我第一次认识东部。到了第二年西密歇根大学（Western Michigan University）面试我之后正式聘我为副教授。

单：你对于比较文学的兴趣是什么时候奠下的？

余：当初是无名有实地在比较，其实我很早就 unprofessionally（非专业地）开始了。就像钱锺书绝对不认为他只是比较研究者，可是他凭着自己的学问早已经在比较了，像是《谈艺录》。真正呼吁这个运动的还是颜元叔。当时夏济安在介绍的是新批评，颜元叔从美国带回来的也是这个东西跟比较文学。

单：所以在台湾介绍新批评最早的应该算是夏济安吗？

余：应该是他。

单：后来一般人的印象是颜元叔带进了新批评。其实夏济安评彭歌的小说《落月》那篇文章已经是新批评的手法了。

余：他也是借由详细的文本分析，对不对？

单：对。你再回来教书时，台湾的教学内容跟课程设计有没有什么改变？尤其有关外文教育。

余：当时都是图书馆里有什么书，或者亚洲基金会供给我什么书，我就用什么书。这些书有的编得很好，不过现在已经不流行了。

单：其实像朱立民老师出去念书，也是由亚洲基金会资助，希望他回来能提倡美国文学，听说师大的英语教学中心，当时由林瑜铿教授负责，也是接受亚洲基金会的资助。

余：其实早年台湾的外文系、英文系所教的大半是美国文学，也是因为美国文学参考资料取得容易，British presence（英国势力）很微弱的，甚至在香港都微不足道，因为就是要你直接读英文，懒得透过翻译来作媒介。倒是"美国新闻处"（United States Information Service，以下简称"美新处"）在香港发挥了很大的功用，不但有本杂志叫《今日世界》，里面有不少翻译，而且成立今日世界出版社，翻了几百本美国文化与文学的书。这是英美之间很奇怪的一个易位。[6] 今日世界出版社翻译的文学作品清一色是美国的，没有英国的。所以在一般读者心目中，文学就是美国文学，而对英国文学比较生疏。

单：听说亚洲基金会还大量送书？

余：对，我在师大当讲师的时候，家里有很多美国诗这类的书，都是"美新处"送给我的。要我翻的书就等于是送给我了。当时大家买不起原文书，也看不到多少原文书。

单：你参与翻译林以亮编的那本《美国诗选》，译者包括张爱玲等人。

余：我大概译了五分之三，宋淇（林以亮）、邢光祖、张爱玲、夏菁、梁实秋其他五个人译了五分之二。

单：那本书的编排方式是先有林以亮的序言，接着是各个美国诗人，依出生年代顺序排列，每篇先是诗人的简介，然后是译诗，

---

[6] 参阅笔者《美国即世界？——〈今日世界〉的缘起缘灭》，《摄影之声》20（2017年3月），页18–25，以及《冷战时代的美国文学中译——今日世界出版社之文学翻译与文化政治》，收录于《翻译与脉络》（台北：书林出版有限公司，2009），页117–157。

还有译注。我记得我们念大学时，很受益于今日世界出版社翻译的那一套美国文学，尤其是《美国诗选》。我还记得你在坡（Edgar Allan Poe）的简介中，特别提到翻译他的诗的难处。

余：是的，internal rhyme（行中韵）。

单：还有alliteration（头韵）。我记得你举了一个例子，就是"止步"或"驻足"这样的双声叠韵。

余：是的。

单：是林以亮邀你翻译的吗？

余：也不是直接。林以亮主编那本书时，找不到人跟他合作，后来吴鲁芹告诉他，台大有一个毕业生还不错，所以就找上我。他看了我译诗的样品就决定邀我入伙。

单：所以是通过吴鲁芹，而不是夏济安的关系。

余：他们三个人一伙是上海帮，读洋大学的，老在一起。

单：你上过吴鲁芹的课吗？

余：没有。他是台湾的"美新处"里华人职位最高的。他在洋人主管下，有时也愤愤不平，才会写出《鸡尾酒会及其他》那种散文。

四、政治大学时期的教学与改革

单：后来是谁请你到政治大学西洋语文学系当系主任的？

余：吕俊甫，他本来在教育系，勉强担任西语系主任，所以一直要找人接他，是在他力劝之下我才去的。

单：你对外文教育改革也着力甚深。我们那时候不仅受益于你主导下的西语系课程改革，对于你主编的《大学英文读本》（*University English Reader*, 1973）也印象深刻，在英国文学史的课上不时听你谈起。在那之前台大外文系颜元叔老师也在 1970 年重编了台大的英文读本，取名为 *20th Century English Reader*（《20 世纪英语读本》）。

余：对，我是受他的影响。早年的大一英文课本编得不好，把它当作一种纯语言的课本，不太强调人文深度，其实大一英文、大一国文应该是变相的 liberal education（博雅教育）的教材才对。

单：我记得念政大大一时，英文读本是蓝皮子的，薄薄一册。

余：那本只有七十页，我改编的《大学英文读本》大概有两三百页，采用新观念，内容比较丰富，而且把各行各业的英文都摆进去。

单：那是 1973 年。

余：就是我在政大专任的第二年。

单：记得里面的选文来自画家毕加索（Pablo Picasso）、哲学家罗素（Bertrand Russell）、科学家爱因斯坦（Albert Einstein），有马克·吐温（Mark Twain）的一篇自述，甚至还有《论语》和《庄子》的英译。

余：还有导演希区考克（Alfred Hitchcock）、司马迁的《史记》英译等等。那些注释和作者简介都是自己写的，不是参考书本，像《李广传》就是这样来的。

单：我记得先前的大一英文读本有克拉克（Thomas Arkle Clark）那篇 "If I Were a Freshman Again"（《如果我再度成为大一学生》）和海伦·凯勒（Helen Adams Keller）的励志文 "Three Days to See"（《三日的光明》）。

余：太 cliché（八股）了。

单：你那时候为什么会有这个使命感？

余：其中也有比较文学的启发，至少给西语系本系生一个 initiative（启始），让他们在学英文的同时也接触到中国的古典文学，而且将来留学，不管学哪一行，在跟外国人交谈时，即使单单是呈现中国文学，也知道用英文大概怎么讲。先前那本七十页的课本还有蒋夫人的演讲，这些都太政治化了。

单：以那时候西语系老师或系主任的身份，对本系毕业的学生有些什么期盼？

余：期盼在人文学科方面有更广阔的背景跟特色，尤其不能把英文当作仅仅是种语言，或转入其他行业的跳板。所以我举办的一些活动与比赛，就是要纠正这些观念。

单：记得那时候你安排的演讲题材多元，甚至包括了舞蹈、音乐、美术。

余：我找翟黑山讲爵士乐，吴静吉讲心理，吴炳钟讲翻译。

单：吴炳钟讲翻译那场我有去听，六三三那间大教室爆满，还有不少人站着听讲。

余：当时的行情是教授一个月薪水四千块，一场演讲两百块。吴炳钟的演讲我就自己添了四百块，所以一共六百块。

单：我记得吴炳钟在开场白中特别提到你们师生两人一块骑单车出游。这些讲者中可能吴炳钟最有名，曾在台视主持节目，介绍外国。你从美国回来之后，也在中视主持过一个节目。

余：那是 1968 年，当时我还在师大。我这里还有仅有的一本《大学英文读本》，你看。

单：我记得这封面是克利（Paul Klee）的画。

余：这张克利的画是一本英文情歌集的插图，看起来比较年轻化、比较有趣。[7]

这里比较幽默一点，一开始就是：

---

[7] Paul Klee, "Animals at Full Moon."

Write down your own immortal sayings here.

Never mind the saints and bores in the rear.

这是我写的诗句。

单：原来这两句竟然是你写的。我记得你在上课时偶然提起，封底设计光是为了把长短不一的作者名字凑成一个方块，就花了整整一个晚上。这种事要不是你说出，没人会知道。可是由于有些老师认为内容深了些，后来政大西语系又根据这本加以改编，而且不止一次，但改编后的版本就没有第一版的水平了。因为我后来曾回政大兼课，所以手边有从学生时代第一个版本起的几个不同版本，但现在不晓得还在不在。

余：当年辅仁大学还采用这读本。我还编过一些书，像我为学生书局编了一套现代文学的译本，我自己参与其中的就是《英美现代诗选》，另外还有九本，刚好一套十本，里面有王健、李盈翻译的 The Cannery Row（《制罐巷》），是史坦贝克（John Steinbeck）的作品。[8]

单：刚刚提到比较文学，记得大概是我大三的时候，比较文学学会刚成立不久，印象特别深刻的有两件事。一件就是当时是华文世界比较文学的草创期，台湾没有专攻比较文学的学者，比较文学学会为了提倡这个新兴的学科，安排演讲时都是一位中文系的学者搭配一位外文系的学者，到政大演讲的那回主题是比较小说，由台

---

[8]　余光中为台湾学生书局主编的"近代文学译丛"收录的文类广泛，遍及诗歌、小说、剧本，包括元真译《谁怕吴尔芙》（Edward Albee, *Who's Afraid of Virginia Woolf*, 1962 ）、陈绍鹏译《铁窗外的春天》（A. J. Cronin, *Beyond This Place*, 1940 ）、何欣译《梦境》（Iris Murdoch, *A Severed Head*, 1961 ）、王轶群译《流浪记》（George Orwell, *Down and Out in Paris and London*, 1933 ）、王健、李盈译《制罐巷》（John Steinbeck, *The Cannery Row*, 1945 ）、陈永昭译《贝凯特》（Jean Anouilh, *Becket*, 1959 ）、江玲译《泥土里的娃娃云》（Truth Ben Piazza, *The Exact and Very Strange*, 1964 ）、丁广馨译《捕蝶人》（John Fowles, *The Collector*, 1963 ）等。作家、作品与译者都为一时之选，足证编者的眼光与人脉。

Write down your own immortal sayings here.
Never mind the saints and bores in the rear.

1973 年余光中主编的《大学英文读本》反映了他的博雅教育观，封面与封底俱见创意（左、右），供读者记录心得的空白页底是他自撰的幽默英文诗句（下）。

大外文系的朱立民老师搭配台大中文系的叶庆炳老师。还有一件是在英国文学史课上听你说的。有一回演讲的主题是文学批评，搭配的讲者是台大中文系的张健老师和台大外文系的侯健老师。你就开玩笑说，"张健""侯健"，再加两个"健"就是"四健会"了。

余：是。

单：2008 年到 2010 年我担任比较文学学会理事长时，齐邦媛老师提供了当年比较文学学会的发起书，有十来位学者，中文系与外文系各半，你也签名了，而且好像当选第一届的理事。

余：对，对。

单：其实在那之前你就写过中西文学比较的文章，也从比较文学的观点来讨论翻译，还写过长篇书评，讨论汉学家英译中国古典文学错误之处。

余：我评汉学家，像是白芝（Cyril Birch）等人英文翻译错误的地方。这是在政大的时候写的。[9]

单：那时候台湾的学术界好像有一股风气起来，就是要综合中文系与外文系的学术资源来推动比较文学。

余：先前我已经从对现代主义的追求回到了中国古典来了。我在那之前好多年已经在写评李贺的长文了。我在写《在冷战的年代》里的那些诗的时候，其实已经把自己从新古典主义中拔了出来，去面对两岸新的局势。一方面书的标题就是美苏之间的冷战，另一方面也是指跟大陆不和不战的那个时代。后来香港中文大学邀我过去，我就离开了政大。

单：我们都觉得好可惜。因为大一进来时，你当系主任，我们还没机会修你的课，大二上英国文学史有一年的学习机会。而你的英诗课口碑非常好，开在大三，我们都期待大三可以修你的英诗课……

余：……我就走了，抱歉！

单：……不过就某个意义来说，我们算是老师在政大的关门弟子。

余：总之有选过课了。我最近应政大图书馆之邀，捐了一批写作和翻译的手稿，其中一份资料就是 1972 年教英国文学史的成绩单，你是班上成绩最好的。我把成绩单给政大图书馆时说，你们也许可以把其他人的名字遮掉，不过要露出成绩最好的单德兴那一栏。

单：实在不好意思。我大二时从学校宿舍搬出来，与同学余盛松在外租屋同住，他是客家人，很认真，上课放个大录音机在老师

---

[9] 余光中的《庐山面目纵横看——评丛树版英译〈中国文学选集〉》(*Anthology of Chinese Literature: From Early Times to the Fourteenth Century*, ed. Cyril Birch [New York Grove Press, 1965])，刊登于《书评书目》14（1974.6），页 38–53，收入《青青边愁》(台北：九歌出版社有限公司，2010)，页 247–267。余文中用的名字是"白芝"，陈东荣表示该汉学家本人用"白之"。

的讲桌上，我就向他借录音带来听，尤其老师讲授 popular ballads（民谣）非常精彩，我听得非常有兴趣，自己又额外找资料，像是 *A Handbook to Literature*（《文学手册》），这是我今生第一次如此主动学习。因此那门课上学期我是全班成绩最好的，不过下学期我当班代表，忙着办活动，成绩稍微退步，听助教说，老师还表示关切。

五、多年桃李自成蹊

单：你执教多年，教过许许多多学生，我原本不晓得连周英雄老师也是你的弟子。

余：对。比他更早一两年的是田维新，就是我从爱奥华回来的第一年，1959 年。跟周英雄时代相当的就是曹逢甫。后来改行的朱立，现在是新闻学界的先进。在英语学界的有余玉照、李振清，还有常常做翻译的陈苍多。

单：门生中继续以英美文学或比较文学为主的台面上人物还有哪些？

余：并不多耶！除了你跟李有成、陈慧桦、王仪君、钟玲，还有苏其康、张锦忠、罗庭瑶。古添洪应该也修过我的课。

单：从早期的田维新、周英雄一路下来，几十年来你在台港有这么大的影响力，实在令人佩服。请问身为老师，感到最欣慰的是什么？

余：当然就是得天下英才而教之。能够出于自己之门当然是很不错，不过这种缘分也有一半是在私淑弟子，像陈芳明虽然没有修过我的课，可是也受到蛮大的影响。其他的很难讲，我不能说彭镜禧是私淑弟子，当然我们在翻译这一面有交集，但我不便这样说，要当事人自己承认才行，我不能说他们是自己的私淑弟子，这样有一点 too assuming（太自以为是）。

单：你写序的那些作家呢？

余：多少是，像陈幸蕙编了我好多书，而黄维梁是名正言顺的私淑弟子。

单：有没有估计过在台湾地区这些年来教过多少学生？

余：没有统计过。中间要扣掉美国的五年跟香港地区的十年。有时候兼课会教很大的班，我在师大专任的时候就在政大兼了三年课。

单：教英诗吗？

余：是。我在淡江也兼课，在台大也兼课。台大兼课的时候，苏其康就在我班上。

单：钟玲在台大外文所有修到您的课吗？

余：一学期，她来选课，陈竺筠来旁听过几次。加上香港地区教过的……当然我在香港是教中文系，不一样。

单：这样说起来真的是桃李满天下。请问对于台湾的比较文学或英美文学有没有什么观察或期许？

余：这么多年来，我发现一个很大的改变，就是外文系的学者愈来愈多，作家愈变愈少，中文系刚好反过来，早年是中文系出学者，外文系出作家。这个转变可能出自颜元叔那个时候。现在一些作家像张晓风、张大春等等都是中文系出身。另外，我们对于翻译始终没有很重视，所以虽然有个编译馆，但没有发挥应有的影响力。现在很多文学翻译的计划，都是"国科会"在做，编译馆有点靠边站了。这个角色的调整应该考虑一下。

单：这些年来的经典译注计划，我现在回头想，其实有很多都是你当年做过的，像是你编译的《英诗译注》《英美现代诗选》，或参与的《美国诗选》，除了翻译之外，还加上译注，以及历史背景和作者简介，立下了一个典范。在早年相关资料非常少的情况下，你不但是一位译者，而且还是一位老师，把大家引进门，多年来发挥了很大的作用。

余：我做的也算是比较文学，做得比较踏实的就是龚自珍与雪莱（Percy Bysshe Shelley）的比较研究，有五万字，评论也比较多。至于影响力就难说了。

单：你现在在大陆有很多粉丝。

余：是，有不少大陆的短期讲学，经常来来去去。有二十所以上的大学给了我客座教授。有的时候名义有点差别，像同济大学就给我顾问教授。

单：政治大学和香港中文大学授予你名誉博士学位，大陆的大学呢？像是你当年考上的北大，或曾经就读的金陵大学和厦门大学，他们有没有把握这层关系？

余：没有。他们只给我客座教授。

单：你当年在政大专任的时间虽然很短，但不只为西语系本身、也为政大全校塑造出文学与人文气氛，我个人深深受益，因此我一直在讲，你是我文学和翻译的启蒙师，而且多年来一直对我劝勉有加，实在非常感谢。

余：哪里哪里！你非常出人头地，做学问也很踏实。

单：谢谢老师今天接受访谈，分享你对此地英美文学界多年的观察与宝贵的经验。*

---

* 本文原名《回顾台湾英美文学界——余光中教授访谈录》，载于《英美文学评论》，第 32 期（2018），页 123–148。

守护与自持
——范我存访谈录

主访人：单德兴

时间：2018 年 3 月 12 日

地点：高雄市左营区光兴街余府

范我存女士与访谈者合影。（余幼珊摄影）

前　言

范我存女士有个很特别的名字，是来自留学法国的父亲。她大半辈子守护着身兼作者、学者与译者的余光中先生并照顾家人，六十年如一日，因此被张晓风誉为"护井的人"，黄维樑誉为"护泉的人"。此外，喜好文学与艺术的她也发展出个人的兴趣，如摄影、鉴赏古玉、编中国结，也曾多年担任高雄美术馆志工导览，2017 年底出版的《玉石尚：范我存收藏与设计》（台北：九歌出版社有限公司）结合了古玉与中国结，配上自撰的说明文字，正是多年艺术情怀的结晶。

她与她口中的"余先生"是表兄妹，在大陆便已相识，初中时接获余先生寄来的译诗，颇为叹服。后因时局动荡，先后来到台湾，重续前缘。范女士自幼雅好文艺，余先生早年的成名译作——海明威的《老人和大海》（Ernest Hemingway, *The Old Man and the Sea*）与史东的《梵谷传》（Irving Stone, *Lust for Life*）——原作便得自她家。余先生在征求她的同意后，将翻译在白报纸上的《梵谷传》文稿寄给她，正面是译稿，反面是情书；她把誊抄好的译稿寄还给余先生，送交《大华晚报》连载。两人合力完成此事，诚为文学史与翻译史上的一段佳话。范女士婚后勤俭持家，照顾两家长辈与四个女儿，让夫婿无后顾之忧，得以数度出国求学与讲学，开展文学志业。余先生于诗歌、散文、评论、翻译四方面都卓有成就，全赖范女士提供了最重要的支持与稳定力量。

我在 20 世纪 70 年代初期就读政治大学西洋语文学系时，深获余老师在文学与翻译上的启蒙，唯当时甚少见到师母，直到 20 世纪 80 年代中期他们自港返台后，才较有机会见面。为了避免打扰，我平日甚少电话联系，但每逢前往高雄中山大学，只要有机缘就拜望余老师，后来因为参加文艺活动较常见到老师与师母伉俪。众人心目中的余师母个性爽朗，古道热肠，带有几分侠气，常对世情时事抒发己见。2017年12月我听闻余老师再度住院，特地致电，师母说明发病始末与治疗情形，并告知情况平稳，未料老师病情急转直下，两周后溘然长逝。

2018年3月12日我赴高雄中山大学参加"余光中国际学术研讨会"筹备委员会会议。这项研讨会原为去年7月"余光中人文讲座咨询委员会"会议的决议，当时我因在哈佛大学访学，先行告假。老师于2017年12月14日与世长辞后，筹备委员决定依其生前规划举行学术研讨会，但性质由原先的"寿庆"改为"纪念"。我于12月29日赴高雄参加余老师告别式，彼时不便打扰家属，因此乘今年3月将赴筹备会议，事先联系二女公子幼珊博士，表达希望登门拜望师母之意。后来考虑到众人皆知师母为老师多年支柱，但除了张晓风的《护井的人——写范我存女士》之外，并未看到较长的文字、报道或专访，甚为可惜。在2月24日台北纪州庵余光中特展开幕式时，幼珊特地当众向母亲致谢，令全场动容。于是我在行前两天请幼珊禀报师母是否愿意接受访谈，幼珊表示师母一定乐于此事，直接代为应允。

访谈当天我依约定时间来到高雄左营光兴街余府，先请师母为我在台北书展购得的《玉石尚》签名。访谈于客厅进行，幼珊于一旁书桌校对老师的评论集遗稿《从杜甫到达利》，偶尔发言补充。访谈全长约两小时，高龄八十七岁的师母耳聪目明，记性极佳，多年往事娓娓道来，诸多细节正可与我先前和余老师的两次访谈对照。访谈后师母特别出示1953年以英文签名送给老师的 *Lust for Life*，只见因余老师译作而名闻华文世界的《梵谷传》，原书却只比一只墨水笔稍长。可能当初为方便翻译而将书拆开，泛黄的书页显现了岁月的痕迹，扉页并有师母以英文小名"咪咪"赠书给老师的题字。此外，她赠送了我一本简体字版的《老人和大海》及流沙河的论文《诗人余光中的香港时期》。

访谈结束后我分别以相机与手机拍照，也请幼珊为师母与我合照，母女俩请我到楼下吃饭，闲话家常，餐后并为我叫出租车前往高铁站。由于叨扰甚久，我担心师母体力，一再请她回房休息，但她坚持到看我搭上出租车，那时已是晚上七点半，前后约四小时。访谈录音经赵克文小姐缮打，张力行小姐初步整理并协助搜寻相关资料，我修订三次后，送请余师母过目。师母不仅仔细修订，使文字更为精练，而且唯恐打印稿上修改的字迹不清，除了保留四页之外，以清晰有力的字体重抄了约六分之五，超过一万字，对文字之敬谨与余老师如出一辙，令人感动又敬佩，谨此致谢。

除了在打印稿上修订（上两页），受访者还亲自重誊大部分的访谈稿（右一页），并写信说明（下五页）。

正　文

一、家庭背景与成长经验

单德兴（以下简称"单"）：首先请介绍一下你的家庭背景。

范我存（以下简称"范"）：我是 1931 年出生在杭州。父亲名范肖岩，南京东南大学毕业，学生物。他后来留学法国，归国后任教于杭州浙江大学，曾担任园艺系主任。母亲名孙静华，15 岁就读"江苏省女子蚕桑专科学校"，该校副校长费达生是著名的社会学家费孝通的姐姐，母亲受到费校长的影响改剪短发。19 岁去日本留学，三年后回国，才和父亲结婚。

单：你的名字很特别，据说和令尊留法经验有关。

范：是的，我父亲留学法国时，受到存在主义的影响，"我思，故我在"，就为我取名"我存"。

单：对自己的名字感觉如何？

范：很自豪啊，也是对父亲的一种纪念。当然也有一点不好，读书时，新来的老师看到这名字觉得好奇，就会抽起来问问题。父亲在浙大的好友是贝时璋教授，后来成为科学院院士。[1] 那时张其昀先生也在浙大。

单：张其昀是中国文化大学的创办人。

范：贝时璋的女儿常和我一起玩。抗战前，大学老师的待遇相当高，父亲的薪资是一百八十大洋（即银圆），以当时物价来说，请客吃饭一桌常常不到一块大洋。杭州的暑假非常热，有一年父亲带我们去青岛避暑。1937 年，他带我们去韬光山里避暑，就是

---

[1]　贝时璋（1903—2009），浙江镇海人，著名生物学家与教育家，中国细胞学与胚胎学的创始人之一，当选第一届中央研究院院士与中国科学院院士。

在杭州的北高锋（按：韬光寺位于北高峰，"韬光观海"为清西湖十八景之一）。每天清晨，父亲都会带大家在山上散步。七七那天看见杭州笕桥空军基地的飞机一架一架起飞——这是母亲后来叙述的——父亲说可能要打仗了，于是赶快下山，打听消息，得知浙大计划撤到贵州遵义。那时画家林风眠在杭州创办了艺术专科学校，父亲和他都是留法的好朋友，家里墙上挂着林风眠的画，父亲将画卷好，藏在天花板上，战后已一无所有。1980 年，"文革"之后，林风眠从内地移居香港，我曾去拜访他，提起杭州，他还记得父亲。

8 月，我们开始逃难——详细时间不记得了——只知 8 月间，从杭州搭火车到金华，当时只有这一段有火车，以后就开始步行，一路上常借住在农家或比较大的庄园，有好几户逃难的人家入住，孩子们常玩在一起。详细的路线不记得了，我只记得一处叫兰溪，一处叫建德（按：两地都在浙江，兰溪位于中西部，建德位于西部）。后来到了长沙，坐长江火轮到重庆，与外婆和几位舅舅的家属合住。那时已经是 1938 年，在路上逃了一年。

父亲还是想去浙大，但贝时璋伯伯来信劝阻，说遵义非常潮湿，瘴气很重，对父亲健康不利，建议他去乐山武汉大学或成都华西大学。我们去到乐山后，1939 年父亲因肺病过世。由于江苏蚕桑学校也迁到乐山，母亲便进母校工作。我当年八岁，外婆从重庆到乐山来照顾我。

单：所以你小学是在四川念的，四川话也是那时候学的？

范：对。在乐山有两次大轰炸。第一次是 1939 年 8 月，整条街被烧夷弹炸光。因为空袭的缘故，我们搬往乡下，附近镇上有小学，是一所实验小学，叫复兴小学。当时钱歌川在武汉大学任教（后来曾任台大文学院院长），他的两位女儿也就读那所小学。姐姐叫钱曼娜，在台大和光中同班，有一次听到我的名字，我们才又相认。她现在在美国华府。光中过世后，她打电话来安慰我，两人也回忆了小学时的种种趣事。小学校长是女性，管教学生很严格，我们除了读书，也有童军训练。上课相当有弹性，比方上午两节作文，下午两节自然或自修课，老师会把上下午的课对调，带学生去爬山，教我们认识山间植物。如果是三四月爬山，杜鹃花满山遍野，还可以听见鹧鸪鸟远远鸣叫。下山后，男同学到田里抓泥鳅，大家就地生火烤泥鳅吃。回想起来，当时的教学非常活泼。老师们大半是师范学校毕业的，和学生的关系都很好。

单：你跟余老师是表兄妹，请问确切的亲属关系如何？

范：我的母亲跟余先生的母亲是同一个祖父，不同父亲，她们应该是堂姊妹。

单：你跟余老师最早是什么时候认识的？

范：抗战最后一年（1945 年），我小学毕业，考取了武汉大学附中。读了一年，抗战胜利，我单独和母亲友人回到苏州，插班慧灵女中。母亲则在上海中国蚕丝公司工作，经常出差。我的一位堂姨母在南京明德女中工作，建议我去南京读书，可就近照顾，于是我便去了南京。1948 年中秋前，有一天我去姨母的宿舍，见到一位陌生男子正和表弟讲话，姨母说："这是光中表哥。"他穿了中山装，站着打量我，随后走过来，说："来我家玩。"当时我年纪小，不知如何应对，绝未想到八年后会和这个人共同生活六十一年。

单：余老师有没有说过对你的第一印象？

范：我没问过。隔了几天，我收到一封信，是光中寄的。当时，他不知道我的学名，因为亲戚都叫我"咪咪"，所以信封上就写着"范咪咪"。我拆开看，是一张小报，上面刊登了一首翻译诗，原作者是拜伦（George Gordon Byron）。

单：余老师在接受我访谈时提到，他高中时很喜欢翻译，曾跟一位同班同学办了份小报，并以旧诗体翻译拜伦的《海罗德公子游记》（*Childe Harold's Pilgrimage*）里咏滑铁卢的八段，译后还寄给你。[2] 不知你接到时感觉如何？

范：当然觉得他了不起，因为我还是个中学生，只能看译文。

单：余老师是从金陵大学，到厦门大学，再到台湾大学，来台湾之前还在香港待了一年。那你的情形呢？

范：我的情形很特别。1949 年年初，内战已爆发，社会混乱，学生游行、罢课，班上同学纷纷随父母逃离南京。学校还未放假，姨母怕火车不通，催我先回了上海。有一天家里来了一个表姊夫，他是空军，本来前往苏州拟带岳母（我的表姑妈）去台湾，但表姑妈不肯离家，表姊夫便回上海住在我家，问我愿不愿去台湾玩一玩。那时大家对台湾都不清楚。而我初二下学期因为肺病休学了一学期。母亲说我既然不能插班读书，何况表姊和姑爹都已在台湾，去看看也好。于是第二天我就搭了轰炸机来台湾，飞机上挂炸弹的地方都改放行李，我只带了几本教科书及简单的行李。飞机到新竹，我先住在空军宿舍，后来到台北。姑爹是接收土地银行的职员，因他曾留学日本，会日语，也算是农业学家。我们便住在他的宿舍里。那时的台北人口不多，晚上八点多衡阳街就没什么人了。姑爹常带我们去看顾正秋唱京戏。

单：是在中山堂吗？

范：不是，在新乐戏院，应该是延平路那一带。姑爹白天有时会带我们逛植物园。母亲有位同班同学，我称她谢阿姨，常去拜访，她先生是台湾肥料公司的总经理汤元吉，曾留学德国。1949年 5 月，母亲工作的蚕丝公司也迁到了台湾，宿舍在台北公馆。同年政府安排失学青年统一考试，考完再分配入学，考场在和平中

---

[2]　根据余老师的访谈，"这是高三下学期的事"，参阅本书《第十位缪思——余光中访谈录》，194。

学，就是现在的师大附中。我被分配入一女中，插班初三下学期。班上二十八位同学，全是大陆各地来的，包括齐宁媛，即齐邦媛的妹妹。大家各讲不同的方言，有人说上海话，有人说广东话，我和有些同学讲四川话。高一时，校长是江学珠，她原本是淞江女中校长，调到台湾来。

单：后来你在照 X 光时发现肺部有问题。

范：对，高二时，所以便休学。那时母亲的工作已转往台湾肥料公司，我们便搬往基隆。

单：你的经历真的很特别。曾经一个人搭火车去南京念书，又一个人搭飞机到台湾，这种独立的个性来自母亲吗？

范：应该是。自小她就要我看报纸社论，了解社会状况。又给我看俄国克鲁泡特金（Peter Kropotkin）的传记，认为女孩子不要学林黛玉，只会哭哭啼啼，要勇敢一点，不要自卑，碰到困难要设法解决等等。

二、因书结缘，以译交友

单：余老师早期翻译海明威的《老人和大海》和史东的《梵谷传》，这些因缘与你密切相关。余老师是 1952 年夏天在府上看到《生活杂志》（Life Magazine）上一次刊完的《老人和大海》，也是在府上看到梵谷的画册和传记。我好奇的是，当时台湾对外信息很封闭，府上怎么会有这些书刊？特别是在当时的时局，怎么会有这些有关文学和艺术的书刊？

范：我有一位表兄，是大舅的儿子，抗战时自昆明西南联大毕业，曾和杨振宁同学。抗战结束，他去北京清华大学工作，寒暑假则到上海探望我母亲。表兄虽然学的是物理，但对人文、艺术也非常喜欢，常鼓励我听古典音乐，介绍我看傅雷翻译罗曼·罗兰的《贝多芬传》和《约翰·克利斯朵夫》（Romain Rolland, *Beethoven and Jean-Christophe*）等等。1947 年他去美国，进了康奈尔大学（Cornell University），写信问我可以看到什么书刊，随后就寄《生活杂志》给我，里面往往介绍名画，也有关于文学的信息，所以余先生会在我家看到这本杂志。

单：余老师当时常去府上吗？

范：是。光中和父母是 1950 年才到台湾的，那时我和母亲还住在台北公馆。有一天，余先生和父母忽然来探望我们，他一见到我就说看过我的书架。

余幼珊：我要补充一句，我爸爸无论走到哪里，只要有字、有书，眼睛马上就会被吸引过去。

范：原来他们从南京撤退到上海时曾到过我家，见到我母亲，并且看到我的书架。所以他第一次来公馆就对我说："我在上海看过你的书架，有新月派的诗集。"其实，我的书架上有胡适译的短篇小说、徐志摩的诗集、俄国屠格涅夫的《贵族之家》和《罗亭》（Ivan Turgenev, *Home of the Gentry* and *Rudin*），还有《鲁冰生漂流记》（*Robinson Crusoe*）等。临离开时，他说："我写了一篇小说，下次给你看。"第二次他去公馆，就给我看那篇小说。

单：是写哪方面的？

范：小说叫《刘家场》，大概是写重庆悦来场的故事，是个爱情小说。我那时候跟他不熟，就说写得好。后来他自己觉得不好，就没有保留下来。

单：你们是讲四川话吗？

范：是。我们一开始就讲四川话。后来他问我有没有看过钱锺书的《围城》，说可以借给我看。1952 年，母亲到台湾肥料公司基隆分公司工作，我因肺病休学在家，搬往基隆，光中便开始写信给我。一年后我回台北，光中已经台大毕业，开始服兵役。那时，他才有机会看到《生活杂志》，也继续翻译英诗。当时台肥公司的宿舍在中山北路，他常骑脚踏车来。除了《围城》，我也看了钱锺书的散文《写在人生边上》。《围城》的时代背景和我父母那代很相似，看后感触很深，光中称这本书为"新儒林外史"。

单：他是怎么跟你借《生活杂志》，还翻译海明威的小说？

范：他第一次看到这篇小说便借回去，说要翻译出书，当作大学毕业报告。

单：他的指导老师是曾约农，翻译的过程你听说过吗？

范：他并未和我讨论。他的翻译曾约农老师评了八十分。过了一阵，他又看到《生活杂志》介绍梵谷。开始时他并不喜欢梵谷，于是我写信给美国的表兄，请他寄点有关梵谷的资料，他就寄来两本画册和一本 Lust for Life（1934）（《梵谷传》），我收到后送给

范我存送给余光中的《梵谷传》与扉页题字。

光中。他看完这本书后十分喜欢，就去告诉梁实秋老师，说他想翻译。梁老师说："这本书那么长，你就节译吧。"他后来跟我说："我才不要节译，要全部译，不过你要帮我抄稿。"我就答应了。

单：张晓风的《护井的人》中特别提到，余老师那段时间跟你通信，纸的一面是《梵谷传》译稿，另一面是情书。

范：他要我抄稿，所以信就写得比较勤，那时我在中坜，教幼儿园。

单：根据张晓风的文章，余老师译稿出来后，寄去请你抄，你抄好后寄给他，他再送去《大华晚报》，连载了将近一年。[3]

范：因为《老人和大海》在《大华晚报》连载时，读者反应不错，主编耿修业先生对光中印象甚佳。其实，后来他还翻译了毛姆的小说《书袋》(William Somerset Maugham, *The Book-bag*)，也是我抄搞，在《联合报》副刊连载，不过没有出单行本。

单：《老人和大海》署名"光中译"，这篇也是吗？

范：用"余光中"。

单：由于年代久远，研究余老师的人，可能并不知道他翻译过毛姆。

范：因为没有出单行本，只在报纸上连载。[4]

单：《联合报》和《大华晚报》，一个日报，一个晚报，都是当时很重要的媒体，能在上面连载，很不容易。请问你们两人合作的细节如何？

---

[3]　根据余光中《九歌版〈梵谷传〉新序》："我的译本完成于1955年10月16日，边译边刊，在《大华晚报》上连载（自次年1月1日起刊出），同年11月24日刊毕"（12）。该书由重光文艺出版社于1956年10月与1957年3月分别出版上下册。
[4]　毛姆原作收录于《阿金：六篇故事》(*Ah King: Six Stories* [London: Heinemann, 1933])，页164–219。署名"余光中译"的《书袋》自1958年2月11日至3月7日连载于《联合报》的《联合副刊》，扣除星期日（2月16日，2月23日，3月2日）与农历年假（2月18日至20日），总共十九日。

范：那时翻译书较少，《梵谷传》故事性很强，又和现代绘画有关，所以读者很多。我买了一大沓五百字或六百字的稿纸，帮他抄。一面抄，一面阅读，十分愉快。

单：为什么会答应帮忙抄稿呢？

范：他说，这是我们合作和感情的纪念，同时我也好奇，想知道梵谷的画为何影响未来的画家。

单：余老师的稿子改得多吗？不然为什么要你帮着抄？

范：其实他的译稿改动并不多，但是他在白报纸上横写，而报馆刊登是直排，为了避免发生错误，必须重抄。

三、翻译家是如何炼成的？

单：余老师先前在访谈中提到，预官第一期招考一百位翻译官，他考第一名，而且他大学时代在翻译方面便已崭露头角。

范：我觉得他这一生，写作和翻译是环环相扣、互有关系的。他念台大时，赵丽莲主编《学生英语文摘》，有一次译诗比赛，他得了第一名。夏济安老师和吴炳钟老师都十分鼓励他。译《梵谷传》的同时，他也在《学生英语文摘》上译英诗。退役后，夏济安老师便邀他去东吴大学代课。

单：大家在谈"余光中"时，因为他在诗歌和散文方面的成就太耀眼了，以致多少忽略了他在翻译方面的成就。其实就如你所言，余老师开始创作的时候，翻译扮演了很重要的角色。

范：那是很重要的过程。他大四时已出版了诗集《舟子的悲歌》，是豆腐干式的格律诗，受到一些英诗的影响，并不成熟。翻译《梵谷传》时，正好"美新处"要把美国文学推广到台湾和香港地区，必须找人翻译。香港的宋淇［笔名林以亮］看到光中的译诗，非常欣赏，便通过夏济安的关系，开始和光中通信，请他译美国诗，资料由吴鲁芹先生提供。

单：林以亮编选的《美国诗选》，其中的诗人介绍一半以上是余老师写的，译诗也有将近一半是余老师翻译的。虽然出版时译者排序是张爱玲、林以亮、余老师和邢光祖，其实贡献最多的是余老师。先前余老师接受我访谈时提到，在台大外文系时教他英诗的是英千里，在大学时已翻译了一些诗，1960 年集结成《英诗译注》，由文星出版。他也提到吴鲁芹帮着联络林以亮。

范：英千里、梁实秋这几位老师的风范，对光中影响甚大。他曾有专文《文学老院，千里老师》悼念英千里老师，也写过《秋之颂》来追思、颂赞梁实秋老师。

单：听说梁先生妙语如珠，可惜我们没有机会接触。有缘接触的余老师也是字字珠玑。你觉得他们两人相像吗？余老师是诗人，妙语可能更多一些。

范：两人不太一样，梁老师掌故较多，讲起笑话来是冷面笑匠，听他说起五四时代的文人十分有趣。光中则受王尔德（Oscar Wilde）和钱锺书影响，喜欢正话反说。

单：刚刚提到《梵谷传》初译时你的协助，后来余老师修订《梵谷传》时，你们已在香港。当时余老师开车送你去大浦买菜，利用等待的时间，就在车上改起稿来。大地出版社的修订版在原先重光文艺出版社的初版基础上改动了一万多处。

范：余先生觉得他对英文方面并没什么误解，而是中文有些地方不够达意，所以修改。

单：那本书有三十多万字，余老师的修订就有一万多处，工程非常浩大。你看过修订稿吗？

范：看过，他把重光版的书拆开，一页一页地改。可惜这些书页已给大地出版社，我们自己没有保留。

单：那么修订稿可能还在大地出版社，如果有保存的话。东海大学中文研究所有一篇硕士论文，比较前后两个版本，指导教授周法高先生是"中研院"院士，专长为语言学。[5]等到《梵谷传》修订三版（九歌版）出书时，老师在前面加了梵谷的行旅地图，后面也加了不少当时画家的生平资料。

范：我为什么说光中的事业和翻译脱不了关系呢？在东吴兼课时，有一天梁实秋先生问他："光中，你想不想留学？"他回答："洗盘子赚学费的话，我是不要的。"梁先生说："亚洲协会（Asia Society）有个奖学金，我想推荐你去，假若你有意愿，我就跟他们说。"他回家与家人商量后，就答应了。那是 1958 年的事。他去请教夏济安老师，夏先生说："不要去什么哈佛，你就去美国爱奥华州立大学安格尔（Paul Engle）主持的写作坊（Writers' Workshop）吧。"当年秋天，他去了爱奥华，安格尔看他已经翻译了美国诗和台湾当代诗人的诗，认为可以算一半的学分，另外的学分，他选了西洋现代美术史和美国文学。他在爱奥华时，遇到佛罗斯特（Robert Frost），十分高兴。一年后，他便拿到艺术硕士（Master of Fine Arts, MFA）学位。

单：你可知道梁先生跟亚洲协会的关系？

范：我不太清楚。

单：台湾的吴鲁芹、香港的林以亮都为"美新处"工作，"美新处"与亚洲协会的关系很密切，都大力提倡中美文化与学术交流，提供许多书和资料给各大学，尤其是外文系和英语系。因为当时冷战的缘故，两边的关系很密切，美方希望在台湾推动美国文学和美国研究，发挥文化与学术影响力。

---

[5] 张嘉伦《以余译〈梵谷传〉为例论白话文语法的欧化问题》（东海大学中国文学研究所硕士论文，1993）。

范：这些情况光中也不太清楚，因为梁先生推荐他，他就答应了。

单：朱立民老师也是接受亚洲协会资助去美国的。

范：朱立民的太太（黄紫兰）就在"美新处"工作。余先生在爱奥华时写了一本日记，另外也写信回来，日记现在在幼珊那里，里面写到那一年在美国非常不习惯，尤其是饮食。他并不想用英文写作，反而是选修的西洋美术史十分有用，老师是李铸晋教授。也因为这个缘故，后来修订《梵谷传》时对西洋画家非常熟悉。

单：余老师去美国不太习惯，是因为先前母亲过世，家庭情况有变。

范：对，而且大女儿正好出生。

单：《我之固体化》那首诗就是描写当时的心境……

范：对，他对于鸡尾酒会之类的活动都很不习惯。

单：所以出去一年，拿到学位就回来。

范：他想要赶快回来，不想待在那边。

单：于是就回到师大教书。

范：回来后，亚洲协会在师范大学成立了英语教学中心。

单：林瑜铿女士担任过中心主任，对学生要求很高，训练出许多英文方面的人才。余老师也就是在那里教到田维新、周英雄、余玉照等人。因此余老师在台湾英文学界的辈分很高，很可能仅次于那批渡海来台前就在大学教书的老师。

我很佩服老师在翻译方面精益求精的态度，像是《老人和大海》后来出版修订版《老人与海》，《梵谷传》后来的两个版本有许多修改、增订的地方。最复杂的应该就是他的中诗英文自译，最早出现在硕士论文改编出版的 *New Chinese Poetry*（《中国新诗集锦》），1960 年由台北的国粹出版社（Heritage Press）出版，收录了三首自译；1971 年台北的美亚出版公司（Mei Ya Publications, Inc.）出版的 *Acres of Barbed Wire*（《满田的铁丝网》）整本都是英文自译，总共四十八首；1992 年出版英汉对照的《守夜人》，根据《满田的铁丝网》大肆增删，收录了六十八首，之后的第二版、第三版各间隔十二年，都有所增删，巧的是都收录了八十五首。这中间还夹了齐邦媛老师在编译馆任职时主编的 *An Anthology of Contemporary Chinese Literature: Taiwan 1949–1974*（《中国现代文学选集》），1975 年出版，五人编辑团队中，诗方面由余老师负责，他也翻译了自己的九首诗和几篇散文。我曾请助理把余老师所有的自译诗详细列表，可看出他一路的发展，也一直在修订自己的作品。[6]

范：《守夜人》每个版本也不同，后来拿掉了一些诗，也有新加的诗。

单：增删的原因为何？

范：他觉得有些诗不够好，不是翻得不好，而是诗本身不是那么成熟，因此就拿掉了。

单：我曾专文讨论余老师最早的译诗集《英诗译注》，那本书出版于 1960 年，他当时三十二岁，不过里面有些诗在大四时就译了，发表在《学生英语文摘》。我看他的译诗、注释和评介，除了佩服他对诗的了解、韵律的掌握之外，也佩服他杰出的文采和认真的态度。[7] 等到《守夜人》时，就觉得他翻译自己的诗比较放得开，《双人床》就是明显的例子，那首诗余老师自己译过，叶维廉也译过。

范：那你觉得呢？

单：我仔细比较过，纯粹就形式、句法、字面而言，叶维廉比较忠实，就用字的精简、力道、气韵，余老师更自如自在。尤其老师教英诗那么多年，又是译自己的诗，比较放得开。有趣的是，叶维廉翻译自己的诗也比较放得开，但翻译别人的诗就很守分寸了。

---

[6] 参阅本书《附篇——余光中英文自译诗作之演变》。

[7] 参阅本书《一位年轻译诗家的画像——析论余光中的〈英诗译注〉》。

你有没有听过老师特别讲到自译的事？

范：没有特别讲到。不过基于对自己作品的了解，他会觉得自己的译诗更贴近原意，别人的翻译在用字等方面可能不会完全符合他心中所想的。

单：我在论文里提到，作者（author）有独特的权威（authority），可以大胆发挥，因为原意如何他理应最清楚。余老师在《守夜人》序言里也提到，既是作者又是译者，翻译自己的作品应该不会有"第三者"来品头论足吧。[8] 最特别的一点就是，我先前的论文里提到有几处中英文不一致，后来发现第三版有一个地方竟然直接改中文原作，这是只有身兼作者与译者才有的权威或特权。[9] 至于《英美现代诗选》2017 年修订新版是老师生前出版的最后一部作品，距离先前 1968 年的版本有半世纪之久，不知你从旁观察到的情形如何？

范：《英美现代诗选》原先分两册出版，但余先生后来又陆陆续续翻了几十首诗，我就一直催他，无论如何在有生之年要把这些合并起来，催了他好几年。我说："你再不动手，以后就没有力气来做这事情。"所以他就慢慢加进去。不过他会说："你每次都催我，你知道这个工程是很浩大的吗？我不是把诗翻出来就算了，还要介绍原作者、诗的特色等等。"我说："我当然知道。"后来他对哈代（Thomas Hardy）很欣赏，又多译了几首他的诗。添加的过程中就要重新翻译，深入了解作者的背景，介绍作者的生平和诗的特色等等。

单：据我所知，《英美现代诗选》最早的版本是 1968 年的台湾

---

[8] 参阅本书《含华吐英：自译者余光中——析论余光中的中诗英文自译》。

[9] 《守夜人》第二版把《野炮》中的"百年后"（79）译为"After fifty years"（78），第三版直接把中诗改为"五十年后"（73）和"半世纪后"（75）。

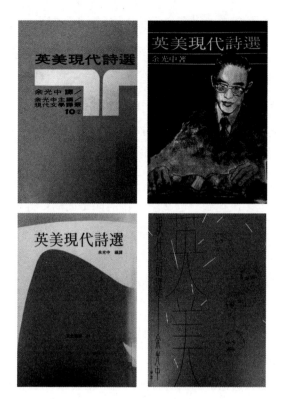

以上四册分别为《英美现代诗选》的不同版本：大林版（1970，左上），时报增订版（1980，右上），水牛版（1992，左下），九歌增订新版（2017，右下）。

学生书局版，分为上下册，后来大林版也是上下册，1980 年的时报版合并为一册。

范：其实当时时报出版社的组织不太稳定，相形之下九歌很有条理，我就建议把书交给九歌，所以余先生的作品最后都由九歌出版。

单：你刚提到哈代，我发现原先《英美现代诗选》里最早的英国诗人是叶慈（W. B. Yeats），修订版推前到哈代，哈代的选诗中那首《冬晚的画眉》（"The Darkling Thrush"）其实余老师最早的《英诗译注》就收录了。我很纳闷第一本译诗集《英诗译注》为什么没有再出版，也觉得很可惜。

范：出版社的问题就是很不稳定，像台湾学生书局，余先生帮它邀了好几本书，包括他学生翻的东西，到后来不清楚怎么回事，这几本书就没有了。

单：《英诗译注》最早是 1960 年由文星出版。

范：文星关了以后就移到台湾学生书局、大林等，后来就乱掉了。其中有几年他不在台湾，无法再关注出书的事。

单：余老师有篇文章提到自己的作者、学者、译者"三者合一"的身份，也多次提到自己文学创作的四个面向：诗歌、散文、评论、翻译。请问你对余老师身为诗人、散文家、评论家、翻译家有什么看法？

范：当然他自认以诗为主，可是我蛮欣赏他的散文，无论是文字、主题、铺陈都跟别人不太一样。诗的话某些地方比较隐晦，不是那么容易看出真正的内心想法，要多读几遍才会比较了解。而且写诗跟时空背景也有关系，比如说，有些人很欣赏他的诗，可是对诗的理解未必那么透彻。四川的流沙河有一篇文章讨论余先生香港时期的诗，就写得非常透彻。因为流沙河经历过"文革"、经历过种种的运动，所以他一眼就看出来余先生诗里的背景，跟真正要表现的东西，这些是在台湾的人看不出来的。[10] 所以讲到最近的一些事情，譬如说他写《狼来了》，有它的时空背景，在台湾的人领会不到，但流沙河一眼就看出来，马上知道它的思想内涵及对政治的看法。

我们在香港住了十一年，中间有一年（1980 年至 1981 年），余先生休假回到台湾师范大学，他心里很高兴。我留守香港，间中回台，因为还有女儿在港读书。他在香港最初三年教书很顺，可是当地的政治气氛"左"倾。香港有份《新晚报》，主编罗孚无论学

---

[10] 流沙河，《诗人余光中的香港时期》，收录于黄维梁编《璀璨的五采笔：余光中作品评论集（1979—1993）》（台北，九歌出版社有限公司，1994），页 134–167。

问、素养都很好，对中国文化也了解。光中初到香港，《新晚报》就写："余光中来到大陆后门，欢迎回来看看新中国。"可是我们在中文大学住久了，发现周遭的人，比方校车司机、工友、菜市场卖菜的小贩等，很多是从深圳到香港的，甚至有些学生的亲属仍留在大陆，知道那里的物资非常缺乏。1993年春天，大陆改革开放多年，中文大学举办了一场两岸作家文学研讨会。在大会上罗孚亲自宣布，向余光中、夏志清、颜元叔三位先生道歉。当时齐邦媛、林文月、张大春等学者、作家都在场。

我们在香港时，台湾的过客也不少，像是林怀民的舞蹈表演，林海音、何凡夫妇每年去开新闻会议。齐邦媛、殷允芃、瘂弦夫妇、洛夫、罗门、何怀硕、王文兴夫妇、林文月、张晓风等，都先后到过香港，光中常开车接送。楚戈去时，我们带他去郊野公园，事后他画了两张画，并且题字送给我们。

四、守护与自持

单：你和余老师结婚超过六十年，鹣鲽情深，而你大力支持老师的文学志业。张晓风形容你是"护井的人"，黄维梁则形容你是"护泉的人"，请问你个人的看法如何？

范：很感谢他们两位的溢美之词。婚前我们来往六年，两人成长背景差不多，都经过两次战争，也有共同的兴趣与话题。他对我说，这一生只想当作家。既然写作、翻译、教课是他人生的目标，我就帮他完成。公公和婆婆也无异言。家中琐琐碎碎的事，由我承担。当然他一生也遇到多位贵人，如果没有梁实秋老师的提携，他不可能顺利到大学教书。

光中当翻译官时，薪水每月八百元，公公在"侨务委员会"工作，薪水是七百元，他们三分之二的薪水交给家用。光中生活很俭朴，大半的衣物都由我们为他购买。全屋子的中心就是最大、朝南的那间房，书橱最多，是他的书房，他乐在其中。

单：余老师当时离开政治大学，到香港中文大学教书。我在中山大学图书馆余光中特藏室，看到当时中文大学联合书院副教务长以毛笔写给老师的邀请信函，连待遇都写得清清楚楚，显然比台湾高很多。

范：当时政大的薪水一个月是台币七千元，中文大学的薪水一个月是港币七千元［副教务长信中写明月薪为七千一百八十港币］，当时港币兑台币的汇率是一比五。而且中文大学的管理非常上轨道，老师不能在校外兼课，更不兼行政，只专心研究和教课，每年有两个月的休假，可出国找资料等，从讲师到教授都有这项福利，在台湾只有正教授才有休假。因此，1980年，光中在中大已七年，可以回师大任教一年。

从政大转往香港中文大学，并非完全是薪资的关系。1973年春天，香港的诗风社邀请余先生去演讲。刘绍铭教授在中大崇基学院任教，顺便请余先生到崇基演讲一场。事后宋淇先生（时任李卓敏校长特别助理）和联合书院院长邀余先生见面，表示联合书院中文系需要一位教现代文学的老师。宋先生对余先生的中英文翻译早就十分了解，也知道余先生对中国古典文学并不陌生，大力促成余先生前往中大任教。对余先生而言，从英文系转至中文系是一大挑战。1974年8月便全家赴港，达十一年之久。

单：除了全力支持夫婿，你自小就对艺术有兴趣，后来喜欢摄影、古玉欣赏、编中国结，也到高雄市立美术馆担任义工导览，请问你如何既照顾家庭，又发展自己的兴趣？

范：这些兴趣是慢慢发展出来的。当然，年幼时常听母亲辈的友人谈论诗词艺术等，多少会有影响。在台北时，"故宫"成立博物院，常有机会观赏古文物，对玉器情有独钟，到香港才有机会收藏。至于绘画艺术当然是因为抄《梵谷传》而更感兴趣。至于对音乐的兴趣，是从大表兄送我唱机及唱片引起——当时是手摇唱机，黑胶唱片。光中也很喜欢艺术，他第一次赴美，住在宿舍觉得很寂寞，便买了唱机、唱片，听了许多古典音乐。光中第二、三次赴美，我和孩子一年后才和他团聚。光中喜欢开车，每去大城市，一定参观美术馆、博物馆。在香港中文大学时，有文物馆，每次特展，我们也一定去参观。何况在台时，光中常帮"现代绘画"鼓吹，画家、诗人常来家中，如何怀硕、席德进、罗青等。

1984年暑假，光中答应李焕先生的邀请，决定于1985年回台。那时几个女儿已长大独立。光中便建议1985年我们夫妇二人去欧洲旅行，前往法国、西班牙及英国。为此，他自学西班牙文一年，在西班牙和英国都是自己开车。印象派（Impressionism）的画当然在法国最多。在西班牙则看戈雅（Francisco Goya）、葛雷柯（El Greco）以及达利（Salvador Dalí）等。旅行中我会摄影，以备光中写游记时参考。

单：你喜欢摄影，记得曾经你摄影，老师配诗。那是20世纪70年代吗？

范：不是，那时我们已经回到台湾了。1986年南部摄影家王庆华先生为垦丁海洋公园拍摄影集，请光中配诗。王先生也是高山向导，对南部非常熟悉，因此，我也带着相机，看到特殊的景色便拍下来。有一次《妇女杂志》的编辑看到，想刊登我的摄影，我并不觉得自己拍的照片有多好，但编辑说很好，并希望余先生配诗，光中也答应了。

1980年后，女儿都已长大，我有空间发展自己的兴趣。我对玉器一直十分喜爱，至于收藏的古玉，在形制和价格上我认为合适的才会收藏。中国文字中有许多成语和玉有关。从出土资料中得知

范我存结合古玉与中国结之作。

（资料来源：网络）

古人常佩玉，借此与天地之神相通。既然如此，何不古为今用，为古玉配上节饰，使之可佩戴，有如将千年的光阴追回来？于是我开始学编中国结，并为自己收藏的古玉配饰。

1998年，高雄市立美术馆成立，有一次展览赵无极先生的回顾展，朋友约我看展，馆方正招揽义工导览，朋友和我就去报名，经过考试通过，便在高美馆服务了十九年。对我来说，这是一种挑战和自我成长，也是口才训练。有些展览我也会和光中讨论，甚至他会帮忙画地图。

单：是的，我记得第一次上英国文学史，老师一进教室就在黑板上画地图。

范：如果要介绍西洋画家的一些经历，走过哪些地方，我就会多准备一点资料，有地图给观众看，比较有趣。

单：你跟老师讨论绘画，有没有刺激他写一些诗？

范：并不多。

余幼珊：还是有喔，像大卫像。爸爸也写过龙门石窟的卢舍那佛像。

范：有一次在高美馆展出文艺复兴时期米开朗基罗的复制品。我们曾在佛罗伦萨看过大卫原件，我就跟他分析雕像的比例和表现方式、用的工具等等，他就写了一首长诗《大卫雕像》。此外，他还写过俄国画家夏戈尔（Marc Chagall）。

单：他在诗里面也写过你，从早年、中年到晚年，不晓得你的感受如何？

范：最早时比较浅，太露了一点，后来就比较含蓄。我当然很感动。

　　单：比较晚期的诗蕴藏的感情很真挚，包括面对老年的情况。

　　范：面对生死的问题。

　　单：你们之间有没有特别谈过对生死的看法？

　　范：并未太深入地谈过，我主张一切顺其自然。我曾希望他念一点佛经，譬如《心经》或《金刚经》。他喜欢观世音菩萨，更喜欢文殊菩萨。一直想写一首有关文殊菩萨的诗，只是搜集的资料不多，未能写出来。

　　单：为什么会劝老师念佛经？

　　范：我个人觉得基督教太强势，好像没有回转的空间。家里《圣经》和佛经都有。光中教英国文学，常会遇到《圣经》中的典故，如米尔顿的《失乐园》（John Milton, *Paradise Lost*）和唐恩（John Donne）的宗教诗。不过，他并未因教诗而信其教，反而在读佛经时内心较平和，对死亡有超脱的感受。这种感觉无法用几句话说清楚。我曾对光中说："你这一生，想做的事，大多如你所愿，虽有风浪，皆平顺渡过，没有太大遗憾。"光中离开我们已逾百日，愿他在天之灵仍祝福我们。

　　单：谢谢师母接受访谈。

　　范：不客气，很高兴跟你聊这些往事。*

---

* 　原载于《中山人文学报》第 45 期（2018.7），页 97–116。

散文

既开风气又为师
——指南山下忆往

1972 年 10 月，我从台中成功岭来到台北指南山下，成为政治大学西洋语文学系（1991 年易名为英国语文学系）的新鲜人。在台湾中部南投山城土生土长十七年的我，地理和心理上都很封闭，如今离开家乡来到北部就读公立大学，面对来自全省和省外的同学，内心的忐忑可想而知。

刚到系里就听说系主任是位诗人，有如天方夜谭，来自乡下的我印象中好像还没见过活生生的诗人，更何况是当我们的系主任。两三天的新生训练快结束时，各系带开，进入压轴戏：系主任训话。六七十位同学（一半是来自香港和澳门地区，以及越南、泰国、缅甸、老挝、印度尼西亚、马来西亚、日本等国的侨生）挤在现已拆除的四字头两层楼的楼下大教室，兴奋且不安地等候聆听系主任"训话"。系主任在助教簇拥下步入教室，人群中一阵窃窃私语。只见系主任身材不高，白白净净的脸上戴着一副眼镜，在讲桌后坐定，眼光环扫一圈，待全场鸦雀无声后，慢条斯理地以英文开讲。由于说话声音不大，大教室又几乎坐满，必须凝神才勉强听得到，迥异于从小就习惯了的"训话"。这是我这辈子第一次听人用英文讲完一席话，事隔多年，详细内容记不得了，不外乎要我们善用四年的大学时光，好好用功，拓展视野，其中比较严厉的一句大意是说如果不努力，日子会不好过（如果我没听错，他用的是"embarrassed"这个字，为修辞学中的含蓄说法 [understatement]），吓得我们一愣一愣的——一方面是因为那句话的口气，另一方面则觉得自己英文听力太差，连系主任的训话都没能完全听懂。

接下来的一连串新生活动——从文的辩论赛到武的各类球赛——由 10 月直到次年 5 月的校运，很少看到系主任的身影，对于亟须打气的我们未免觉得失望。由于一年级绝大多数是共同必修课，加上系主任刚上任，课程安排一仍旧惯（大幅增开文学课程是在我们大二时），自然也就没有系主任专长的文学课，不免觉得"天高皇帝远"——系主任只是坐在靠近道南桥的文学院二楼系办公室内间大办公桌后的人。

二年级，重头戏上场了。那几年台大外文系在颜元叔教授主持下，大力改革课程，全省外文系纷纷跟进。在政大，我们不但新开一些文学课程，如"文学作品读法"，也啃起两千页的《诺顿英国文学选集》(*The Norton Anthology of English Literature*)，厚重的砖头书不但唬人，连携带都很累人。这门重课是各外文系的代表课程，前一年由台大的颜元叔教授讲授，我们这一年则由系主任亲自讲授。一年下来，前半部讲得很仔细，在上《高文爵士与绿骑士》(*Sir Gawain and the Green Knight*)、《世人》(*Everyman*) 和《浮士德博士》(*Dr. Faustus*) 时，余老师更是唱作俱佳，幽默与严肃兼而有之。在讲高文爵士受到女主人诱惑时，他说"朋友妻，不可欺；朋友妻来戏，不可拒"，引起哄堂大笑。印象最深刻的就是他朗诵浮士德面对死亡时的道白，充分表现出面对永劫沉沦时的不甘、惶恐、悔恨、绝望。朗诵唐恩的《死神，不要骄傲》(John Donne, "Death, Be Not Proud") 时又是另一番面貌，睥睨死亡的气魄表露无遗，类似的观念也出现在他自己的若干诗作中。

由于时值余老师个人的诗风转变，上课时在民谣（popular ballads）方面着力甚深，除了通盘介绍之外，每一首都仔细讲解，深入剖析。有时顺口带到当代美国民歌手鲍勃·迪伦（Bob Dylan）和琼·拜斯（Joan Baez）等人的作品，无形中增长我们不少见闻，并串联起相隔多世纪的中古文学、现代歌谣以及他自己的文学创作，上课内容因此活泼许多，也加深了我们的印象。这种教学方式启发了我的浓厚兴趣，于是勤听室友余盛松在课堂上所录的录音带，搜集课外资料，得到第一学期英国文学史的最高分（第二学期担任班代表，外务太多，虽因公务而有较多机会接触余老师，但成绩反而退步）。由于余老师勤于创作，每有得意之作，总会情不自禁地在课堂上提起，甚至念上一段，流露出身为作家的一面，有时言谈之间也会表达对当时文坛的一些看法，因此除了老师的身份之外，还多少扮演类似驻校作家的角色。虽然全年的英国文学史因时间所限，无法顾及新古典主义，但那种知识上的欠缺，我后来在准备研究所考试时，花了几个月的时间到下一年级的班上旁听补足。然而余老师朗诵诗歌或戏剧的精彩片段，分析诗歌的音韵，阐释作品的深义，偶尔带入中国古典及现代文学，这些特色则是无可取代的。回想起来，这种教学所传达出对于文学的敏锐感受和衷心喜爱，潜移默化之功是以知性为主的学院生活中所罕见的。

余老师的影响不仅限于课程的加强和上课时的亲闻謦欬，更塑造了整个校园的文艺风气。在他主导下，西语系以一系的经费举办了许多全校活动，如英文作文比赛、中英翻译比赛、英诗朗诵比赛、新诗朗诵比赛、新诗写作比赛等，把西语系的专长、训练和全校风气的提倡合而为一，许多人便是在参与中培养出兴趣与自信。我个人也是中英翻译、英文作文等比赛的受益者。当时我以比赛为短期目标，抱着"认真一玩"的心理，在准备过程中"以战练兵"，勤读相关著作，至于名次反倒不是那么重要。结果在一次又一次的比赛中逐渐建立信心，甚至把缴交的系费全赚了回来；尤其二年级尚未修翻译课竟然得到翻译比赛首奖，鼓励很大，也确立了我的兴趣和基本态度。拙译《英美名作家访谈录》于1986年出版时，特地呈送余老师一本，很快便接到回信，不但鼓励有加，也有几处指正。1991年和1993年获得梁实秋翻译奖时，仿佛又回到大学时代的光景。初试译笔迄今数十年，虽有十几本译作问世，仍时时以有人会对照原文来评比译文的态度从事翻译，甚至年纪愈大态度愈审慎。这种对于翻译的兴趣与态度都萌芽于当时，而且逐渐内化成个性的一部分。据我所知，不少参与活动的人也有不同的领会与收获。我相信余老师在举办那些活动时确实"有心插柳"，否则不必以一系的有限资源，如此出钱出力、大费周章，然而即使以他诗人的想象力，恐怕也想不到所插的柳竟能让人在底下遮阴多年。

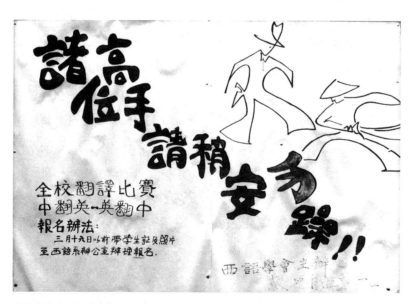

政治大学翻译比赛海报。（张力提供）

除此之外，余老师更以自己在学界和文坛的丰厚人脉，敦请各方精英来校演讲，如邀请他在台大外文系就读时的老师吴炳钟先生谈如何学好英文，吴先生在开场白时就提到他们一块骑脚踏车出游的往事；邀请杨世彭先生谈剧场，放映《万世巨星》（*Jesus Christ, Superstar*）的幻灯片；邀请席德进先生谈绘画，并亲自为他操作幻灯机，席先生在讲到自己的抽象画时，以画作和实景的幻灯片对比，余老师在放映时特意模糊实景的焦点，反复比对，让观众体会抽象与实物之异同，结尾时并当众戏问席先生为什么不结婚。其他一些活动，如他本人谈翻译、新诗，朱西宁先生谈小说，姚一苇先生谈文学批评，林怀民先生谈舞蹈等，已记不清是西语系还是文艺研究社主办或合办，然而讲者都是文艺界一时之选，对于来到大学才逐渐展开眼界的我，有很大的启蒙作用。

大二暑假时，余老师受邀担任复兴文艺营主任，地点在远离尘嚣的南投雾社，西语系的学生受到老师鼓励，不少人报名参加，我也是其中之一。文艺营依文类分为四组，由余老师负责李白组（新诗），朱西宁先生负责曹雪芹组（小说），萧白先生负责韩愈组（散文），金开鑫先生负责关汉卿组（戏剧），便在云烟渺渺、有山有水的雾社度过两周。我自知一无所长，只敢报名散文组，也应景写了几篇小文章。虽然不在李白组，但也听到该组学员说余老师如何带他们摸黑上山，半路装鬼吓人的事，与我们印象中"堂堂"系主任的形象有天壤之别。他后来在文章中提到这一段时，戏称自己是"不良中年"。上百名学员中，日后在文艺界崭露头角的，有球技不佳但体力充沛、在篮球场上满场飞的林清玄，勤于创作、每次见面就有新作的吴锦发，能文善画的黄玉珊等。

可惜的是，好不容易盼到大三，可以上余老师专长的重头戏英诗，却传出他应邀前往香港中文大学任教的消息，使我们失去进一步学习的机会。但比起西语系的学长们，我们身受课程充实之利（尽管当时有人觉得文学课程太重了些）；比起学弟学妹们，我们至少跟余老师上过一年课，知道他的个性、喜好和上课方式，许多人也因为亲炙他而对文学有更深一层的兴趣与领会。虽然正式受教于余老师只有短短一年，但他对我们这一班的感情特别深厚，从香港回来参加杨弦在台北中山堂演唱他的《乡愁四韵》等现代民歌时，特地和我们见面、吃饭，询问学习的情形，语多关切。我们班上多人前往中山堂现场聆听杨弦演唱，余老师并上台配合朗诵，为当时文艺界一大盛事。后来余老师和我们班又聚过几次，都殷殷垂询同学们的近况。由于我留在外文学界发展，多年来在不少场合遇到余老师，每次都感受到他的关怀之情。

四年的大学生活是我个人生命的解冻期——不只从目光如豆的联考心态中释放出来，也包括知识、交游、视野各方面的开拓，以及兴趣、自信、方向的建立，尤其奠定了对文学的感性喜好与知性钻研的基础。这些都和当时西语系的小环境及全校的大环境息息相关。虽然余老师在政大主持系务只有两年，却在短短时间内为全系的课程和全校的风气开展了新页，也为我产生了"指南"的效用。我秉持这段时间发展出来的兴趣与方向，继续从事英美文学的研究及翻译迄今。回顾这段指南山下的因缘，余老师的确是既开风气又为师。[*]

---

[*] 　原载于钟玲主编《与永恒对垒——余光中先生七十寿庆诗文集》（台北：九歌出版社有限公司，1998），页195–203，后收入笔者《边缘与中心》（台北：立绪文化事业有限公司，2007），页22–28。

翠玉白菜的联想
——余光中别解

凡艺术莫非是弄假成真

弄假成真，比真的更真

否则那栩栩的螽斯，为何

至今还执迷不醒，还抱着

犹翠的新鲜，不肯下来

或许，他就是玉匠转胎

——余光中《翠玉白菜》

近日细读余光中先生中英对照的诗集《守夜人》（*The Night Watchman*, 2004 年增订二版），综观他近半世纪来的诗作，心中颇有感触。

余光中创作不懈，著作等身，于诗、散文、评论、翻译四方面都有卓越的成就，将来势必在文学史上留名。他曾谦称自己的散文创作是"左手的缪思"，也戏称自己是"艺术的多妻主义者"，但我认为曾多次以观音意象入诗的他，或许"文学的四臂观音"更符合他长年敏于感时应物、多方位辛勤笔耕的形象。

《守夜人》收录诗人自 1958 年至 2004 年的八十五首诗作（作者自估占全部诗作的十分之一弱），加上英文自译，全书中英对照，在其著作中独树一帜。诗人自言，由于涉及翻译，不得不割舍因为"历史背景、文化环境，或是语言特色"而难以处理的作品，有别于中文诗选只管选择得意之作的方式。

谈到译诗，余光中年轻时曾亲访并合影留念的美国大诗人佛洛斯特（Robert Frost）有如下的名言："诗就是在翻译中失去的东西。"（"Poetry is what gets lost in translation."）的确，诗的要质在于音与意（sound and sense），既求声音上的悦耳，又要意义上的赏心，并希望达到意境上的超凡脱俗，这些在以母语创作时已属不易。译诗时，意象和意义较易维持，但音韵、典故和联想则不易传达。公认现代诗人中最讲究音韵的余光中，在大学讲授英美诗多年，喜欢朗诵中英诗作，对音效的要求自然不在话下。

常言道，翻译是吃力不讨好的工作（a thankless job），译者则同时服侍两个主人（serving two masters）——这两个主人秉性各异，要求烦琐，让人动辄得咎。话虽如此，但翻译也是不得不为之事，译者则在两种语言的严苛要求下，试图化"左支右绌"为"左通右达"，甚至"左右逢源"。为了担当两种语言、文化之间的桥梁，译者即使明知其不可，依然勉力为之，并且"衣带渐宽终不悔"。

翻译是一种再创作，文学翻译更是如此，诗的翻译尤然，译者拥有相当的决定权，也应为自己的决定向作者、读者负责。对自译者而言，由于就是作者（author），当然享有更大的权威（authority）——余光中在有关《守夜人》的演讲中就有如是的说法，《自序》结尾也说："有时译者不得不看开一点，遗其面貌，保其精神。好在译者就是作者，这么'因文制宜'，总不会有'第三者'来抗议吧？"因此，浸淫于中西文学多年的诗人，在有限的空间展现了悠游于中英文之间的功力，其自译大多很忠实于原作，偶尔出现衍译，甚至不乏有意的"误译"，但在中英对照阅读时，往往让人觉得就是因为原文与译文的差异，反而使得彼此的意义更形丰富。

重新翻阅全书，印象最深刻的是几首有关诗艺的自白诗和最后一首《翠玉白菜》，各自代表不同阶段的生命境界。年逾不惑的诗人在《积木》（1972）一诗中，把以方块字写诗二十年的自己比喻为执着于搭"方块的积木"的孤独者，"从前的游伴已经都长大／这老不成熟的游戏啊／不再玩，不再陪我玩／最后的寂寞注定是我的"。尽管如此，诗人"依然相信，这种积木／只要搭得坚实而高，有一天／任何儿戏都不能推倒"。诗中固然不免自讽之意，重要的是对诗艺的敬重、坚持与信心，这点更表现于英译里把"这老不成熟的游戏"转译为 "A game that never grows old"（"永不老去的游戏"），以示"文字游戏"之历久弥新。此诗创作迄今逾三十年，诗人也年近八十，仍时有新作问世，单单这股毅力就令人敬佩。而"文字游戏"只要锲而不舍，多加玩味，即使未得个中"游戏三昧"，也"近于道"甚至"进于道"了。

在创作于次年的《守夜人》（1973）中，诗人自道，"四十岁后还挺着一枝笔／已经，这是最后的武器"。被困于"墨黑无光的核心"的诗人直言，"缴械，那绝不可能"。灯下挺笔多年的人，即使怀疑"一盏灯，推得开几尺的浑沌？"，即使无法回答"壮年以后，挥笔的姿态／是拔剑的勇士或是拄杖的伤兵？／是我扶它走或是它扶我前进？／我输它血或是它输我血轮？"，还是道出"作梦，我没有空／更没有酣睡的权利"的豪语，向世人宣告一己的坚定不移。

写于四分之一世纪之后的《七十自喻》（1998），则以河流比喻创作（"再长的江河终必要入海"），而一生创作不懈的诗人在从心所欲之年，听到的是"河口隐隐传来海啸"。尽管全诗伊始提到不知"河口那片三角洲／还要奔波多久才抵达？"，流露出暮年诗人的苍茫心境，但结尾"河水不回头，而河长在"的肯定之语，隐喻了对诗艺恒久的信念。

新千禧年唯一入选之作《翠玉白菜》（2004），以台北"故宫"珍藏的玉器为题，抒发诗人的感怀。翠玉白菜以一半灰白、一半翠绿的整块辉玉雕琢而成。玉工巧妙运用质地色泽的自然变化，将翠绿雕为碧叶，把灰白化为菜梗，筋脉分明，并独具巧思地在碧绿的菜叶上端，刻了两只象征多子多孙的螽斯和蝗虫，成为参访故宫的人观赏、赞叹的珍奇。

"前身是缅甸或云南的顽石"，在玉匠"敏感的巧腕"和"深刻的雕刀"下，超拔出原先玉矿的牢笼，化为玲珑剔透的翠玉白菜，而玉匠在创造出非凡的艺术品时，也使自己摆脱了时光的围限与催逼（"亦翠亦白，你已不再／仅仅是一块玉，一棵菜／只因当日，那巧匠接你出来／却自己将精魂耿耿／投生在玉胚的深处／不让时光紧迫地追捕"）。诗人进一步表达自己对艺术与真假的体认："凡艺术莫非是弄假成真／弄假成真，比真的更真"。这种见解对服膺李贺"笔补造化天无功"、王尔德（Oscar Wilde）"人生模仿艺术"之说的余光中，实不足为奇。[1]至于紧抱着"犹翠的新鲜，不肯下来"的螽斯，根据诗人的奇想，"或许，他就是玉匠转胎"。

---

[1]　笔者于1972—1973年在余老师的英国文学史课上，曾听他引用李贺此诗句来说明文艺（笔）能弥补自然（天）之不足。钱锺书在《谈艺录》的《创作论》之"模写自然与润饰自然"一节，首先引用的就是这句诗，并说："此不特长吉精神心眼之所在，而于道术之大原、艺事之极本，亦一言道著矣。夫天理流行，天工造化，无所谓道术学艺也。学与术者，人事之法天，人定之胜天，人心之通天者也。"此外，余老师曾中译爱尔兰作家王尔德所有四部喜剧，并以普通话及粤语演出。而"人生模仿艺术远超过艺术模仿人生"（"Life imitates Art far more than Art imitates Life"）则是王尔德的艺术观。

进言之，诗人宛如文字的玉匠，化平凡为神奇。如果玉匠"一刀刀，挑筋剔骨"，使翠玉白菜从原始的辉石玉矿中脱胎换骨，那么诗人便以其神思和"敏感的巧腕"，使诗作从垒垒的方块字库中脱胎换骨，即使"弄假"，也已"成真"，即使"舞文弄墨"，也已化为比真实人生更真实、更久远的诗艺。诗人如同对诗艺紧抱不放的"栩栩的蠢斯"，之所以能"投生""转胎"，印证了以文字在时光中铭刻、创造的人，借由万古长新的艺术，不仅使自己得到久远的生命，也使有缘的读者得到崭新的体会与领悟。

更大胆的联想则是，每个人都是人生的艺术家和诗人，以生命为素材，在迅速流转的时光中，时时都是发挥巧思、施展妙腕的契机，如何善加把握，雕塑自己的生命艺品，书写自己的人生诗篇，将决定自己能否摆脱"时光紧迫地追捕"，形塑更佳的"投生""转胎"之处。*

---

* 原载于 2005 年 10 月 13 日"中央日报"副刊，收入笔者的《边缘与中心》(台北：立绪文化事业有限公司，2007)，页 29–35。本文撰写于《守夜人》增订二版出版次年，此书增订三版于 2017 年问世，是余老师生前出版的最后一部作品。

"在时光以外奇异的光中"
——敬悼余光中老师

一、师生因缘

2017年12月4日接获香港友人电邮，劈头就说余光中老师住院，向我打探详情。我心中又惊又惑，惊的是老师怎么住院了，惑的是我没接到任何消息，此事当真？我心里着急，便打电话到余府。虽说是四十多年的老学生了，但我总担心会打扰老师，平日极少致电。电话是师母接的，她向我说明情形，语气相当平和，让我放下悬念。13日清晨，我竟然梦见余老师，情节清晰，醒后犹历历在目。我觉得忐忑不安，因为印象中似乎从未梦见过老师，于是匆匆将梦境记在手机内，并向好友李有成提及此事。谁知次日中午就接到老师去世的噩耗，几小时内网上出现海内外各路信息与评论，可见此事引发华人世界广泛关注，甚至可说每个人心目中都有自己版本的余光中。

我的版本始于1972年10月。当时我从南投中寮来到台北木栅指南山麓，成为政治大学西洋语文学系新生。初到全台首善之都的公立大学，不满18岁的乡下男孩心中的惶惑多于憧憬。大一时外系的一场演讲更使我对文学充满怀疑。那时担任系主任的余老师距离我非常遥远，唯二的接触就是刚进系里时聆听他对大一新生的英文训话，以及校庆运动会前他到运动场为大一啦啦队打气。

单德兴和余光中老师于政大四维堂前合影（1975）。（单德兴提供）

大二时余老师的英国文学史是必修课，每周都会跟老师见面。他那时创作转向民谣风，这兴趣也反映在教学上，对《诺顿英国文学选集》（*The Norton Anthology of English Literature*）里的民谣（popular ballads）情有独钟，每首都仔细讲解、朗诵，自得其乐，学生也为之陶醉。文学知识的传播固然重要，但老师更特别的是把对文学的热爱传达给我们。他勤于诗作，那时好像也在报上写专栏，经常在课堂上分享，《朋友四型》等文章以及有关中东石油危机的诗作《自嘲》就是那时亲耳听闻的。老师对文坛动态如数家珍，记得杨牧先生有篇散文在《中国时报》的《人间副刊》发表时，他称赞之余并期许我们将来有人能写出像那样的好文章。他肯定罗青先生的《吃西瓜的方法》为现代诗开出一条新路，赞许历史本行的陈芳明先生的文学评论集《镜子与影子》，对思果先生的《翻译研究》表示钦佩……老师对英美摇滚乐与流行民歌的介绍更不在话下，甚至模仿美国民谣歌手鲍勃·迪伦（Bob Dylan）的作品。正是这些"闲话"打开了我们的视野，把遥远的英国文学史和英美流行文化与当代台湾文坛连接起来。

当时冷战犹炽，面对风雨飘摇的局势，余老师态度坚定，在课堂上批评一些海外人士言行不一，在海外过着资本主义社会的舒服日子。记得他在一篇文章中公开挑战这些"左言右行"的人，以十个问题来决定哪个社会好，到底谁能言行一致。在那段复杂的岁月中，老师的忧心溢于言表，经常反映在诗文里。这种情形直到两岸情势和缓、恢复交流之后才改观。

老师的言教身教引发了我对文学的强烈兴趣，除了认真上课，反复细听同学的文学史课堂录音外，并自发找了一些补充信息，因此上学期该科得到全班最高分。此外，我多方参加有关文学的演讲与活动，以及系上举办的全校活动，尤其是抱着"以战练兵"的心态参加中英翻译比赛，细读思果先生刚出版的《翻译研究》，竟以初生之犊的姿态得到第一名。当时班上一些同学在文艺方面也有浓厚的兴趣与出色的表现，以致老师对我们这班印象深刻，即使后来赴港教学，每次返台都会相约见面，多所关怀与勉励。1975 年 6 月我们大三时曾前往台北中山堂，参加杨弦根据老师诗作而谱曲的"现代民谣创作演唱会"，欣赏诗人与歌手同台演出。我们聆听老师亲自朗诵，当熟悉的诗句由歌手口中唱出时，诗与歌的结合仿佛使文字借着音乐活转过来，打心底产生一股奇妙的感觉。

政大西语系毕业生从事文学研究的不多，因此老师对我青睐有加。老师应政大之请捐赠文物以供图书馆典藏，其中包括数十年前我们这班的英国文学史成绩单，并特别指出成绩最好的那位现在是"中研院"的学者。记得老师上课时曾偶尔提过学者与作家的差异，并说当学者很辛苦。不过对我来说，人文学者只要有一定的训练，稳扎稳打，多少能有一些成果。而作家讲究创意，甚至"无中生有"，风险更高。以往我不太愿意在公开场合强调师生关系，以免有狐假虎威之嫌。随着年事渐长，愈觉得缘分难得，师恩浩荡，于是近年在许多场合都表明余老师是我文学与翻译的启蒙师，没有老师的教导就没有今天的我，以示不忘师恩。我也曾几度当着老师和师母的面宣称是老师赴香港任教之前在台湾的"关门弟子"，两人都未表示异议。

二、弟子服劳

不忘师恩当然就有事服劳，老师也多次给我机会。我三度应邀担任梁实秋文学奖翻译类评审，目睹老师事前逐篇仔细评分，现场全天马拉松式讨论（当时他已年逾八旬），事后撰写评论，纳入专书，广为流传。老师几次跟我提到，这种兼具奖赏、评论与出版的一贯作业方式，能发挥较大的社会教育功能，让大众更重视翻译。2012年《济慈名著译述》出版时，老师邀请彭镜禧教授与我在台北诚品信义店进行三人对谈，不少学界前辈与文学粉丝前来致意。2015年"余光中特展"于台师大总图书馆展出，老师找我与他对谈翻译，由彭教授主持，当天气温陡降，但现场爆满，有不少大陆学生前来聆听，并与老师合照，这些粉丝的兴奋之情溢于言表。最近一次就是香港中文大学文学院举办的"第六届全球华文青年文学奖"翻译组决审。老师2016年因为不慎摔伤，导致颅内出血，住进加护病房一段时间才出院，身体尚在恢复中，因此虽然命题，却不便评审，改为由我代劳，与金圣华、彭镜禧两位教授决审，并于2017年4月前往香港颁奖，参加文学创作与翻译专题讲座与座谈会。在金、彭两位教授评论得奖者的译作后，我一反前例，没有评析得奖者有关老师命题的那段英文中译的良窳，而以"六译并进的余光中"为题发表演讲，介绍这位"三者合一"（作者、译者、学者）、"六译并进"（做翻译、论翻译、教翻译、编译诗选集、汉英兼译、提倡翻译［前五项来自张锦忠的观察］）的译界典范。结束前我特地附上大学时代与老师在政大四维堂前的合照，鼓励来自全球的翻译新秀，希望他们能从毕生以创作与翻译为志业的余老师身上得到启发。事后不少人向我表示，这种由文到人、由翻译剖析到译者典范的安排很有意义。

高雄中山大学接获企业界捐赠，于2013年成立余光中人文讲座，提倡文艺活动。余老师亲自致电邀请我担任咨询委员，对学生依然如此讲究礼数，令我深为感动，当场答应必尽绵薄之力（其他委员包括陈芳明、苏其康、李瑞腾、黄心雅）。老师思虑周密，在开会前已有若干想法，会议在他主持下集思广益，很尊重学生辈委员们的意见。决议后许多贵宾由老师出面邀请，因为地位高、人脉广，受邀者均视为殊荣，计划都能顺利执行。老师与这些贵宾对谈（依序为电影导演李安、"中研院"院士金耀基、海派作家王安忆、建筑师姚仁喜、戏剧导演杨世彭、南管名家王心心、乡土作家黄春明等），场场爆满，允为南部文化盛事，为高雄中山大学增添了许多人文气息与艺术光彩。活动结束后并发行书籍与DVD，让无法到现场的人也有机会分享老师与贵宾们的专长、经验与智慧。

后来老师由于摔跤伤头后体弱，不便与人对谈。2016年9月30日我参加咨询委员会，由老师的女公子幼珊代为主持，决定部分活动改为翻译系列演讲。会后老师特地设宴于汉来饭店。这是老师伤后与我首度见面，精神与体力显然比以前差，说话声音很小，我必须凝神静听。但老师的兴致很不错，等上菜时在餐巾纸上玩起英文接龙游戏，师母说老师平时以此自娱。果然是中英文俱佳的诗

2016 年 9 月 30 日，单德兴和余光中、范我存夫妇合影于高雄汉来饭店。（余幼珊摄）

人，随时不忘磨炼文字利器。结束时我在后面看着幼珊搀扶手持拐杖的老师缓步离去，想到老师昔日健步而行，不觉心中一酸。

为了庆祝老师九十大寿，原定 2016 年 10 月推出"诗情乐韵余光中"诗文音乐会，但因老师头伤，加上莫兰蒂台风与梅姬台风接连来袭，高雄中山大学逸仙馆严重受损，改于 2017 年 3 月 4 日举行。这是老师伤愈复出的第一次大型公开活动。我前一天南下，在余光中人文讲座主讲翻译，次日参加盛会。为了保持老师上台朗诵的体力，诗文音乐会前的晚餐分桌而坐，而未像以往般同桌边吃边聊。这次演出甚为成功，我们一方面感动于老师为文艺而忘躯，另一方面欣喜于老师身体康复。老师显然很满意自己的表现。但我万万没想到这竟是我与老师最后一次相见。

2017 年 7 月召开咨询委员会，老师坚持亲自主持。我因在哈佛大学研究访问，并前往梭罗（Henry David Thoreau）故乡参加作家诞生两百周年年会，不得不告假。会后得知在陈芳明、李瑞腾等委员倡议下，2018年将举办老师九十大寿学术研讨会，出版寿庆文集，并规划老师与一些学者对谈，翻译方面由我搭配。10月23日高雄中山大学为老师庆生，我因诸事缠身，心想不久会在九十寿庆活动与老师见面，就未专程南下，但还是留意相关报道。老师致辞时依然妙语如珠，表示任教中山大学三十二年，人来人往，但他依然镇守此地，因此自喻为"西子湾的土地公"，也提到"行百里者半九十"，希望还能有四五年的时光继续健康写作。看到老师恢复了以往的精神与风趣，我心中颇感宽慰，对2018年的九十寿庆活动充满期待。

三、缴交功课

既然有事弟子服其劳，那么老师过寿学生"交功课"也就理所当然。我大二时受到老师启发，走上文学研究之路，在翻译上一向抱持着昔日参加翻译比赛的态度，兢兢业业，以老师为榜样，多年来也致力于提升翻译与译者的地位。由于老师在诗歌、散文、评论与翻译四方面的成就卓越，我曾誉为"四臂观音"，但自知欠学，虽多年持续拜读老师各方面的作品，却始终不敢着手研究。1998年老师七十寿庆时，钟玲教授主编《与永恒对垒——余光中先生七十寿庆诗文集》，向我邀稿，出乎众人意料地，我不像其他学者般交论文，而是交出一篇散文《既开风气又为师——指南山下忆往》，描述老师在政大短短两年间，对校园整体文艺风气的提升，以及对我个人的重大影响。由于以实例展现老师罕为人知的一面，后来收录于陈芳明教授编选的《台湾现当代作家研究资料汇编34余光中》，成为性质独特的一篇。

等到老师八十大寿时，陈芳明教授在政大举办"余光中先生八十大寿学术研讨会"，苏其康教授另外主编寿庆文集。十年前那种散文一辈子只能写一篇，而老师的文学创作已有多人研究，也不是我的学术领域，于是另辟蹊径，从翻译研究的角度撰写两篇论文，以回报启蒙师：《左右手之外的缪思——析论余光中的译论与译评》于会议中发表，《含华吐英：自译者余光中——析论余光中的中诗英文自译》则收录于苏其康教授主编的《诗歌天保——余光中教授八十寿庆专集》。老师译作众多，各有特色，我既然开始研究，就打铁趁热，再接再厉写出《一位年轻译诗家的画像——析论余光中的〈英诗译注〉》与《在冷战的年代——英华焕发的译者余光中》，也特意从翻译的角度与老师进行深度访谈，两万五千多字的《第十位缪思——余光中访谈录》是有关老师翻译因缘的最详细访谈。此外，我曾就"译者余光中""余光中的翻译之道""余光中的翻译志业""六译并进的余光中"以及老师翻译的小说《老人和大海》（后来易名为《老人与海》）、剧作《不要紧的女人》在海峡两岸暨港澳地区发表专题演讲，获得相当不错的回响。原本计划将这些演讲改写成论文，连同访谈录结集出版，书名就叫《翻译家余光中》，甚至想请老师在扉页题字，于九十寿庆时当作贺礼，让华文世界重视老师的这个重要面向与贡献，如今这个愿望已无法实现了。

老师数十年来讨论翻译的文章甚多，在理论、批评、实务上都有独到的心得，当今中文西化严重、翻译体横行，这些见解颇有矫正的作用。大陆早就出版了《语文及翻译论集》（《余光中选集》卷四，黄维梁、江弱水编选，安徽教育出版社，1999）与《余光中谈翻译》（中国对外翻译出版公司，2002），读者一卷在手，就能汲取老师多年翻译心得，增长不少功力。但台湾除了《含英吐华：梁实秋翻译奖评语集》（九歌出版社有限公司，2002）之外，其他文章散见于不同书中，有些新作甚至尚未收入书里。我曾数度向老师和师母提到此事，甚至考虑要不要毛遂自荐，代为整理翻译论文集。然而老师忙于整理诗集、文集与两本译诗集，对书稿整理也自有一套行之有年的严谨作业程序，他人难以代劳，所以就未积极进行。

老师对学生非常照顾，提携后进不遗余力，言教身教多所启迪，甚至有很多"授后服务"，包括为学生的小孩命名。我个人印象深刻的就是老师为人写序绝不应酬敷衍，每篇都是细读后的悉心之作，既有肯定、期许，也不吝提出改进之道，《井然有序——余光中序文集》便是集大成之作，因此我在为人写序时也敬谨行事，字斟句酌。再者，从早期《英诗译注》就可看出老师对翻译的慎重，小至一字一词的理解，一韵一律的掌握，中至通篇的结构、技巧、意象、内容，大至作者生平、时代背景、文学史地位，都能透过雄深雅健的文笔传达给读者，对译作力有未逮之处也坦白承认。他参与其事的《美国诗选》与以一己之力完成的《英美现代诗选》在华文世界影响深远。这些不仅树立了译者的楷模，对我主张翻译的"双重脉络化"（dual contextualization）也深有启发。至于修订译作再行出版，如《梵谷传》《老人与海》《守夜人》《英美现代诗选》等，更展现了再接再厉、精益求精的态度，因为正如他所言，世上没有完美的翻译（"译无全功"[Translation knows no perfection]），只能尽量逼近原作（"翻译是逼近的艺术"[Translation is an art of approximation]），无法完全传达形音义，译诗尤然。然而由于中文的特色，有时翻译能产生原文未有的效果，他在王尔德（Oscar Wilde）的喜剧翻译时提到这点，不免得意之色。有这样精进不已的典范，后生晚辈又岂敢言老、说累？！

近年来师生较多往返，我的著作都呈请老师指教，老师每有新书也签名赠送，大多题字"惠存"，幽默文集则题"笑览"。2009年新版《梵谷传》除了"德兴惠存"之外，还题了"To a most rewarding fellow-traveler in translation"，视我为翻译同道，语多勉励。2017 年 6 月赠送的《英美现代诗选》更写上"德兴吾弟留念"，打破师徒界线，令我受宠若惊，愧不敢当，深切感受到晚年的老师有如成熟的麦穗，成就愈高，待人愈谦和。

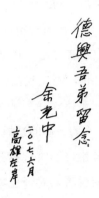

余光中在送给单德兴的新版译作《英美现代诗选》上题签。（单德兴提供）

四、"奇异的光中"

老师的尊翁超英先生辞世时年近百岁，因此家族有长寿基因，若非先前头伤，当不致如此迅速凋零。一生创作不懈的他，对自己也有所期许。每隔十二年修订一次的《守夜人》在《三版自序》中说道："再过十二年我就一百岁了，但我对做'人瑞'并不热衷。所以这第三版该是最新的也是最后的《守夜人》了。"如今读来似有预感，却未料到在出版不到一年便告别人世。如今，这粒麦子已落在他生活多年、时时歌咏的台湾土地里，甚至在落地前已通过言教身教与自称的文学写作的"四度空间""四张王牌"启发了不计其数的后进。

我曾询问老师是否写日记，老师说没有写日记的习惯，表示他的作品就等于日记。我也问过老师是否计划写自传或回忆录，但他也没有这些计划。我甚至问过有没有考虑过自己将来在文学史上的地位，他则说留待未来文学史家评价。在整理老师的翻译访谈稿时，我曾奢想有没有可能仿照一些前例，以一问一答的方式呈现老师精彩的一生，但在老师头伤、体力衰退之后就不便提起。至于老师的宗教信仰也未明确表示，倒是师母曾透露两人倾向佛教，除了教义较契合之外，勤修佛法的幼珊应有一定程度的影响。

老师一生勤于写作，把握当下，不谈身后事，生命最后阶段未采取侵入性治疗，并自加护病房移至普通病房，在家人环绕助念声中安详往生，如今已纵浪大化，不喜不惧，融入"在时光以外奇异的光中"。*

2017 年 12 月 18 日

台北南港

---

* 标题取自余光中老师诗作《白玉苦瓜——故宫博物院所藏（1974）》。原载于《文讯》，第 387 期（2018.1），页 78–83；转载于"澎湃新闻·思想市场"，2018 年 2 月 1 日，https://www.thepaper.cn/newsDetail_forward_1959377。

"译"往情深，精进不已
——追念翻译家余光中老师

译者日与伟大的心灵为伍，见贤思齐，当其意会笔到，每能超凡入圣，成为神之巫师，天才之代言人。此乃寂寞之译者独享之特权。

——余光中

一、访谈翻译因缘

我依约定时间来到高雄中山大学文学院 534 研究室，叩门，余光中老师随即开门。八十四岁的老师神采奕奕，热情招呼我入内。宽敞的研究室里贴墙而立的书架上堆满了书，甚至蔓延到书桌和地面上，不禁让我想起他几十年前的文章《书斋·书灾》。研究室另一头的大玻璃窗光明剔透，朝向西子湾，窗外便是南台湾的明亮阳光与蔚蓝大海。

时间是 2012 年 12 月 7 日，距离我进入政治大学西洋语文学系，成为余老师的学生，整整四十年。老师的满头青丝已成鹤发，我也从不满十八岁的乡下男孩成为年近花甲的学者，纵然岁月催人老，但师生情谊却益发醇厚，愈陈愈香。

1972 年 10 月我通过大专联考，从南投中寮来到台北木栅指南山下，生命也由中学六年只知埋首准备联考的"冰冻期"，来到生气萌发的"解冻期"，冰封已久的文学细胞在和暖温润的校园氛围中逐渐苏醒。大二时上余老师的英国文学史，并参加身兼西语系主任的余老师所主办的全校中英翻

单德兴于 2012 年年底访谈恩师余光中教授于研究室。

译比赛，在文学与翻译上深受启发与鼓舞，其后有幸踏上结合兴趣、训练、职业与志业的学术之路。这些年来除了本行的英美文学与比较文学研究之外，我也很关注华文世界的文学与文化现象，以学术、翻译与访谈等方式介入，并不断阅读老师在个人"写作生命的四度空间"——诗歌、散文、评论、翻译——的丰硕成果。看到年长我将近三旬、早有文坛祭酒地位的老师，依然如此辛勤耕耘文学园地，热心参与公共议题，深深佩服他触角之宽广，思虑之敏锐，创作之勤快，态度之坚定，以及生命力之健旺。

由于专长领域与学力所限，我从不敢妄想"研究"在华文文坛地位崇高的余老师，总认为有比我更适合的人选。然而人算不如天算，老师八十大寿那年，陈芳明教授在政治大学主办"余光中先生八十大寿学术研讨会"，苏其康教授也为九歌出版社主编《诗歌天保——余光中教授八十寿庆专集》，分别邀我撰写论文。"有事弟子服其劳"乃理所当然，何况欣逢恩师八十大寿，更是不能推托。为了"作功课""交作业"，我根据多年阅读感想与翻译经验，从翻译

研究的角度切入，写了《左右手之外的缪思——析论余光中的译论与译评》与《含华吐英：自译者余光中——析论余光中的中诗英文自译》两篇论文，探讨老师文学写作的"四张王牌"中，影响深远却被忽略的翻译论述与成果，为"余学"的翻译面向添砖加瓦，略尽绵薄之力。

既然已经广搜数据并且撰写论文，我便打铁趁热，挖掘更多的议题。尤其老师的"译绩"（这是他的用语）林林总总，琳琅满目，译论与译评各有特色，许多来自他的切身经验，并与创作、评论相辅相成，这些宝贵的心得值得与广大的华文世界读者分享。

我最早的译作之一，就是在硕士生时翻译的《巴黎评论》（*The Paris Review*）享有盛誉的作家访谈录，得以深入了解其引人入胜之处及标准作业程序，并自 1983 年起亲身访谈国内外的作家、学者、批评家、理论家等数十人次，在一问一答之间留下许多宝贵的一手数据。然而面对文学与翻译的启蒙师，多年来总觉得自己准备不足，却步不前，这种状况于情、于理、于学术都说不过去，终于下定决心要善用师生之缘，从较有把握的翻译着手。在高雄中山大学外文系黄心雅教授协助安排下，百忙中的余老师爽快首肯，于是有了这次访谈。

由于机会难得，我依惯例事先备妥几页的题目与数据，提供给受访的余老师，访谈当天老师照着所拟的问题一一作答。由于过程较长，中间两人外出与高雄中山大学外文系几位老师共餐，回来后继续对谈。扣除用餐时间，前后大约三小时，在我多次访谈中是比较长的。问者追根究底，答者知无不言，真可谓有来有往，宾主尽兴。到后来老师的声音甚至有点沙哑，让我于心不忍，老师却毫不在意。若非约定的装修工人到来，师徒二人的对话肯定不会就此罢休。从访谈中我充分感受到老师对翻译的重视，对学生的体贴，以及金针度人的良苦用心，让我在睽违数十载之后，有机缘再度领受老师的传道、授业、解惑，而且是前所未有的"单独授课"，一问一答，贴身学习。此情此景永生难忘。[1]

二、七十年的翻译因缘与"译绩"

许多人想必跟我一样好奇，想知道余老师的翻译因缘，这也是我的第一个问题。他透露自己高中时与翻译结缘，阅读了一些名家的译作，印象深刻。高三时甚至与一位同班同学办了一份小报，以旧诗体翻译了英国浪漫主义诗人拜伦的《海罗德公子游记》（George Gordon Byron, *Childe Harold's Pilgrimage*）中咏滑铁卢的八段。就读金陵大学一年级时，"热衷于翻译，几乎是不择手段，碰到什么就想翻译什么"，于是翻译了英国剧作家贝西尔的《温坡街的巴蕾特家》（Rudolf Besier, *The Barretts of Wimpole Street*）。虽然能够掌握英文原意，"可是中文不够好，当然是翻不清楚，翻了才六分之一就知难而退"。由于内战，时局混乱，他于大二时南赴厦门大学，印象中翻译了一篇杂文，刊登在当地报纸。

1950年他随家人渡海来台，考入台湾大学外文系三年级，教授阵容中有英千里、赵丽莲、吴炳钟等名师，由英千里讲授英诗，吴炳钟讲授翻译。他在第一本诗集《舟子的悲歌》的《后记》坦言英诗对他的诗作启发最大，超过旧诗与新诗，在第二本诗集《蓝色的羽毛》的《后记》中更说"我无日不读英诗"。在细读英诗的同时，他也正式踏上英诗中译之道，译作刊登于赵丽莲主编的《学生英语文摘》（英千里与梁实秋为该刊顾问，吴炳钟负责一个专栏），并受到这些师长的鼓励。1960年出版的《英诗译注》，是他继翻

---

[1] 即本书《第十位缪思——余光中访谈录》。

译史东的《梵谷传》(1956—1957 [Irving Stone, *Lust for Life: The Story of Vincent van Gogh*, 1934])与海明威的《老人和大海》(1957 [Ernest Hemingway, *The Old Man and the Sea*, 1952])之后出版的第三本译著,也是第一本译诗集,除了原诗与中译对照之外,还有单字、词组、句法等文意的解释,意象、韵脚、节奏等技巧的说明,以及诗人略传与文学史地位的评述等,展现了他的早慧与认真。我曾以《一位年轻译诗家的画像——析论余光中的〈英诗译注〉(1960)》专文讨论,指出此书"既为他初试啼声的英诗中译结集,也反映了他当时的翻译理念与策略,借由文字的移译、文本的解析、文学的诠解甚至文化与脉络的再现,具现了他早年'研究'与'提倡'英诗的努力,并预示了'三者合一'的翻译、译评与译论"。

其实,翻译不仅是细读中的细读,也是语文转换的硬碰硬功夫,是对两种语文之间的形、音、义最扎实的吸收与表达的训练,对他的英文文学素养与中文新诗创作发挥了巨大的作用。也因为他认真翻译英诗,引起在台大外文系兼课的吴鲁芹(本名吴鸿藻)的注意。吴当时是驻台的"美新处"职位最高的华籍人士,在"冷战"时期的文化外交政策下,亟思译介美国文学。经由他的介绍,余老师联系上为香港"美新处"所支持的今日世界出版社编选《美国诗选》的林以亮,林正为找不到适当的译者苦恼,余老师的出现有如天助。他不负众望,除了译诗之外,也撰写诗人生平与评介。《美国诗选》出版时四位译者中由已享文名的张爱玲领衔(张曾有"成名要趁早"的名言),其实全书几乎一半的篇幅出自余老师手笔,贡献及受重用的程度可见一斑。这个翻译计划开启了他与"美新处"的合作关系。

然而,在那之前余老师曾与"美新处""交锋",缘由就是他翻译的海明威名著《老人和大海》。此小说原作于1952年9月号《生活杂志》（*Life Magazine*）一次刊完，于两天之间售出五百三十万份。他一读之下非常喜爱，不仅着手翻译，并于 1952 年 12 月至 1953 年 1 月在台北《大华晚报》连载。这部小说出版当年获得普利策奖，海明威第二年获得诺贝尔文学奖，足证译者的慧眼。大约在那段时期，由上海移居香港的张爱玲也在"美新处"资助下翻译此书，采用的书名是现在流通的《老人与海》（1952），初版时用的是笔名"范思平"，在海明威获得诺贝尔文学奖、中译再版时才使用本名。张译本 1972 年由今日世界出版社重新印行，加上李欧梵翻译的海明威专家贝克（Carlos Baker）的长文为序，成为当时华文世界流通最广的版本，也是我大学时读的版本。换句话说，张爱玲的译作是由"美新处"所支持，而余老师的连载与 1957 年由台北重光文艺出版社出版的《老人和大海》，却是在信息相对落后的台湾单打独斗的成果，可说是以一人敌一机构，甚或一国，足证他的见识与努力。[2]

就译书而言，在《老人和大海》结集出版之前，余老师还出版了史东的《梵谷传》上下册全译本。此书篇幅甚长，连翻译莎士比亚全集的梁实秋教授都建议节译即可，但身为学生的他不为所动，终于在当时的女友、后来的师母范我存女士协助抄誊之下完成全书，嘉惠了许多艺术爱好者。此书于 1978 年大幅修订一万多处，2009 年再次修订且补充了"梵谷一生的行旅图"，以及梵谷同时代画家等不少数据，足见余老师对译事之慎重，精益求精。他曾指出，正如诗无达诂，译无全功（Translation knows no perfection.），翻译既然不可能完美无瑕，因此就成了逼近的艺术（an art of approximation），而认真的译者则竭尽所能逼近原作。

---

[2]　此译作修订版 2010 年由南京的译林出版社出版，易名为一般中文读者熟悉的《老人与海》。

余老师数十年来的译作总计有十五种，数量虽不及职业翻译家，但心细质精，各具特色，影响深远，则是公认的事实，足与其他三方面的文学表现相提并论，因此笔者曾喻／誉他为文学世界的"四臂观音"。

三、翻译新作与修订旧译

尽管如此，我在 2012 年与余老师进行访谈时，他并不以现有的译绩为满足。访谈接近尾声时，我询问未来的翻译计划，余老师很明确地提到他的计划既有前瞻，也有回顾，也就是翻译新作与修订旧译，让人充分感受到他老骥伏枥、志在千里的壮心。他想要新译的作品不少，首先就是希腊裔西班牙画家葛雷柯（El Greco, 1541—1614）的传记，因为先前"《梵谷传》的影响不错"，而且"相关的学术研究比较枯燥，但画家传记一般读者会比较有兴趣，对画家也有鼓励作用"。另一个原因则是他自认对绘画的了解高过音乐——虽说他以往写过介绍英美民歌与摇滚乐的文章，也从中汲取不少创作的灵感。

余老师也提到还想翻译一本小说，但因有名的小说大多已有中译，为了避免重复，就转为译诗，尤其是篇幅较长的叙事诗。他特别指名苏格兰诗人彭斯的《汤姆遇鬼记》（Robert Burns, "Tam o'Shanter"），那首诗叙述的是一则幽默的苏格兰民俗故事。余老师写道："类似这种一两百行，甚至三百行的诗，至少再翻译三五篇吧。"因为中文的新诗、现代诗大多以抒情为主，长篇叙事诗甚少，"所以多翻一些叙事诗，让我们的诗人可以借镜，应该会有一点帮助"。由此可见，他虽然年事已高，依然胸怀壮志，计划翻译的文本既结合自己的专长与兴趣，也期盼有益于中文世界的读者，尤其是诗坛与画坛。

至于修订旧译，余老师提到的两本都是译诗，其中之一就是他译作中最特殊的《守夜人》："这本自译诗集我最近会再改编，拿掉两三首，再增加十几首。"我追问取舍的标准，老师答道："拿掉的是自认译得不好的，或者也有其他考虑，增加的则是一些新译。"我再问"其他考虑"为何，他也有幽默的解释，师生相对莞尔。

他更提到出版于 1968 年、影响久远的《英美现代诗选》，认为这本译诗集"过了这么多年，已经不能算很现代了"，而且后来至少又翻译了四五十首英美诗，因此"很需要时间来重新修订《英美现代诗选》，至少可以把它扩大成现在的一倍半的分量，先前没入选的诗人要写评介，诸如此类的事"。然而当时已近八十五岁的余老师也明白自己所面对的时间压力："假设我这些事情没做就去世的话……"话未落定，我赶忙插嘴："不要这么说……"老师接着说："……那就太可惜了。"

听到年已八旬的老师除了写作及响应海内外纷至沓来的邀约之外，还有这么多具体的翻译计划，让我既敬佩又惭愧。敬佩的是他的自我要求以及对文学与翻译的坚持，不因年高而稍有懈怠，反而要善用有限的时光，努力完成明确的目标；惭愧的是，我身为学生又是学者，以往受限于学力与时间，并未积极投入老师"译绩"的研究，让人更明确认知，即使单就翻译的论述、表现与影响，余老师早就卓然成家，足以在华文翻译史上留下光辉的纪录。

四、《守夜人》增订新版

因此，2017 年 1 月接到余老师寄来的邮件，信封上是端端正正的"余体"，里面是签名赠送的增订新版《守夜人》，我内心大受感动，因为这本书不仅是老师以将近九十高龄完成的长久计划项目（距离先前访谈已有四年），更是在前一年夏天因摔跤而颅内出血、进出加护病房之后完成的第一部译作修订（也是痊愈后出版的第一部作品），赓续先前大幅修订的译作《梵谷传》和《老人与海》，示范了对译事的坚持不懈与精进不已。

此书脱胎自 1971 年的 *Acres of Barbed Wire*（《满田的铁丝网》），原先是作者以英文翻译自己的四十八首诗，由台北的美亚出版公司出版。更早的三首英文自译出现于他 1960 年在台湾和香港地区出版的 *New Chinese Poetry*（《中国新诗集锦》），后者原为他在美国爱奥华州立大学艺术硕士学位论文。余老师于 1992 年增订了多首新译，以中英对照的方式出版，取名《守夜人》，总计六十八首，2004 年的二版增至八十三首。这次接到的是第三版，删去十三首（其中两组诗作《山中暑意七品》与《垦丁十一首》以两首计，远超过他在访谈时提到的篇数），增加了包括《江湖上》《踢踢踏》《苍茫时刻》在内的十三首，总计八十五首。依照诗人自己估算，三个版本的英文自译数量，大约各占当时中文诗作的十分之一、十三分之一弱与十四分之一，由此可见余老师数十年来现代诗创作与英文自译并进，穿梭于两大语文之间，相辅相成，迭有斩获。

在老师的十多种译作中，自译的《守夜人》独具特色。在 1992 年的初版《自序》中，诗人／自译者对个中甘苦有如下的幽默说法：

> 诗人自译作品，好处是完全了解原文，绝不可能"误解"。苦处也就在这里，因为自知最深，换了一种文字，无论如何翻译，都难以尽达原意，所以每一落笔都成了歪曲。为了不使英译沦于散文化的说明，显得累赘拖沓，有时译者不得不看开一点，遗其面貌，保其精神。好在译者就是作者，这么"因文制宜"，总不会有"第三者"来抗议吧？（《守》15）

作者/译者"因文制宜"之说,是双语者以不同语文写作的切身感受,因为语文各有特殊的形音义,又涉及不同的文化与历史背景,许多意涵、联想、典故、双关语与文字游戏无法以另一个语文传达。作者(author)和译者既然合体,自有特殊的权威(authority),因此余老师针对评论的"第三者"——大抵就是类似笔者这种学者或"好事之徒"——可能的"抗议"与批评事先消毒,谈笑间就建立起一道"防火墙",令人佩服其风趣幽默与"先发制人""制敌机先"。

在时光中有变,也有不变——变的是岁月流逝,年华老去;不变的是对诗的热忱,历久不衰。十二年后的《二版自序》有如下的自省与自勉:"诗兴不绝则青春不逝,并使人有不朽的幻觉。"言下之意,只要诗人维持诗兴,不使断灭,那么即使外表因为年岁而逐渐衰老,但内在的活力并不会随之枯竭消逝。然而"不朽的幻觉"一说似乎也透露出曾放言要"与永恒拔河"的诗人,在将近八十岁时体悟到"不朽"到头来可能只似哄骗小孩止啼的黄叶,有如梦幻泡影,正像《不朽,是一堆顽石?》一文所说的:"对诗人自己说来,诗,只是生前的浮名,徒增扰攘,何足疗饥,死后即使有不朽的远景如蜃楼,墓中的白骸也笑不出声来。"尽管如此,面对生命的当下,只要因缘所及,余老师仍是应缪思的召唤努力创作,证明自己未因老迈而丧失对生命的好奇与对诗歌的热情,以致"余"郎才尽,交回彩笔,弃械投降。相反地,诗兴不绝的他老而弥坚,创作不歇,自译不绝,仿佛胸中燃烧着青春之火。

又隔十二年,在撰写《三版自序》时老师已近九十高龄。即使家族有长寿基因,耄耋之年的诗人也坦然表示:"再过十二年我就一百岁了,但我对做'人瑞'并不热衷。所以这第三版该是最新的也是最后的《守夜人》了。"诗人/自译者在此表明了个人对生命的态度，宣告自己并不热衷成为百岁人瑞，并预示了自译诗集的定版/终极版（definitive edition），证诸不到一年后便溘然辞世，颇似一语成谶。尽管如此，短短两句传达出对生命与创作有时而尽的体悟，暗藏其中的则是对文学的信念：只要作品在，作者就在；只要译作存，译者就存。寓个人生命于创作与翻译中，肯定文学之盛事与立言之不朽。[3]

五、《英美现代诗选》新版

五个月之后的 6 月 30 日，我接到余老师寄赠的新版《英美现代诗选》，版权页注明出版日期为 2017 年 7 月，也就是在上市之前就接到老师的赠书。手中捧着近四百页的书，想到近九十高龄的老师仅隔半年就出版了另一本新版译诗集，而且是令人期待已久的《英美现代诗选》增订版，这种对翻译的投入，尤其是对译诗的专注与热爱，实在令人感动。扉页题词"德兴吾弟留念"迥异于以往，让我受宠若惊，深感于老师的抬爱，也有些许其他的联想。

《英美现代诗选》综合了余老师早年独译《英诗译注》以及与张爱玲、林以亮、邢光祖等人合译《美国诗选》的经验与心得，因为前两本书便是集翻译、注释、解说、作者生平、时代背景、文学评价于一身。在《英诗译注》的《译者小引》中，余老师对译诗有个颇令人玩味的比喻："事实上，译诗一如钓鱼，钓上一条算一条，

---

[3] 参阅本书《含华吐英：自译者余光中——析论余光中的中诗英文自译》。该文结论指出："在他翻译时，固然由于语言差异而凸显了可译与不可译的问题，却也'因难见巧'地让人见识到译者的巧思和'变通的艺术'，而原文与自译呈现了余光中的不同面向，使他有如戴着不同面具的表演者，成为自由出入于双语之间的代言人，以及从含英吐华到含华吐英、从传达他人到再现自己的另类巫者。"

要指定译者非钓上海中那一条鱼不可，是很难的。"林以亮在《美国诗选》的《序》中沿用了这个比喻，说明译诗之难，并以狄瑾荪（Emily Dickinson）为例说明，在原先选定的十三首诗中，有五首难以译出，只得改译其他五首，并另外申请版权，而狄瑾荪的译者正是余老师。

由此可知，编诗选时尽可挑拣编者心目中的好诗；但编译诗集则受限于可译性，因此余老师在接受我访谈时坦言，《英美现代诗选》"是就自己已经翻译的诗来编"。话虽如此，早年中文世界信息欠缺，有能力从事译诗者甚少，能以文学史观加以品评者更少，所以我在访谈中响应："你的译作，包括对作者的生平简介、诗风介绍、艺术观、文学观等等，发挥了蛮大的译介功效。"对此，余老师谦称："我只有在自己对诗有特殊看法时才敢下一些断语，一般都是根据已有的书上的意见，把它介绍过来而已。也就是说，除了一般的介绍之外，只有 poetic critic（诗评家）才能做这种事，这时就不只是介绍，而是评介了。"可见在这些译诗集中，他兼扮了译者与诗评家的角色。在拣选各家意见时，针对英美诗史与中文脉络发挥了综合与判断的功力。更何况在他的断语中既有身兼读者与译者的看法，有时也会对照中国古典诗词加以品评，而这些文字本身的风格与修辞之美，体现了余老师高超的中文驾驭能力，迥然有别于许多中西学究的掉书袋与食古／洋不化。

这些特色使得余老师的译诗集多年来独树一帜，发挥巨大影响。诗人李进文在提到此书时便说，"准确而有系统的译诗，可以让人上天堂"，并认为"年少懵懂"的他，在初读译诗就能遇到余老师的译作甚为幸运。他也指出诗人／译者陈黎"在《当代世界诗抄》的译诗杂记中也提到：'上大学时读余光中先生译的《英美现代诗选》，觉得受益匪浅。'"[4] 诗人杨泽"大开眼界，获益良多"之说，道出了许多人的心声，因为受惠者并不限于从事创作的诗人，多年来难以胜数的读者、文青，尤其是英文系的学子，都因为余老师的译诗得到启蒙，踏进英美诗歌的殿堂。

如果说余老师早年的译诗集已有上述特色，那么暌违半世纪的新版，除了具体可见增加的七十九首诗之外，隐含其中的则是数十年的创作经验、讲授英诗的心得、文学的见地，以及始终如一的译介热忱。笔者手边最早的版本分为两册。余老师在不同场合跟我提过，先前两册出版的《梵谷传》容易各奔东西，不利保存。可能因为如此，《英美现代诗选》1980 年由时报出版公司发行时合并为一册。1968 年 1 月于台北撰写的《译者序》之末，译诗人表示："书中谬误，当于再版时逐一改正。至于英美现代诗人，今后仍将继续译介，积篇成卷，当再出版二辑，甚或三辑，俾补本书所遗。"可见译者明白书中必有未臻完美之处，也知译介的诗人与作品有限，于是与读者立了这个后续之约。时报版的《新版序》结尾重申："英美现代诗的译介，是我最关切的一项工作。只要时间许可，我当然乐意持续下去。希望未来的十年内，我能译到二百首甚至三百首，使这部不断充实的《英美现代诗选》取材更精，包罗更广，认识更深。"

这些年来余老师的确在不同场合继续译介了一些英美现代诗人的作品，只不过未能如原先所期望的在十年内翻译两三百首，接续出版二辑、三辑，所以《英美现代诗选》新版问世，就某个意义上是履行承诺，只不过未独立成卷。然而，有鉴于他在诗歌、散文、评论三个领域不断耕耘，在翻译领域也译出包括王尔德所有四部喜剧在内的不同类别作品，因此在耄耋之年依然增订新版《英美现代

---

[4] 李进文《我不伦不类的文学启蒙》，刊登于 2012 年 12 月 5 日《中华日报》副刊，B7 版。感谢羊忆玫主编提供。

诗选》的确是一件令人欢喜赞叹的事。有兴趣的学者专家可考证不同版本之间的差异，细究个中道理，对其"译"术与文学评断当有更深的领会。

新版的英国篇有八位诗人，以及两次世界大战参战将士的战争观八首（有心者可将这些诗与余老师本人的战争诗并读），美国篇则有十五位诗人。其中最早的诗人是美国的狄瑾荪与英国的哈代（Thomas Hardy, 1840—1928），[5] 最晚的是赛克丝敦夫人（Anne Sexton，1928—1974），而魏尔伯（Richard Wilbur, 1921—2017）在余老师执笔写序时依然在世，于次年10月14日逝世，已近百岁人瑞。

在短短两段的新版序中，余老师略述该书出版于1968年，新版增加了七十九首新作，并保留了原先逾万言的《译者序》作为纪念。新序特别提道："新版的译诗到了末期，我因跌跤重伤住院，在高医接受诊治半个月（7月16日迄8月1日），住院后回家静养，不堪久坐用脑之重负，在遇到格律诗之韵尾有abab组合时，只能照顾到bb之呼应，而置aa于不顾，亦无可奈何。"此处对受伤只以"跌跤重伤住院"带过，但熟悉内情的人都知道，余老师因摔伤头部导致颅内出血，曾住进加护病房一段时日，出院后体力与精神大不如前，在"不堪久坐用脑"的情况下依然勉力译诗。至于无法完全照顾到韵尾一事，主要在于两个语文之间转换时，很难在译入语同时维持语意的精准与语音的格律，即使在他年轻力壮时翻译的《英诗译注》中，也坦承有时无法完全按照原诗的韵律，不得不换韵。换句话说，在数十年之后，余老师译诗时依然秉持着谨小慎微、全力以赴的态度，力求再现原诗风貌，未能顾及格律之处也如往昔般坦然相告。此篇序言撰于2016年9月，距离出院一个月，

---

[5] 前版最早的英国诗人是叶慈（William Butler Yeats, 1865—1939）。

可见即使到了新版译诗集的最后阶段，译者仍然勤于包括韵尾在内的修订，务使译作尽量逼近原作。

与先前译作不同的是书中透露出的父女之情。序言以欣慰与感谢的口吻提到协助完成此书的女儿："所幸我有一位得力的助手：我的次女幼珊。她是高雄中山大学外文系的教授，乃我同行，且有曼彻斯特大学的博士学位，专攻华兹华斯。《英美现代诗选》新版的资料搜集与编辑，得她的协助不少。在此我要郑重地向她致谢。"幼珊是余老师四个女儿中唯一继承文学专业的，以英国文学浪漫主义诗人华兹华斯为研究对象，前世情人成为今生父女，既同行，又同好，且同事，并以专长协助父亲完成多年心愿，成就文坛与译坛的难得佳话，也成为家族的甜美回忆。

六、"余"音袅袅

2017年10月23日，家人亲友门生故旧在高雄中山大学为定居高雄三十二年的余老师进行九十暖寿，有人祝福寿星"呷百二"，一路活到一百二十岁。余老师致辞时表示，自己不奢想当人瑞，并将"行百里者半九十"这句励志语用在人生道上已跋涉九十载的自己，盼望能有四五年的时光健康写作，完成一些计划中的作品。诗人说这话时保有一贯的幽默风趣，显示思路并未受到先前头伤明显影响，并对自己仍有相当的期许。只可惜天不假年，无常迅速，10月下旬还妙语如珠的老师，竟于12月中旬匆匆谢世，留给亲人、文友、学生与读者无尽的痛惜与哀思。

世寿九十已属遐龄，但对一生坚持写作、深自期许的余老师来说，心理年龄比许多后生晚辈还青春、活泼、有活力、带冲劲。他于七十岁生日当天在台湾五大报的副刊发表诗作，并由九歌出版社同步出版诗歌、散文、评论各一本；八十岁生日时"自放烟火"，分别出版诗集、文集与译作；九十足岁生日前出版两本增订新版译诗集。[6] 放眼文坛，像这样七十年如一日投入文学志业，在诗歌、散文、评论、翻译领域不断有新作出版，单单这股坚毅与生命力就令人瞠目结舌，敬佩不已，更何况在四方面都卓然成家，真可说是绝无仅有。

余老师辞世前，尚有评论集书稿《从杜甫到达利》由出版社编辑中，[7] 因此增订新版的《守夜人》与《英美现代诗选》这两本译诗集，就成了他生前最后出版的著作。余老师一向重视翻译，早年便为希腊神话九位缪思中竟无一位专司翻译深感不平，因而有翻译为"第十位缪思"之说，我与他的访谈便以此为标题，以示对翻译的敬重。在他心目中，译者虽然寂寞，却享有他人未有的特权，底下的说法是笔者所见对译者最高的肯定与颂赞："译者日与伟大的心灵为伍，见贤思齐，当其意会笔到，每能超凡入圣，成为神之巫师，天才之代言人。此乃寂寞之译者独享之特权。"他多年来大力提倡翻译，想方设法提升译者的地位，并且身体力行，以言教身教成为译者的典范。

我在访谈余老师时曾问，如果以他"写作生命的四度空间"而言，会"如何看待自己将来在文学史上的地位"，熟悉中西文学史的他说："文学史大概会注意作家的创作，翻译可能是次要的考虑，譬如雪莱也翻译过不少东西，可是人家研究的大多是他的创作，详尽一点的文学史才会提到他的翻译成就，一般的就不提了。"尽管有此认知，但他对翻译毫不松懈，一路走来热情与审慎始终如一，

---

[6] 可参阅多年编辑余老师作品的九歌出版社总编辑陈素芳的《当夜色降临、星光升起——由读者到编者，永怀余光中老师》，《文讯》387（2018.1），页68–71。

[7] 该书于2018年7月由九歌出版社出版。

2015 年 5 月师生合影。

连生前最后出版的两部作品也是译诗集。

《守夜人》不仅将自己的诗作翻译成英文，让英文读者通过作者自译也能阅读他的作品，而且在准备文稿的过程中，"为求中英诗意更臻佳境，部分中文诗也略作修改"，使原创的中文诗作更为精进，其中一处还是我在论文中指出中文与英译不符之处，足见他心胸开阔，广纳异见。新版《英美现代诗选》中的余老师再度扮演中英文学之间的桥梁，悉心翻译、仔细评介英美名家的诗作，以多年累积的功力，一方面重探以往引介过的诗人，另一方面将触角扩及其他诗人。即使明知将来文学史上主要考虑的还是他的创作，其次才可能是他的翻译，却不倦不悔数十年于斯，更可看出他对翻译的义气相挺与真情热爱，真可谓"译"无反顾、"译"往情深，虽然辛劳，却欢喜甘愿（labor of love）。

生劳死息，一生热心投入文学、辛勤翻译的余老师，于 2017 年

12 月 14 日完成了此生的功课，在家人的念佛声中，安息于定居与书写多年的台湾，在诗歌、散文、评论、翻译四个领域留下丰厚的遗产与耀眼的成绩，套用他翻译的叶慈诗句，这位四项全能的文学家如今已进入缪思圣殿的光中，"把脸庞隐藏在星座之间"。*

台北南港

2018 年 1 月 12 日

---

* 原载于《人生》，第 414–416 期（2018.2–4）。

附录
——余光中译作一览表 *

1956—1957　《梵谷传》(*Lust for Life: The Story of Vincent van Gogh*)，Irving Stone 原著，中译两册，台北：重光文艺出版社。[1978 年大地出版社修订版；2009 年九歌出版社修订新版]

1957　《老人和大海》(*The Old Man and the Sea*)，Ernest Hemingway 原著，台北：重光文艺出版社。[2010 年南京译林出版社修订版，易名为《老人与海》]

1960　《英诗译注》(*Translations from English Poetry (with notes)*)，台北：文星书店。

1960　*New Chinese Poetry*（《中国新诗集锦》），Yu Kwang-chung 编译，Taipei and Hong Kong: Heritage Press。

1961　《美国诗选》(*Anthology of American Poetry*)，林以亮（Stephen Soong）编选，张爱玲、林以亮、余光中、邢光祖等译，香港：今日世界出版社。

---

* 此表仅限于首版与修订版。

1968 《英美现代诗选》(*Modern English and American Poetry*)，两册，台北：台湾学生书局。[1980 年时报出版社修订版；2017 年九歌出版社修订新版]

1971 *Acres of Barbed Wire*（《满田的铁丝网》），Yu Kwang-chung 原著及英译，Taipei: Mei Ya Publications, Inc.。

1972 《录事巴托比》(*Bartleby the Scrivener*)，Herman Melville 原著，香港：今日世界出版社。

1983 《不可儿戏》(*The Importance of Being Earnest*)，Oscar Wilde 原著，台北：大地出版社。[2012 年九歌出版社重新出版]

1984 《土耳其现代诗选》(*Anthology of Modern Turkish Poetry*)，Yahya Kemal Beyatli 等原著，台北：林白出版社。

1992 《温夫人的扇子》(*Lady Windermere's Fan*)，Oscar Wilde 原著，台北：大地出版社。[2013 年九歌出版社重新出版]

1992 《守夜人：中英对照诗集，1958—1992》(*The Night Watchman*)，余光中著及英译，台北：九歌出版社。[2004 年增订二版；2017 年增订三版]

1995 《理想丈夫》(*An Ideal Husband*)，Oscar Wilde 原著，台北：大地出版社。[2013 年九歌出版社重新出版]

2008 《不要紧的女人》(*A Woman of No Importance*)，Oscar Wilde 原著，台北：九歌出版社。

2012 《济慈名著译述》，John Keats 原著，台北：九歌出版社。

部分人名、作品名对照表 *

人名对照

安德迈尔（Louis Untermeyer） 昂特梅耶

爱默森（Ralph Waldo Emerson） 爱默生

布伦（Harold Bloom） 布鲁姆

布朗宁（Robert Browning） 勃朗宁

蔡特顿（Thomas Chatterton） 查特顿

爱蜜莉·狄瑾荪（Emily Dickinson） 艾米莉·狄金森

戴拉马尔（Walter de la Mare） 德拉梅尔

道孙（Ernest Dowson） 道生

蒂丝黛儿（Sara Teasdale） 蒂丝黛尔

杜思陀也夫斯基（Fyodor Dostoyevsky） 陀思妥耶夫斯基

---

* 此处所列之人名、作品名和地名，部分涉及余光中翻译的具体内容，并有对于翻译脉络变迁的表现；部分为直接引文；部分体现了港台翻译的特点。为保证书稿的准确与逻辑，以及行文一贯性，保留这些译名，并列此表以供读者参考。人名、作品名、地名按拼音依次排序。

梵谷（Vincent van Gogh） 梵高

佛兰西斯（Robert Francis） 弗朗西斯

费礼普斯（Stephen Phillips） 菲利普斯

果戈尔（Nikolai Gogol） 果戈里

葛雷柯（El Greco） 格雷考

惠德曼（Walter Whitman）惠特曼

华勒（Edmund Waller） 瓦勒

华格纳（Wilhelm Richard Wagner） 瓦格纳

海立克（Robert Herrick） 赫里克

浩斯曼（A. E. Housman） 豪斯曼

华特生（William Watson） 沃特森

江生（Ben Jonson） 琼森

克瑞因（Stephen Crane） 克莱恩

莱斯贞（Jean Rhys） 简·里斯

雷飞维（Andre Lefevere） 勒弗菲尔

梅士菲尔（John Masefield） 梅斯菲尔德

米尔顿（John Milton） 弥尔顿

孟罗（Harold Monro） 门罗

麦克瑞（John McCrae） 麦克雷

麦克里希（Archibald MacLeish） 麦克利什

宓彻尔（Margaret Mitchell） 米切尔

玛拉末（Bernard Malamud） 马拉默德

马西孙（F. O. Matthiessen） 马西森

纳许（Ogden Nash） 纳什

诺易斯（Alfred Noyes） 诺伊斯

朋斯（Robert Burns） 彭斯

披头 / 披头四（The Beatles） 披头士 / 甲壳虫

史班德（Stephen Spender） 斯彭德

史东（Owen Stone） 斯通

史蒂文森（R. L. Stevenson） 史蒂文生

史托克顿（Frank R. Stockton） 斯托克顿

史坦贝克（John Steinbeck） 斯坦贝克

史云朋（Algernon Charles Swinburne） 斯文本

史威夫特/绥夫特（Jonathan Swift） 斯威夫特

赛克丝敦（Anne Sexton） 塞克斯顿

桑塔耶那（George Santayana） 桑塔亚那

汤默斯（Dylan Thomas） 托马斯

唐恩（John Donne） 邓恩

夏戈尔（Marc Chagall） 夏加尔

叶慈（W. B. Yeats） 叶芝

维荣（François Villon） 维庸

部分作品名对照

《弔叶慈》"In Memory of W.B. Yeats"《悼念叶芝》

《梵谷传》（ *Lust for Life: The Story of Vincent van Gogh* ）《梵高传》

《海罗德公子游记》（ *Childe Harold's Pilgrimage* ）《恰尔德·哈罗尔德游记》

《老人和大海》（ *The Old Man and the Sea* ）《老人与海》

地名对照

爱奥华（Iowa）艾奥瓦

图书在版编目（CIP）数据

翻译家余光中 / 单德兴著 . —杭州：浙江大学出版社，2019.10

ISBN 978-7-308-19436-5

Ⅰ.①翻… Ⅱ.①单… Ⅲ.①余光中（1928-2017）—传记 Ⅳ.① K825.6

中国版本图书馆 CIP 数据核字（2019）第 179600 号

翻译家余光中

单德兴 著

责任编辑	周红聪
责任校对	陈 翮
装帧设计	陆红强
出版发行	浙江大学出版社
	（杭州天目山路 148 号 邮政编码 310007）
	（网址：http://www.zjupress.com）
制 作	北京大有艺彩图文设计有限公司
印 刷	北京时捷印刷有限公司
开 本	635mm×965mm 1/16
印 张	22
字 数	266 千
版 印 次	2019 年 10 月第 1 版 2019 年 10 月第 1 次印刷
书 号	ISBN 978-7-308-19436-5
定 价	75.00 元
